公元787年，唐封疆大吏马总集诸子精华，编著成《意林》一书6卷，流传至今
意林： 始于公元787年，距今1200余年

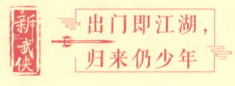

图书在版编目（CIP）数据

胭脂将. 第一部 / 语笑嫣然著. -- 长春：吉林摄影出版社，2017.9
ISBN 978-7-5498-3326-9

Ⅰ. ①胭… Ⅱ. ①语… Ⅲ. ①长篇小说－中国－当代 Ⅳ. ①I247.5

中国版本图书馆CIP数据核字(2017)第221927号

胭脂将 YANZHIJIANG

项目出品	意林新武侠
出 版 人	孙洪军
主　　编	顾　平　杜普洲
责任编辑	施　岚　胡晓路
总 策 划	蔡　燕
丛书统筹	黄　磊
策划编辑	黄　磊
设计总监	资　源
特约编辑	赵　军
封面设计	资　源
美术编辑	金　宇
开　　本	880mm×1230mm 1/32
字　　数	200千字
印　　张	8
版　　次	2017年9月第1版
印　　次	2017年9月第1次印刷

出　　版	吉林摄影出版社
发　　行	吉林摄影出版社
地　　址	长春市泰来街1825号
	邮　编：130062
电　　话	总编办　0431-86012616
	发行科　0431-86012602
网　　址	www.jlsycbs.net
经　　销	全国各地新华书店
印　　刷	北京嘉业印刷厂

书　　号　ISBN 978-7-5498-3326-9　　　定　价：32.80元

版权所有　翻印必究
（如发现印装质量问题，请与承印厂联系退换）

胭脂将 目录 CONTENTS

楔子

第一卷　黄粱一梦

第一章　夜龙台　　19
第二章　木为心　　39
第三章　花映雪　　67
第四章　清风夜　　89

第二卷　在水一方

第五章　洛神塔　　117
第六章　美人芳　　137
第七章　越女魂　　155
第八章　相见欢　　175

第三卷　飞花成泥

第九章　胭脂泪　　209
番外篇　君有意　　239

那是荒越城的制高点，以金石为墙，红玉为阶，琉璃筑殿，殿前还有一棵神木，冠大如云，巍峨参天。

那个地方叫作夜龙台，是荒越族人每年一度举办祭天大典的地方。

祭天大典历来都是由荒越城的城主亲自主持的。

城主姓厉。自两百年前，厉家的祖先在一次异族入侵时手刃了敌方一员猛将，而后又集结散乱无序的荒越族人，组建了军队，击退强敌以后，厉家祖先便担起了一族之长的重责，是为族长。

七十年前，荒越族人修建了荒越城，族长便被改称为城主，仍居全族万人之上。

彼时，人间被当世之人分作七海十荒。这七海十荒的命名很是简单，按照由南向北、先东后西的顺序，海分别是第一海、第二海，直至第七海；荒则是第一荒、第二荒，直至第十荒。

七海之中,第一海多狂风,第二海多暴雨,第三、第四海则常年震动不止大浪滔天,第五海气候极寒,第六海则炎热无比,而第七海则由于地处偏僻,无人到达,至今仍戴着一张神秘面纱。

这七海都不适宜人类生存。

十荒之中,第一荒是戈壁,第三荒是沙漠,第五荒是传说中离鬼门最近的地方,多妖魔聚集,而第十荒则靠近第七海,除了遍布沼泽和瘴林以外,也由于偏僻难以到达,所以荒无人烟。

以上四荒同样并不宜居。

宜居的,第二荒为商齿国和南掖族多年来的争夺之地,而第四荒则居住着半神的后人姜陵一族。由于姜陵族人骨子里有神族的血统,因而并没有人敢轻易进犯,故而,第四荒算是十荒之中最繁华安宁的一荒。而至于第六、第七和第八荒,也都各属其主,最后剩下的,便是第九荒。

严格说来,整个第九荒算不得宜居,因为这里不但有戈壁、沙漠、沼泽、瘴林,也有不少猛禽妖兽,是个集合各种恶劣条件的地方。但是,这里却又有十荒之中最美的山——浮罗山。

整个第九荒并不宜居,但浮罗山宜居。

数百年前,有一个茹毛饮血、钻木取火的原始族群,名为白渊族,其族人大多生性霸道凶残,他们将整片浮罗山脉据为己有,不允许任何外族人前来分享。而那时的荒越族则聚居在山外的沙漠绿洲里,吃着最苦的菜,喝着最涩的水,住着难以抵挡沙尘飓风的草屋,生存环境十分恶劣。

推举了族长以后,散沙般的荒越族人日益团结,他们开始组建军队,炼造兵器,还修习战法,终于在族长的带领下攻陷了浮罗山,赶走了白渊族人,取而代之成为这座山的新主人。

他们在山中引水修路,造林开田,还建了七座小城,簇拥着一座大城,这大城便是荒越城。

荒越族的人并不排斥与异族共存,当然,除了那个号称对荒越族人见之即杀的白渊族。

第九荒里其余的一些小族如果想来浮罗山讨取一个落脚之地,只要他们愿意与荒越族为善,都不会被拒绝。

建城以来,历年的祭天仪式都是由城主亲自主持的,然而,三年前,老城主逝世,其独子厉朝欢担任新城主,掌权才不过短短数月,却在一次南巡时中了白渊族人的埋伏,重伤昏迷,至今未醒。

这三年以来,已经有两届祭天大典厉朝欢都未能出席。而代他主持大局的,乃是族中最有威望的女将军。

她叫华天凝。

城主南巡陷入敌军的包围时,正是她,英勇护主,只身闯入虎穴,才令城主不至于命丧当场。

当第八荒的族群屡屡在两荒交界之地滋扰生事,残杀无辜的荒越族人时,也是她,领兵出征,杀了对方一个落花流水,令对方不敢再造次不说,就连听到"华天凝"三个字都会惊慌色变。

有一年,第五荒鬼门大破,鬼邪之气窜出,四处杀人吃人,十荒各地惨案连连,人心惶惶。还是她,战胜了强大的正阳青龙,取其鲜血,筑成纯阳结界,对荒越城和周遭的七座小城形成保护罩,令族人幸免于难。

族人都对这位女将军敬重有加,都说她虽然是女儿身,但智慧、谋略、胆色样样都不输男儿。

她是荒越族人心目中的一个传奇。

而此刻,这传奇正身披黑色鹤羽的氅衣,头戴银冠,腰佩宝剑,身后跟随着两列金甲侍卫,一步一步踏上红玉阶,向着夜龙台的最高处走去。

红玉阶的两侧,每隔一级便在左右各布置了一面长柄的银镜。柄长有半人多高,以青铜铸造,纹饰烦琐,显得华贵而神圣。长柄的顶端,菱形的雕花青铜框里,嵌着亮如白银的光滑镜面。因了工匠精巧的设计,华天凝每跨过两级台阶,越过银镜,镜面的银光就会增亮一倍。

银光微微散开,在这天色将亮还未亮的拂晓时分,替代了火把,照亮了整座夜龙台。

不只是红玉阶,夜龙台四周的城墙和角楼,及至正中间的大殿的屋脊,也都布置了这样的银镜。

随着银光渐亮,漫漫如海,犹如整片天空的星子都落到了人间,如梦似幻。

对荒越族的百姓而言,祭天大典除了是祈福的仪式,也是一次难得的视觉盛宴。

但这一次,早已守候在夜龙台前的广场上乃至城中的楼阁高处的人们,还多了一个期盼。因为大家都听到一个传言,说重伤昏迷了两年的城主厉朝欢苏醒了,他会亲自主持今年的祭天仪式。

所有人的目光都追随着红玉阶上的那道倩影,大家都在盼着,跟着她就能看见他们的城主。

红玉阶上的人一步一顿,神情淡然。

银镜的光一左一右投来,如薄纱一般,轻轻地铺在她的脸上,从额尖到鬓角，从鼻梁到下颚。离得近的，便能清晰地看到那张微微隐在薄纱之下的脸。那张脸轮廓深刻，干净，眉眼细细，薄唇绯绯，虽然不是倾国倾城的美人，却也是五官精致，秀丽灵动，倒是十分耐看。

没见过华天凝大将军的，都猜她面似男儿，身形壮硕，和一般的武将一样，平日里舞刀弄枪，随意而粗鲁。而亲眼见了她的，常常都像着了魔似的欢喜，四处对人说，原来华将军竟是个年轻貌美的姑娘。见了一次，便想见第二次，总觉得她和这世间的女子都不一样，但究竟哪里不一样，他们又傻笑着说不出来了。总之，见过她的，后来又见不着了，心里常常还记挂着。

她究竟是哪里不一样？华天凝记得，她也曾经问过厉朝欢。

那时，老城主刚去世，厉朝欢以少主的身份接见城中一众文武官员，商议即将举办的继位大典的细则。

武将之中，论资排位，站在天凝前面的，还有三员大将。

前方身形魁梧的拓跋将军一个人便能将纤瘦的她遮挡住，从厉朝欢坐的位置看过来，只能看到她的半侧衣袖。

商议的过程，她不发一言。

实则觉得继位大典主要都是些形式上的东西，她对此提不起兴趣，况且能人众多，大抵也轮不到她操心。

直到会议结束，众人散去，厉朝欢才从一众官员离开的背影里注意到她。

而他注意到她，是因为忽然听见了一阵脚铃撞击发出的声响。

天凝比厉朝欢早进大厅，进来之后几乎端立不动，再加上她刻意用内功悄悄压制着，她脚上绑着的那串金铃便犹如凝固了一般，

纹丝不动，不会发出半点儿声音。到离开的时候，她才松懈了。

第二天，厉朝欢与天凝在街市上遇见，他轻摇折扇扮作寻常公子，她则以薄纱遮面，一身绿衣，头发披散着垂在身后，鬓角还簪着一朵木纹花。这和她平日里束发干练的模样颇为不同，更多了些寻常女儿的慵懒和温婉。

两个人面对面走过来，停在一间脂粉铺的大门外。她站定了，两手交叠在身前，微微低了头，以示行礼。

厉朝欢淡淡一笑，目光移向她的左脚："你的脚铃呢？"

天凝吃了一惊，颇有点儿尴尬，小声道："只是一时贪玩，少主勿怪。"

厉朝欢问："你这是打算去哪儿？"

天凝想了想，说："闲来无事，想去御林轩买酒喝。"她其实是随口编的，但偏巧厉朝欢倒是真的要去御林轩，他问："一个人？"她道："嗯。"他道："那跟我一起吧，我也打算去御林轩。"

天凝抿了抿嘴，说："好。"

两个人并肩走着，身后跟着三名随从。

一个是长身玉立、俊朗非凡的翩翩公子，一个是掩在柔纱之下、轮廓曼妙、引人遐想的少女，一路走过去，时不时就会惹来路人的注目。城中有些百姓是亲眼见过少主的，这会儿看到他，便纷纷和他打招呼，或者是彼此交头接耳。厉朝欢摸了摸鼻梁，轻声道："你猜他们在说什么？"

天凝正听着两位路人的议论，道："他们在猜，你身边的女子是谁。"

厉朝欢道："你是太少出来走动了，所以他们认不出你。"

天凝默了默，表示赞同厉朝欢的说法，又问："少主去御林轩是?"厉朝欢道:"跟你一样,想喝酒了。"他看了看她:"你好酒?"她淡淡道:"只是偶尔会想喝上几口。行军打仗的人,如果滴酒不沾,倒觉得人生里少了点儿什么。"他问:"少了什么呢?"她微笑:"不知道呢。"

他负着手,一边走一边侧头看她:"听父亲说,你来荒越城的时候,还只有十二岁?"

她道:"严格来说,还不到十二岁。"

他问:"家人呢?"

她摇头:"已经没有家人了。"看着迎面过来的一家三口,眼中不觉流露出些许羡慕,又道:"我十岁那年,父母一起进山采药,遇到了一只烽火麒麟,被烽火麒麟的真火给烧成了灰烬。"

厉朝欢这才想起他曾经听父亲说过,有一年他在远征回城的途中,由于受迷魂瘴气的蛊惑,误伤了一只生性凶残的烽火麒麟,那妖兽一怒之下险些用真火烧了他,幸亏华天凝出现救了他。

还不到十二岁的华天凝为了给父母报仇,追着那只烽火麒麟从九荒边境一直来到荒越城外,终于在老城主的帮助下,令那妖兽引火自焚,告慰了父母的在天之灵。老城主见她年纪小小却力量惊人,认定她是天赋异禀的奇才,便把她带回了荒越城,还安排她在军中历练,至今已有八年。

他见她神色落寞,道:"我不该问的。"

她淡淡道:"没关系。"

后来回想,那一天,他们穿过繁华的街市,走到御林轩,一起喝了酒,再一起走到城主府与将军府的分岔路口,总共两个时辰,便是天凝到荒越城以来,和厉朝欢相处得最长的一段时间了。

在那天以前,华天凝对厉朝欢而言,不过是族中众多的武将当中的一员。

在那天以后,她和他之间,除了君臣关系,还渐渐地多了一层关系,那便是朋友关系。

厉朝欢一直都记得父亲临终前的叮嘱,父亲说:"朝欢,你只知道我们厉家和第四荒姜陵族虚家的后人有着很深的渊源,虚家后人世代守护厉家,这是为了还祖先的恩情,他们有半神之力,能人所不能,的确可以作为我们厉家,乃至整个荒越族的守护之神。但是,为父还想提醒你的是,除了虚家的虚晚庭,在我们自己的荒越族中,还有一个人的力量,也不容忽视。"

厉朝欢问:"爹,这人是谁?"

厉殷枭一字一顿道:"华天凝。"

只可惜,大限已至,父亲至死也没有说清楚他为什么那么看重华天凝。父亲死后,厉朝欢将这八年来天凝立下的所有功绩,还有她是如何一步一步走到了将军的位置上,都做了一番了解,对这坚毅的女子的确有些欣赏。

都说这位华将军平日不苟言笑,也不爱涂脂粉,常常还喜欢扮作男儿,和士兵们比武摔跤,所以,发现她竟然双脚绑着女儿家喜欢的金铃到城主府来议事,厉朝欢不禁对此很是感兴趣。

站在城主府和将军府的分岔路口,他问她:"你今日怎么不戴脚铃了?"

天凝没想到他总揪着这件事不放,尴尬道:"昨日来城主府的途中,我救了一个差点儿被马车撞倒的小姑娘,脚铃是她送给我的,我觉着……"她抿了抿嘴,跳过了"脚铃可爱便没有拒绝",

又说:"她硬要我戴上我便戴了,正好那时薛大人来了,拉着我一起进府,没来得及摘。"

厉朝欢顽皮笑道:"欸,觉着怎样?"

天凝迟疑,声音很小:"呃,觉着——"

他道:"觉着可爱,好看?"

天凝默认。

厉朝欢道:"都说华将军是半个铁汉子,原来到底也不过是个女儿家。"她以为他有嘲笑她的意思,急忙冷声道:"不过是一双脚铃而已,少主何必计较!"厉朝欢把折扇一收,扇头指着她背后,笑道:"昨天是一双脚铃,那今天呢?"天凝一愣,顺着扇头回身一看,脂粉铺的谢大娘过来了。

谢大娘见了她便挥手招呼:"哎哟!华将军,都等您一天了,不是说好今天来拿货,都到门口了怎么也不进来呀?您订的胭脂还有铅粉都齐了!"说着,还扬了扬左手提的一个绣篮,"还有这流莺花水浸过的肚兜……"

天凝头皮一麻,浑身都不自在,急忙迎上去拉住谢大娘的衣袖,一把抢过她手里的绣篮道:"知道了,谢谢您,大娘。"

不只厉朝欢笑了,就连跟着的随从也都背过身暗暗偷笑。

天凝尴尬得不好意思抬头看他,他清了清嗓子,说:"嗯,所以你并不是要去御林轩买酒,是要去胭脂铺吧?"

天凝问:"你怎么看出来的?"

厉朝欢道:"我在胭脂铺外遇见你的时候,便看见大娘在铺子里冲你打招呼,你故意没理她。刚才我们又经过了那间铺子,她又看见你了,目光还一直跟着你,我便让福生去问她了。"

天凝道:"问过她,再让她追上来揭穿我,对吧?"

早听闻这位少主生性顽劣,以前还被城主府的人暗地里封了个

混世魔王，只是近几年经历了些事，吃了些苦，才渐渐地收敛了，但想来禀性也是改不了的，她偷偷地撇了撇嘴，以示不满。

谢大娘尖声笑道："嘻嘻，人家少主可是好意，这脂粉钱都已经替将军您付过了。"

厉朝欢身子微微向前一倾，指了指绣篮，道："嗯，还有那个，流莺花……什么的，也付了。"说着又故意问谢大娘："这流莺花水浸过的——布匹——"他故意把"布匹"二字说得很重，"到底有何不同？"

天凝知道厉朝欢是在打趣她，故作淡定道："你们聊吧，少主，属下先行告退了。"说罢就真的走了。

谢大娘倒没理会，对厉朝欢道："少主您有所不知，这丝绸类的布料啊，若是再用从流莺花的花瓣里提取的汁水浸泡，还能更光滑柔软，贴在身上，恍如人的第二层肌肤，可算是这世间最舒适的衣料咯。"

厉朝欢大声道："哦，原来是这样！那我也能让大娘你用这样的布料为我做里衣吗？你们不会只接待女宾吧？"谢大娘求之不得，道："接，接，是少主您要啊，十件百件我们彩胭阁都接！"

厉朝欢道："十件百件，大娘，你当我一个时辰就换一件啊？"

谢大娘拍了拍嘴大笑："哈哈，是是是，我一高兴就说胡话了。掌嘴，掌嘴！"

天凝一直能听到厉朝欢和谢大娘在背后的交谈，她心中憋气，憋得脸都有点儿发烫了。她摸了摸脸，可又觉得心跳也加速了，便又把手放到胸口捂了捂，却非但没捂住，还越跳越厉害了。

不过，那次之后，跟厉朝欢说话也没那么拘谨了。后来，第八荒的人在边境滋事，她要率军出征，军队出发的前一天，他想跟去,她却不同意,要他留在城中,以防白渊族随时再挑衅。他一时恼怒,嫌她不分尊卑,反过来指挥他这个当城主的,便把她骂了一通。第二天军队出发时,他借故身体不适,没有相送,但是,当她到达边境时,却又收到了他派人送来的好酒。再过两个月,她打了胜仗回到荒越城,见到他,他第一句话便问:"你还生我的气吗?"

她看着他故作委屈的样子,忍不住"扑哧"一声笑了。

也是在那一天,由城主下令,封华天凝为大将军,她成了全族的武将之中的第一人。

夜里,她一个人在大将军府的后院里喝酒,风动花影,他忽然穿过回廊下那一盏盏六角纱灯,闲庭信步走了过来。"原来,说是不想大肆铺张庆贺,其实是为了一个人躲在这儿偷喝酒啊?"

天凝起身行礼:"城主。"

厉朝欢道:"我都未经通传就擅入你这大将军府了,你也就不必拘泥于礼节了,没外人在,我们还是以朋友的身份相处吧?"

她愣了愣:"朋友?"

他打趣道:"怎么,不想和我做朋友?"

她道:"不是。只是——"

他接道:"只是你这个人做人太严肃了!你知道当初我为什么老笑你偷偷系脚铃、买胭脂吗?"

她道:"是觉得我跟别人嘴里形容的铁血将军不一样吧?"

他看了看她摆满一桌的酒器,还有香料和一篮晒干的花草,坐下来道:"是觉得你大可以不必压抑你女儿家的本性,做个既能上阵杀敌、兼济天下的巾帼英雄,又能调朱弄粉、婀娜多姿的美娇

娘。"

天凝也坐了下来,端起炉上酒壶,斟了一杯放到他面前,淡淡道:"可以吗?"

厉朝欢端起酒杯一饮而尽,道:"随意就好。"

天凝若有所思:"随意?"她心中似是想到了什么,目光忽然有些热切,暗暗盯着厉朝欢仰面饮酒的侧脸。

那轮廓被回廊里夜灯投射过来的光轻轻勾勒着,原本是刀削斧砍般的硬朗,此时却温柔了许多。

他大口将酒咽下,擦了擦嘴角,突然觉得满齿都是芬芳。他好奇地转动着酒杯:"咦,这是什么酒?"

天凝道:"我叫它紫风露。"

厉朝欢问:"紫风露?是你自己酿的?为何叫紫风露?"

天凝解释道:"我在边境的时候,发现了一种入口甘甜的野草,草汁沾到了酒杯,再用那杯子喝酒,酒里忽然多出了一股甜香。我很喜欢那味道,后来便时常会挤一点儿草汁滴进酒里。今日闲来无事,便想索性自己酿酒,除了用那野草,还用了紫色的十叶冰晶,所以这酒色也带了一点儿淡紫。"

厉朝欢闻言,自己又再倒了一杯,仔细一看,杯中果然是盈盈一汪淡紫。他赞道:"好酒啊!御林轩最有名的清风酿也比不上你这一杯紫风露!"

天凝又道:"听边境的人说,那野草也是有名字的,叫风邪草。风邪草酿紫色的酒,所以我便叫它紫风露了。"她得意一笑道,"城主你是来得太早了,若是让紫风露再置上一段时间,能胜过的又岂止御林轩的清风酿呢。"

厉朝欢想了想,立刻把酒壶抱进怀里,像是生怕酒被抢走了似的。他像个耍赖的顽童似的,道:"哼,我不管,就算来早了,今日你的紫风露酿了多少我也要喝多少,喝完了你再给我酿去。"

她忍俊不禁,道:"要是喝醉了,大将军府未必方便收留城主。"

他道:"你把我直接扔门口得了。"

往事历历在目——和他一起痛饮千杯的酒,一起围炉而赏的月,一起骑过的马,还有一起杀过的敌,都铭记于心。她见过他的最狼狈,他也见过她的最憔悴。算起来彼此相处的时间其实并不长,只有八个月,八个月后他动身南巡,刚离开荒越城几天便遇到了白渊族人的伏击。

她率领两千精骑赶去营救,却不想对方无所不用其极,竟然借用邪魔之力,令她的精骑死伤惨重。

最后,她是一个人闯进了重重包围之中,硬生生受着刀剑砍,烈火灼,把奄奄一息的他背了出来。

几次痛不欲生,几次险些命丧黄泉,她都咬紧了牙跟自己说,是为了他。

为了荒越族。

为了一城之主。

为了厉朝欢。

为了他。

为了她心仪的男子。

她永远都记得,他第一次醉倒在紫风露下时,大笑着不顾形象地躺在她的花园里。她想拉他站起来,却踩到了他的衣袖,他没注意,手一抽,她正松懈,便脚底一滑,身体扑了下去,压在他的胸口。

惊慌羞怯之中，一抬头，对上他蒙眬的醉眼。

他道："天凝，你好像跟别的女子不一样。"

就算是遇上最狰狞恐怖的青鱼鬼眼，她都敢与之对视，但是，那一刻，她却完全不敢再看他的眼睛了。

她很小声地问："哪里不一样了？"

他盯着她，迷离的醉眼里，似有浓得化不开的深沉。他忽然把两手枕在脑后，望着星子稀疏的夜空，笑得更大声了。

他没有说她到底哪里不一样。

她看他笑着笑着闭上了眼睛，似是疲倦了，睡了过去，她凝视着他，在心里暗道，我和别的女子不一样之处，应该是她们没能遇见你，而我，遇到了吧？

将思绪逐渐从飘远的往事里拉回，此时，夜龙台上，天凝走完了最后一级红玉阶，所有的银镜也都亮了。

整座夜龙台犹如浸在一片银光海里，似梦幻仙境一般。

这时，从那棵神木粗壮的树干背后，一道身影缓缓地走了出来，朝着天凝走了几步便停住了。

所有关注着这场祭天大典的人顿时都屏息凝视着，但大多数普通百姓都由于隔得远，看不真切，只看见那道身影颀长而轩昂，显然是个男子，他穿着明黄色的缎袍，袍子镶了云纹黑边，配色华贵而庄重。再见华大将军也缓缓地朝那道身影走了过去，到了近前时，她双膝一屈，向对方行了跪拜之礼。夜龙台四周的侍卫这时也随之纷纷跪拜，双手扶地，低着头，高呼："参见城主——"

百姓们顿时沸腾了：醒了！醒了！城主真的醒了！

欢呼声此起彼伏。

有些情绪激动的，也跟着跪了下去，自顾自地向城主行了礼。

黄袍男子右手轻轻一抬，示意华大将军起身。天凝站起来，侍卫走到身后，她解下鹤羽的大氅交给侍卫，露出一身白色的战袍。她再向厉朝欢走了几步，到只差一步便可以和他并肩的位置上停下来，转过身，慢慢地举高了右手。台前司仪看见这个手势，立刻拖长了声音高呼："祭天大典开始——"

随即，夜龙台的四周也有传音侍者同时附和："祭天大典开始——"

号角吹响，鼓声喧天。

"噗"的一声，一支火箭被射入神木旁的青铜大鼎之中，鼎内猛地喷起一阵烈火，火焰直冲天空，如一条赤色神龙。神龙浮游，照亮的不只是夜龙台，还有整座荒越城。紧接着，东方的天空也泛起了第一缕微白，天要亮了。

这天亮仿佛是被夜龙台上的火光唤来的，因此观礼的人内心都有着一种骄傲——人定胜天——

第九荒的光明与黑暗，全都掌握在我荒越族人的手中！

而大家也都熟悉祭天的规则，当火龙再向天空跳高几分，全城银镜都熄灭时，所有人立刻齐声高呼："天——佑——荒——越——"

声音响彻全城，有吞山河、盖天地的气势。

而就在声音停止时，突然，夜龙台上方刮来了一阵旋风，青铜大鼎中的火龙柱被拦腰吹断，火势锐减。有大意的士兵被那阵风吹落了手里的长戟，"咣"的一声，金属撞地，声音格外清晰刺耳。

天凝抬头一看，只见夜龙台前方，坐北朝南的城楼上，不知何时出现了一个身穿黑色斗篷的人。

风吹着那人的斗篷，斗篷飞舞，似黑色的羽翼。

他的黑发、黑衣、黑裤、黑靴，全身上下没有一处亮色，他就

像一道影子,甚至像一只魅鬼。

天凝见他大袖一挥,袖中突然有什么密密麻麻的东西飞了出来。再定睛一看,全都是柳叶!

翠如碧玉、细若柔荑的柳叶,穿过台前疾风,准确无误地朝着她所在的位置飞来!

天凝嘴角一勾,淡淡一笑,轻声地自言自语:"果然来了——"说着,向前两步,足尖一点,人便一跃而起,同时对周围的士兵下令:"保护好城主!"士兵们齐声答应:"是,大将军!"

第一卷 黄粱一梦

第一章
夜龙台

其实,从两个月前开始传播的种种有关城主伤愈、苏醒的消息,都是天凝刻意安排的假消息。

七十年来,一度兵败被赶出浮罗山的白渊族从未放弃过夺回自己的领地,他们甚至想做第九荒的霸主,奴役包括荒越族在内的、第九荒大大小小的民族。他们也自建军队,训练兵士,还建立了政权,推举出了一族之皇者。他们还跟第八荒的项族达成协议,以项族为大,年年对其朝拜进贡,才被允许使用第八荒边境、归项族所有的一块弹丸之地,在那里安营扎寨。

七十年来,白渊族曾经三次向荒越族宣战,想夺回浮罗山的主权,只不过,三次都是以战败收场。

但是,他们的兵力在增强是事实,战斗经验在增加也是事实,三次战争,他们一次比一次难以战胜,也是事实。

七十年前的他们是一盘散沙,面对荒越族的进犯,逞的是匹夫

之勇。但现在,随着时间的推移,战术谋略他们懂了,文官武将他们也有了,强大的财富、庞大的军队,他们也逐渐累积了起来。族中的能人异士更是纷纷自荐,齐齐要为族皇效力,为族人讨回曾经属于自己的东西。

整个第九荒都在传,白渊族再一次向荒越族宣战已经是迫在眉睫的事情了。

为了这一战,近年来,白渊族厉兵秣马,做了很多准备。早在很久以前,荒越这边就得到消息,白渊族的女皇哥舒意不惜一掷千金,从第五荒买来了一批炼术师,这些炼术师大多精通邪门之术,有人能把谷草炼成上等的大米,有人能把温驯的动物炼成吃人的猛兽,还有人能炼造出任何人见所未见的残酷兵器。而在这些炼术师当中,有一个名叫班嬛的女人最得女皇的欢心。

因为班嬛为女皇炼造了一批杀手。

那不是普通杀手,那批杀手被女皇统一命名为死士。视死如归的勇士。

白渊族的人素来崇尚妖邪之术,这是十荒中人都知道的。他们认为普通人终究是肉体凡胎,哪怕把武功练得再高,以血肉之躯上阵,能力也有限。所以,若能令普通人突破普通人的极限——

班嬛便向女皇进言,提出了炼造死士一说。

他们捕捉了浮罗山一带的某些妖孽,将其精元抽出,再注入他们精挑细选的本族勇士的身上,这些勇士便会因此获得跟其对应的妖孽一样的能力。比如,若是一个人体内被注入貂鼠精的精元,便可以一步十丈，行动迅如闪电；若是被注入了黑熊精的精元，那人便能够碎木断石，力大无穷；若是获得了穿山甲的精元，则可以入地；获得鸿鹄的精元，则可以飞天。

近来，死士们也已经暗暗地有所行动了，前不久，他们便刺杀了荒越族一位德高望重的老将，还烧了城中最大的一个粮仓，甚至还有人钻地潜入城主府窃听消息。据探子回报，哥舒意还想派死士公然行刺厉朝欢。

与其坐以待毙，倒不如先发制人。所以，天凝当机立断，对外谎称城主已经苏醒，会亲自主持祭天仪式，实则安排别人假扮城主出现，并且在夜龙台和城内各处都设了埋伏，等白渊族的死士现身。

她想活捉一名死士。

她对外宣称，布这个局是为了诱敌深入，瓮中捉鳖，其实，她还有一个暂且不能对外人道的目的。

活捉死士就是这个目的。

现在，棋盘已经铺好，棋子也已经落下，没有令她失望的是，想跟她对弈的人果然来了。

当天凝飞身迎向那些漫天飘飞的柳叶时，她忽然看见一片片柳叶竟然全都变成了绿色的飞刀。

薄如蝉翼，却能削金断石的飞刀！

有一片正和她的衣袖擦过，"嗖"的一下，在她的衣袖上割开了一道。她能清晰地听到布帛裂开的声音。

布帛裂开的时候，她还看见了城楼上那个发出柳叶刀的人被大风吹开了斗篷的系带。

斗篷被向后掀落，那人并不在意，仍然如石像一般动也不动地站着。那是一个很年轻的男子。

这时，天际的微白再添了几道，天更亮了。这天是个阴天，看不见朝阳，只能看见东边天空有厚厚的云层，几道光透过云层照在黑衣男子脸上，他的容貌清晰可辨。

他身躯伟岸，肤色古铜，五官好似雕镂一般深刻分明，竟是难得一见的英武之姿。剑眉之下的那双眼睛尤其好看，眼仁漆黑，若一汪深潭；微微斜飞上扬的眼角也有着精致而优雅的弧度，多一分少一分都不需要。然而，那么好看的一双眼睛，里面却空若无物。那一汪深潭也不见半点儿水光，与其说是深潭，倒不如说是黑暗的深渊更为准确。天凝只是和那双眼睛对视一瞬，便觉得浑身不自在。那种空若无物，是一种蔑视众生的冷漠，是一种对万物都没有一丝悲悯的绝情。

对方显然也看见了天凝。夜龙台上那道纤瘦却硬朗的身影几乎与自己袖间的柳叶刀一起划破这欲明还暗的天空，自己这边，有万箭齐发的阵势，对面，却是孤身一人，一人能抵万箭的从容，她的阵势丝毫也不输给自己。

他见她拔出腰上佩剑，一挥剑便斩落了大片的柳叶刀，他那双空若无物的眼睛里，黑暗便更浓了。

他知道他遇上劲敌了。来荒越城之前，被死士们称为祖母的班嫚曾再三叮嘱过大家，她道："除了城主厉朝欢，荒越城中还有一个人是你们必须对付的，那就是大将军华天凝。不要放过任何一个能杀死华天凝的机会，只要有机会，就要杀了她！切记，杀了华天凝！杀了她！杀了她！……"

这一刻，祖母的声音像一个魔咒，在他的脑海里回旋，他突然再一次聚力于掌心，掌心瞬时凝起一团玄光，他狠狠将玄光一推，玄光化作无数柳叶，冲射出去，柳叶又再纷纷变成了飞刀。

天凝已经明白过来，能够化叶为刀，对方的体内想来是被注入了光殒河一带的柳精的精元了。

飞刀铺天盖地，像要把天地都切成碎片，天凝能挡，然而夜龙台下的士兵们，有的却未必能挡。

霎时间，飞刀落地、飞刀与兵器相撞、飞刀穿皮刺骨的声音，伴随着士兵们的惨叫声冲击着整座夜龙台。突然，"轰"的几声巨响，地面爆开了，泥石飞溅，也不知有几十还是几百人钻地而出，见着面前的荒越族士兵，挥刀就砍了出去。而城墙的外面，同时也有黑压压的人影一跃而飞向天空，就像长了翅膀的飞鸟一般，飞到高空，然后突然向着夜龙台的最高处俯冲下去。

须臾之间，天光竟然暗了，煞气摧城，风乱云急，仿佛山雨欲来。

城楼上的男子猛然也如苍鹰般一跃而起，足尖轻点，踩着他的柳叶刀，直冲天凝而来！

前来行刺的死士分了三批，一批钻地而出，乃是被注入了穿山甲精的精元，一批飞天而来，则是被注入了百岁鸿鹄的精元，这两批人都能够神不知鬼不觉地绕过城中的明关暗哨，直抵夜龙台。

还有一批，则是因体内被注入了光殒河中的鱼妖的精元，有了鱼妖独有的特性——能幻化形态，有的变作士兵手里的缨枪，有的则变作城楼上的一面风旗，还有的直接杀掉了真正的荒越族士兵，自己再幻化成对方的样子进入夜龙台，行刺一开始，这些人便瞬间

撕去了伪装,加入了战斗。

不过,在大将军华天凝看来,敌人应该分了四批。

第四批不是一类人、一群人,而是一个人。有且仅有的一个人。却比一群人、一类人更难对付。

直觉告诉她,城楼上的男子跟其他的死士不一样。

他直冲她而来,她也再加了三分力,以更快的速度向他而去!

刹那,两个人的武器在半空相撞,砰地玄光四溅,像是散开了许多银色火焰,铺溅在这满是血雨腥风的夜龙台。远远地,围观的百姓似是看见半空的星辰碎片落了下来,夜龙台恍如人间仙境,在那仙境之中,男子一扬袖,掌心一摊,一片柳叶刀已在手中,他身体一倾,伸臂向前,柳叶刀的刀尖不偏不倚直指天凝的鼻尖,猛一停下,刀尖和鼻尖之间便隔了薄薄一张纸的距离。

男子目不转睛地盯着天凝。天凝也毫无回避迎着他的目光。两个人都以极好的轻功悬停在半空,僵持不动。

这时,又刮起了一阵大风,风吹乱了天凝的头发。青丝飞舞,有一些搭在她的脸上,宛如柔纱,隔住了她眉眼间的狠厉,令她蓦地多了几分婉约迷离。还有一些发丝被风吹得高高扬起,翩跹着去了男子的脸上,在他的脸上似有还无地划过,他嗅到了她发间有淡淡的女儿香。

犹记得祖母曾说过,华天凝那女子,狠如雷电,利如刀刃,可他却忽然觉得,她不是雷电也不是刀刃,她柔柔的,如她的发丝,也如这阵风,如水,如纱,原来她和自己想象的不一样。

男子投向天凝的目光也放柔了几分,只是,他那双眼睛里依然是空若无物的,即便那么近,即便他把所有的目光都敛成了一束全投在她的身上，她依然无法在他的眼中找到自己的影像。那双眼睛就像一个洞穴，将她吸进去了，再以黑暗包裹住，她好像就在那种黑暗里化成了天地间一颗无形的尘埃。

不过，天凝并不在意这些，她又打量了对方一遍，嘴角微微一勾，慢慢地笑了。

他的柳叶刀是制住了她，但是，她的紫原剑也不遑多让。紫原剑的剑尖此刻就停在他的胸口。

跟他的黑色战袍之间，不多不少，也正隔了一张纸的距离。

十荒之中，最厉害的兵器一共有八种，天凝的紫原剑便是其中之一。剑是由数百年前的神将紫原君倾尽毕生心力铸炼而成，相传，紫原君战死沙场以后，他的魂魄便留在了紫原剑里，故而此剑中暗藏神力，威力极强，而用剑之人也会如有神助。

紫原剑曾经一度绝迹于十荒，没有人知道它的下落。多年前，天凝的父母为烽火麒麟所害，她一路追杀烽火麒麟为父母报仇，有一次被那妖兽逼得跳下悬崖保命，却没想到在崖底拾获了此剑。

那之后，紫原剑就一直为她所用。她报家仇，除奸佞，立功勋，成了十荒里最有名的女将，而紫原剑重现的消息也传开了。

还有人说，华天凝之所以功成名就，靠的就是那把紫原剑。所谓有剑则如虎添翼，华天凝是虎，紫原剑是翼，剑能成她，也能败她，要折翼，就要先折剑。黑袍男子清晰地记得，祖母也是这样提醒自己的。

他的目光轻轻一低，落在抵住胸口的紫原剑上，天凝勾唇一笑时，他忽然用没有拿柳叶刀的那只手两指夹住剑身，指尖狠狠一折，紫原剑猛地被折得弯成了一道弧。天凝生平第一次遇见能以内

力弯折紫原剑的人，不禁颇为诧异。但她毕竟见惯了世面，性格一向沉着，便仍是从容不迫，也用另一只没有拿剑的手凝聚真气，捏在掌心，再猛然一掌推出，直冲对方面门。

男子闪身一避，从天凝的正前方移到了右侧方，但他夹住紫原剑的手指依旧不松，而另一只手上的柳叶刀只是微微转换了一点儿角度，刀尖仍然稳稳地对着天凝。跟天凝一样，他也是从容不迫。

只不过，她的从容，是清如水，淡如风，而他的从容，却是冷如冰，硬如石。

须臾之间，两个人再次打得难分难解。男子的脸上始终没有任何表情，整个打斗的过程，他无论是进一分，退一分，得益，或者失利，甚至被紫原剑的剑气割伤手臂，刹那皮开肉绽，他也全然无视。他仿佛感觉不到任何喜悦或者疼痛，他仿佛和他的柳叶刀一样，只是一件工具。

一件武艺超凡、能走会飞、杀人不眨眼的工具。

那一天的夜龙台血流成河。有白渊族死士的血，也有荒越族士兵的血，甚至还有主动加入战斗的百姓的血。血水汇成一股股细流，在夜龙台的青石路面上蜿蜒流淌，如绘了满地的红线。

滴答，滴答，滴答——

黑袍男子手臂的伤口处不断有鲜血涌出，顺着他结实的线条，一直流到指尖，从指尖滴落。

几十个回合，他和天凝都略显疲态了。

她长剑一挥，剑气如贯日长虹，他则大手一扬，一把柳叶刀直刺入那道长虹，带出一股旋风，似盘旋的巨龙。

只听"砰"的一声，长虹与龙身俱是爆裂绽开，散射出一道道气流，如千万飞针一般落向地面。很多人都被那些飞针刺伤了，捂着伤口躺倒在地，痛苦呻吟。天凝做了几个闪身，巧妙地避开了，然而，她却看到自己的对手不但不躲避，反而无视那些刺入皮肉的飞针，纵身提气迎上，越过了她，连跨十几级台阶，直奔台阶的高处而去！

台阶的最高处也是夜龙台的最高处，正是琉璃殿和神木的所在，是方才祭天仪式举办的地方。

假扮城主之人还没有得到大将军的指令，不敢妄动，从混战开始到现在，他一直坐在神木下。

神木下大概是此刻的夜龙台最安全、最不沾血腥的一处地方了。

负责守卫的士兵们将假的城主和神木围了一圈，只要有死士想靠近，他们就会齐心合力逼退或者斩杀对方。

血都溅在人阵之外。

人阵以内，水玉石的地面还纤尘不染，只铺了一地神木树冠的影子，以及那个假扮城主之人的影子。

假扮城主之人面向神木树干，背对着台阶，盘腿打坐，看似在闭目调息。

前前后后，他一共听到五次："保护城主"——五批死士前赴后继向他扑来，但都没能碰到他一根头发。

现在是第六次了。

他能够感觉到第六次向他扑来的这股力量有多强大，他微微睁开了眼睛。除了睁眼，他的身体没有任何动作，尽管体内已然杀气凝聚，眼看就要爆发，但他的表情仍然是温柔祥和的。

但此刻没有人能看见他的表情，他的表情隐藏在一张人皮面具之下。

　　就连周围的士兵都不知道，他们的城主并没有苏醒，他们保护的只是一个替身。这个替身和他们的大将军华天凝就是此次事件仅有的两个知情人。片刻之后，替身的一根手指微微动了动。

　　士兵们的声音第六次传来——"保护城主！"

　　能够化叶为刀的男子已经来到神木前，放眼一望，目光瞬间锁定了神木下那个正襟危坐的背影。他足尖一起，似白鹤腾空，袖中刹那射出柳叶飞刀，接连七把，不偏不倚射杀了七名士兵。

　　紧接着，又是三把，插入了三个原本鲜活的心脏。

　　士兵们躲不开那些飞刀，那些飞刀就像有眼睛似的，稳稳直直地奔向目标，中刀者瞬间毙命。

　　男子显然很满意眼前的局势，盯住树下背影的目光又紧了三分，他突然倾身向前，以极快的速度穿过人阵，他也如他的飞刀一般毫不含糊直奔目标！这时，身后传来了女子的呼喝："拦住他！"

　　来不及了，他心道。

　　他觉得自己此刻应该是得意的，但是，脸上却还如雕刻一般没有任何眼唇眉目的动静。

　　他伸长了手，五指一抓，扣住了坐着那人的肩膀，像是恨不得立刻就把那人的肩膀折断了。忽然，对方反手擒来，扼住了他的手腕，他冷不防感觉到手腕一阵酥麻，便本能地松了松手，对方趁机身形一动，和他拉开了两步距离。他再欲出手，追击而去，刚跨出一步，脚掌一触地，地面忽然震颤起来，开始微微地往下沉。他知道中计，想跨出那下沉的区域，可是，面前忽然拔地而出一根根圆形的铁柱，铁柱瞬间弯曲合拢，变成了一只铁笼，将他关在了中间。

高台下的厮杀仍在继续,而高台上,杀气锐减,缓缓地趋于平静了。天凝握剑的手轻轻一松,暗自舒了一口气。她走到铁笼前,开始打量笼子里的俘虏。对方却依然不肯罢休,还抓着铁笼运劲,想以掌心的热力将硬铁软化,从而将其折断。天凝淡淡地摇了摇头道:"没有用的,这里的每一根铁柱,都是用来自第五荒的青红玄铁铸成的。青红玄铁,你应该知道吧?"

听说是青红玄铁,男子便不再挣扎了。

相传青红玄铁在烈火中三月不化,又岂是他轻易用内力就能弯折的。

这时,假扮城主的男人已然脱掉了一身臃肿的缎袍,灰衣银靴轻快地向天凝走来,走到近前,伸手一撕,便撕掉了脸上贴着的人皮面具,露出一张肤白如玉、青须微染的俊朗面庞来。

他单手背在腰后,向天凝欠身行礼道:"大将军。"举手投足是一贯的斯文优雅。

天凝的目光与之交接,郑重道:"神医,这里交给你了。"

神医姜游眉眼一低,示意她放心。她若有所思,又看了看笼子里的男人,而后便快步离去了。

夜龙台内外还是一片兵荒马乱,局面还有待收拾。天凝与一众将士齐心合力,终于将前来行刺的死士一个不漏地斩杀或者生擒了,那时,都快到正午了。三百名死士,死掉的有两百八十七个,其余十三人,包括那个被铁笼困住的男子,都成了阶下囚。他们都被统一关进了特制的监牢里。

那监牢用了青红玄铁加固,墙不能穿,地不能遁,正是专门为

这批死士准备的。

死士们浑身都是伤,有人甚至断了一条腿,但是,没有任何一个人因为身体的伤痛发出半点儿呻吟。

他们不是感觉不到痛,而是不屑去搭理那种痛。

死士都是麻木的,除了祖母和女皇,他们谁也不愿服从,除了忠诚和使命,他们心无旁骛。

整座牢房都很安静。

静得仿佛那里面根本没有人。

而和牢房一样安静的,还有城主府中,厉朝欢的卧房。卧房里,如雪的白色锦被盖着面色同样苍白如雪的厉朝欢,他看上去仿佛只是睡着了,睡得很沉,很静。可是,他已经没有呼吸了。

他的身体是僵硬的,四肢是冰冷的。

他已经死了。

他的枕边放着一朵蝶骨花,手掌般大小,三片花瓣,一瓣红色一瓣蓝色一瓣橙色,花蕊为白色。

最近三个月,就是靠着这朵冥界之花,他的尸身才能保住不腐不化。

其实,他昏迷了那么久,就连第九荒医术最高明的神医姜游都救不了他,他的生命迹象日渐衰微,早在三个月前,他的心跳和呼吸便停止了。但天凝并未对外宣布这个消息,全族之中,知道城主已经去世的,总共也不超过十个人。

此刻,作为知情人之一,姜游缓缓地走到了卧房门口。室内寂然无声,但他知道,要找华大将军,来这里就对了。

一个时辰前,夜龙台的血战结束,众人收拾残局时,姜游远远地见天凝站在一堆死士的尸体旁边,看着士兵们将尸体逐个搬走,地面渐渐呈现出一片裸露的赤红,与她白衣上的血迹辉映,她看起来疲倦而落寞。他正想过去,被路过行礼的士兵挡了挡,士兵走开以后,他就看不见她了。

有人说见华大将军出夜龙台往东去了,想是回府休息了。可他去了趟监牢,对那些死士做了一番拷问,到黄昏时,再去大将军府一问,管家却说大将军一直没有回来,他便料想她一定又是在城主府里。

天凝在厉朝欢的房间里坐了一个下午,酣战过后,她有些倦意,胸口也觉得闷痛。但越是这样,她就越想来这里,在这个已经没有任何知觉的人的身边,静静地坐着,看着他。

仿佛看着他自己的力气就恢复了,伤口也不痛了。

黄昏时分,敲门声打破了一室幽暗的静谧。姜游在门外理了理鬓角:"大将军。"

天凝一听是姜游的声音,忙道:"进来。"

姜游推门而入,走到天凝身旁,看了看闭目安躺的厉朝欢,然后道:"大将军——"天凝打断他:"这里没有旁人,你就直呼我的名字吧,小师叔。"

姜游乃是慧极后山慈航谷的弟子,慈航谷是第九荒中的医界圣地,这里有世间最珍贵的医学典籍,也有十荒内最闻名的医中圣手,而各种奇花异草、灵丹妙药更是数不胜数。慈航谷历来忠心为族,一直为族中的百姓和军队提供最优质的医疗服务,素有荒越族

的后花园之称。因缘际会,天凝曾被慈航谷的谷主、姜游的大师兄云观鹤收为弟子,跟着云观鹤学过一段时间的医理。那段时间,在慈航谷中,跟天凝最亲近的,就是小师叔姜游了。

姜游一听,微微一笑道:"以前你刚来慈航谷的时候,只要一喊我小师叔,我就觉得有点儿别扭。分明我才大你五岁而已,却因为师兄收了个徒弟,把我的辈分也抬高了,把我都叫老了。"

他又说:"不过,来了荒越城,我倒还喜欢听你叫我小师叔了,觉得够亲切。"

姜游说话的声音一向温柔,不疾不徐,宛如清风。不过,天凝此时倒是盼着他能快一点儿说了。

"小师叔,有结果了吗?"

他知道她心急,便不故意岔开话题了,面露喜色地点了点头。她顿觉如释重负:"那结果是什么?"

他一字一顿郑重道:"是万年黑木。"

夜龙台的那棵神木之所以被称为神木,不过是因为它生于石缝之中,不需要依靠泥土存活,而夜龙台恰好又是祭天的地方,是城中最神圣的所在,大家便觉得这棵树的诞生也是天神的恩赐了。神木本身其实跟任何一棵普通的树无异,说起来算是担了个虚名。可万年黑木就不一样了。

万年黑木只生长在极寒之地,百年以前,有人曾经在慧极山雾凇顶的冰川里看见过这种神树。

此树无花无叶,树皮为黑色,呈鱼鳞状,主干粗大而分枝狰狞,张牙舞爪,十分丑陋可怖。

但是,外表虽然狰狞可怖,万年黑木的树皮经加工以后却能制成刀枪不入的铠甲，它的树枝是燃烧时间最长的木料，它的树根还可以入药，令人身强体壮，益寿延年，总之，它全身都是宝。

而且，树身散发的神力极强，无论是凡人还是妖魔鬼怪，在树身附近修行，都能达到事半功倍的效果。

据传，此神树还有个特别有趣的地方——它有很强的模仿能力。如果从神树上取一块木头，将其比照着某件物体进行雕刻，只需要雕出和物体原型七成相似，它也会主动变得跟那原型一模一样，难辨真假。

天凝听姜游提到万年黑木，颇为吃惊，没想到如此罕见的上古神物竟然被他们的敌人找到了。

只是她仍不明白，问："那些死士跟万年黑木有什么关系？"

姜游言简意赅道："他们都换上了用万年黑木雕刻的木心。"

一直以来，姜游都很想知道，究竟白渊族用了什么方法，竟然能让普通人的血肉之躯承受住异类的精元。

依照常理，将那些精元注入人体，人是根本无法负荷的，必然会出现气血乱涌、浑身肿胀的现象。那些气血最终还会涌向心室，令心室受到极大的压力和冲击，在很短的时间内爆裂，人也必死无疑。

然而，白渊族的死士在被注入了精元以后，却是千真万确活着的。不是阴魂幻影，也不是傀儡干尸，依然是一个人。

起初，天凝以为姜游研究死士是为了知己知彼，对付敌人，但后来他才告诉她，并不只是这样。他对死士感兴趣，是因为这里面或许还包含一个能够救醒城主厉朝欢的机会。

因为这世间有一种灵兽叫作玉鹤，其精元可以令那些已经失去生命的东西重获生命，令枯树发芽，令腐骨再生新肉，也能令人起

死回生。而姜游其实早已暗中寻找到玉鹤的精元了。

然而，正是因为普通人的血肉之躯无法承受异类的精元，所以，救人一事才迟迟未能执行。姜游也暂时没有把用玉鹤精元救人的计划告诉天凝，他不想先给她希望，而最后却还是令她失望。

直到三个月前，厉朝欢彻底失去了生命迹象，为了安慰天凝，他才道出了实情。而那个时候，白渊族死士的消息早已传开，死士的存在也给了姜游新的灵感。他想，既然白渊族能制造出死士，就说明精元注入人体并非完全不可行，如果能破解死士改造成功之谜，厉朝欢重生或许就大有希望了。

下午在囚室，姜游逐一拷问过被俘的死士，但是没有人肯跟他说一个字。无奈之下，他只能找来一具死士的尸体，对其进行解剖研究，而很快他便发现了死士胸腔里那颗黑木心脏。

那颗心脏还嵌在胸腔里的时候，看起来跟普通的心脏无异。若不是在旁边帮忙的士兵不小心撞了他，他拿刀的手一颤，刀尖扎入了心脏，将心脏切出一道裂口，他也不会亲眼看着那颗心脏瞬间就变成了一块黑木。紧接着，又是一眨眼，那块黑木化成一团黑烟，消失不见了。

对见多识广的姜游而言，并不难辨认，那就是万年黑木。

他对天凝解释道："人的心脏过于脆弱，所以负荷不了精元注入时带来的强大能量和气血的冲击。但是，若以万年黑木为心，情况就不一样了。"

天凝接道："万年黑木有模仿幻化能力，用其雕刻出来的心脏，能够变成一颗真正的心脏。而这颗心脏，既有人心的外表与功能，可以替代人心，但它又不仅仅是一颗普通的人心？"

姜游点头道："没错，黑木本身就是神木，极具灵性，相较于普通的血肉之心，黑木心则更强大而坚韧，可以抵御精元导致的气血冲击。这样的话，心脏不被气血撑破，人便可无恙，这也就是死士和精元可以融合并存的原因了。"

姜游说罢，不禁自嘲道："枉我被称神医，一直以来，竟然没有想到以万年黑木来替换人心。"天凝道："你不是想不到，而是你不会用这种极端的方法。"姜游叹息道："只不过我们现在就算解开了死士之谜，面临的问题也不简单哪。"

天凝已有盘算，道："如果小师叔是担心万年黑木稀有难寻的话，我倒有个办法，或许可行。"

姜游想了想，又问道："那还有第二个难题呢？"

天凝神色一暗，叹道："是啊，还有第二个难题……"她知道他想说什么，便道，"我想起在慈航谷的时候，从师父那里听来的一个有关万年黑木的传说了。"姜游也听大师兄讲过那个传说，接道："相传……第八荒里有个痴人，妻子去世了，他忆妻成狂，想起人家说万年黑木可以模仿这世间任何东西，于是，他来到第九荒，用了十年的时间找到了一棵万年黑木。"

痴人砍了一段一人来高的粗壮枝干，背回家中，开始没日没夜刻自己妻子的雕像。那一刻，竟然又是十年。

但也算皇天不负有心人，雕像最终完成了，并且变成了一个活生生的人，跟痴人的妻子长得一模一样。"痴人原本欣喜若狂，以为终于能和妻子再续前缘，然而他却又发现，这个由自己雕刻出来的妻子，竟然没有爱恨喜怒，她甚至没有任何记忆，麻木得如同一具行尸走肉。"

痴人终于知道自己错了，那种信念破灭、希望落空的打击对他来说是致命的，他很快就因此伤心成病，一病不起。而他那个假的

妻子则因为一次意外,被屠户的刀切断了手指,由于形态的完整性遭到破坏,她变回了一尊木雕像,并且在众目睽睽之下迅速地化成一团黑烟,消失得无影无踪。

天凝道:"都说万年黑木能以假乱真,若是用来复制一些花草虫鱼,又或者只是寻常的死物,也许是难辨真假,可是,人的灵魂又岂是一块木头能雕刻出来的?所以,人心也是同理。"

人心之中,装着七情六欲,那是再巧手的工匠都雕不出来的。用万年黑木雕刻出来的人心,就和当年的痴人雕刻出来的妻子一样,空有形而无神。那心中没有七情六欲,人也是极端麻木的。

姜游一说死士的心都是万年黑木仿制的,天凝便想到这个传说了。

据姜游了解,哥舒意和班嬛在改造死士的时候也曾有顾虑,怕换心之后的死士太过麻木不仁,便根本无从谈起为族尽忠、为女皇卖命了,所以,班嬛便提出,在为死士注入精元的同时,也为他们注入一种催眠的念力,这念力便是要他们誓死效忠女皇。他们受这股念力的操纵,即便对万事万物都异常麻木,但是,对女皇尽忠的决心却会空前地顽固和强烈。甚至当他们的个人意愿与忠君之心产生矛盾的时候,由于念力的驱使,愚忠永远都会占据上风。也正是因为有这股念力在心中,他们变得更像哥舒意的杀人工具,更像一具傀儡了。所以,死士之所以被称为死士,既是视死如归,也是死心塌地。

姜游道:"我们不可能像班嬛对死士那样,把城主也变成一个靠念力支撑的傀儡,但他若以黑木做心,变得麻木不仁,他还能担起一城之主的重责吗?"

天凝道:"他是麻木,却不是失去理智,但凡他仍知道何谓公理正义、责任社稷,我都不会放弃他。就当是教一个什么都不会的孩子，从头开始，有我在，我会教他怎样去做好一个城主！"

姜游知道，以天凝不轻言放弃的个性，一件事情哪怕失败的概率有九成，她也会奔着那一成的希望而去。他并不是想劝阻她，他只是说出自己的顾虑，知道她也是心中有数的就够了。

天凝又道："我们必须对这件事情绝对保密，将来除了你我和城主他自己，不可以再有第四个人知道，他是以黑木为心的。"

姜游点点头："我知道。"

天凝缓缓地走到床边，又为厉朝欢理了理被角，柔声道："不知道你会不会怪我，但我们已经没有别的办法了。"

第二章
木为心

翌日清晨，天凝早起，整日忙于处理刺客之事，直到天黑时，方才有空闲坐下来用了一顿晚膳。

刚搁了碗筷，大将军府的后花园里，飞来了一只红顶青鸟，青鸟的嘴里衔着一张一指多宽的羊皮卷。

荒越族的人向来喜欢用红顶青鸟传信，而这种鸟类一贯忠心，一日为主人，便终身为主人，送信的时候，必须亲眼见到自己的主人，才会把信交出。它叼着信，在后花园上空盘旋飞舞了好一会儿，直到看见天凝从垂花门外进来，它才落下，扑到她的肩膀上，把羊皮卷吐落在她掌心。

天凝打开羊皮卷一看，是探子送来，有关昨日那批死士的信报。

死士当中，军营里的热血士兵占了七成，来自民间的江湖草莽占了三成，而这些人，以一人为统帅。

天凝没有看错,那个能摘叶为刀的黑衣男子果然身份不同于众人,他是此次刺杀行动的首脑。

他叫唐烈峰。

唐烈峰在没有成为死士之前,是白渊族军中的一名校尉。

他也是白渊族的第一名死士。

炼术师班嬛提出死士计划时,虽然将计划考虑得很周全,但是,那时她却唯独缺了一个成功的样本。

她甚至失败过一次。

班嬛曾经用监狱里的一名囚犯做过实验,但是,囚犯死了,实验并没有成功。

班嬛得出的结论是,囚犯之死,并不是因为她的计划不可行,而是因为他并非自愿。

——非自愿者,有异心,身心不能共处。所以囚犯不是死于承受不住精元的能量,而是死于身体和黑木心脏的相互排斥。

那么,如果换成自愿的人,首先身心融为一体,改造或许就能成功了。

当时,班嬛说的是或许,她依然没有十足的把握。再加上她还只是一个初出茅庐的炼术师,能力也备受质疑,所以,没有人敢响应她。

最后,唐烈峰站了出来。

不过是一年前发生的事情,唐烈峰就已经觉得很模糊了。那时的他大约还是个有些骄矜狂妄的少年郎,他有一颗誓死报效的心,也有出人头地的心,后来,那颗心被换成了一块冷冰冰的木头。

胸腔里那个地方,像压了一座雪山。

黑木之心是没有温度的。

他证实了班嬛的自愿理论，成了白渊族第一名被改造成功的死士。

那时，女皇哥舒意还做出承诺，死士以十年为期，待十年期满，他们就能得到大笔的财富，解甲投戈，朝廷会保证他们有享不尽的荣华富贵相伴余生。那样一来，前有唐烈峰这个成功的案例，后有财富荣耀为助力，士兵们动摇了，就连民间的江湖草莽也纷纷前来报名加入死士计划。

所有的人都是在被改造之后才发现自己已然心如寒铁的。

唐烈峰曾经希望自己这一生能喝最醇的酒，看最美的景，骑最烈的马，杀最恨的人，他原以为至少要用尽前半生才能实现这些愿望，但他成为死士以后，不出半年，这一切就统统实现了。

可是，最醇的酒好像和白水没有区别。最美的景好像和尸横遍野的战场没有区别。最烈的马好像和军营里任何一匹战马也没有区别。最恨的人倒在自己脚下，他想，我终于杀了他了，不过，又怎么样呢？

夙愿得偿，才发现一直以来都是理智驱使自己去实现这些夙愿，自己却并没有从中得到任何满足。

七情，喜怒忧思悲恐惊；六欲，眼耳鼻舌身意，所有这些，仿佛都形同虚设了。

成为死士之前，唐烈峰只是军中的一名校尉。但成为死士以后，由于能力增强，又誓死效忠，他很快就立了两次大功，再加上哥舒意企图向族人力证，改造死士并非扼杀人性，死士之中也能出英雄，所以她故意重用唐烈峰，对他加官晋爵，封他做了四品忠怀将军，令他看上去风头无二。

此刻,唐烈峰坐在充满腐朽与阴森之气的大牢里,回想起自己官封将军的那一天,恍惚觉得那一天其实跟今天并无不同,那天的他不曾感觉到喜悦,而今天的他亦不曾感觉到痛苦。

他看了看身边的同伴,离他最近的一个年轻人被砍断了一条腿,奄奄一息躺在地上。他知道他很痛苦,他的表情也告诉了所有的人,他很痛苦。但是,没有人管他,他也不期待任何人来管他。有人两眼无神地看着他,也有人看都不看他,他安安静静地躺着,气息一点儿一点儿减弱。

他是唐烈峰的下属,可是,唐烈峰和所有人一样,视他的死如一朵花的枯萎,如一阵风经过。

过了一会儿,有几名狱卒进来了,架起了唐烈峰,把他单独关到了一间牢房里。

唐烈峰打量四周,这间牢房和刚才那间在布局上毫无差异,只是空间略小一点儿。牢房的六面依然都是用青红玄铁加固过的,任是他本领再高也无法强行破壁而逃。牢房后方的墙壁上,还有牢门的上方都有很多气孔。室外的光线穿透气孔,形成一道道纤细的光柱,落在地面上,星星点点。室内没有火把烛台,这些气孔既是通风,也是引光之用。若在夜晚,尤其是无星无月的时候,整间牢房就黑到伸手不见五指了。唐烈峰就在这样一间牢房里被关了整整一个月。

那一个月,牢门一次也没有打开过。

狱卒没有来送过任何食物和水,对唐烈峰完全不闻不问。

他能猜到这是敌人故意为之的,但是,目的是什么,他却猜不到。

他还记得自己刚成为死士时,依旧以校尉的身份参与行军打仗，中了敌军的埋伏。和将士们负伤逃出包围圈以后，大家却误入了沙漠，遭遇风暴，沙漠发生地陷，所有人都被黄沙活埋了。

后来又是一场风暴，黄沙再次产生了流动，他能够很明显感觉到压在自己身上的重力在减轻。他开始挣扎，最终，一只手穿破黄沙，他自己爬了出来。直到奄奄一息地逃离了沙漠，到了一个边陲小镇，找人一问，他才推算出，自己竟然在黄沙里被活埋了至少十天。

活埋十天依然能生存，这不是奇迹，而是因为他体内有精元的存在，他的生命力比普通人顽强很多。

光殒河畔多柳精，那里的柳树吸取长河净水的精华，能修精成妖的不在少数。柳精们大多灵活狡猾，而且意志力极为顽强。再加上柳树根茎原本向地而生，靠着柳精的精元，唐烈峰即便被活埋也不觉窒息。

但是，他也有弱点。

光殒河的柳精生存和修炼都是靠着河中净水，他们喜水，怕旱，水能成他们，也能败他们。

同样，这也能败了唐烈峰。

狱卒们断了唐烈峰的水和食物，任何能汲取到水分的方式都不留给他，一开始三五七天还好，凭着超常的生命力和意志力，他还可以硬撑，但是，足足一个月，他就有点儿吃不消了。

一个月下来，他面容枯瘦，脸色苍白，皮肤干裂，身体越发虚弱。渐渐连站立走动都有点儿困难了。

他依然不知道敌人折磨他的目的究竟何在。

直到有一天，牢门终于开了，有个什么东西被扔了进来。软绵绵的一团，正好被扔在地面光斑最密集的地方。

他仔细一看，发现那竟然是一个人。是一个黄衫的少女。

少女缓缓地从地上爬起来,屈膝跪坐,向着唐烈峰伸了个懒腰,还很不顾形象地打着呵欠。

她打呵欠的时候,嘴里呼出的气飘荡在牢房里,唐烈峰隐约嗅到了白蚁的味道。

这少女是一只白蚁精。

只有三百年修为的白蚁精初云虽然逢人就说自己是大将军的门客,但实则她只是天凝从战场上救回来的一只小妖,还是休养好了以后非赖在府里不走的,说想找机会报答天凝的救命之恩。

这一次,机会倒真的来了。

天凝那日收到的羊皮卷上所写,是探子对被俘死士的彻查。但很多死士由于都是无名小卒,连查也无从查起,故而羊皮卷中的大部分内容都是关于唐烈峰的。除了他的身份,还有他体内精元的成分。

唐烈峰摘叶为刀的技能,是来自他体内柳精的精元,这是天凝和他交手时就已经判断出的。而他的轻功也超乎常人,有飞天之术,则是因为他体内同时还有一种天凝所熟悉的鸟类的精元。

那正是红顶青鸟。

柳精们喜爱生长于光殒河上游,而红顶青鸟则大多会将自己的窝安置在光殒河的下游。因为它们都喜水。

探子在羊皮卷中写到了他窃来的一点儿关于死士的情报:精元会令死士们拥有精元之主的习性,而这既是习性,同时也是弱点。什么令人强大,什么就能成为其弱点。换句话说,唐烈峰对水有依赖,如果在干旱的地方,他的能力就会减弱。而死士本身虽然因为被替换了黑木心脏,变得麻木不仁,饥饿干渴甚至死亡他们都逆来顺受，但是，精元在死士体内却是一个相对独立的存在。

精元的本能，即动植物的本能。

精元会渴求食物和水，断食缺水的时间越长，它们对食物与水的渴望就越强烈。

当这种渴望强烈到超越了肉身主人的意志，它们就会支配肉身主人，一改麻木不仁的状态，疯狂求生。

天凝就是要唐烈峰陷入这样的状态，所以才做出这样的安排，这安排的最后一步，就是把初云送进牢房。

初云得知自己终于有机会为救命恩人效力的时候，开心不已。无奈她天生有个嗜睡的怪毛病，监狱这边的士兵等到日上三竿，也不见她前来执行任务，只好派人去请。好不容易请她离了床，去监狱的路上，她却又在马车里睡着了，还留了张字条钉在马车内壁上，让他们直接把她抬进牢房就行了。

初云打着哈欠，左歪头，右歪头，把唐烈峰看了又看，问他："你现在难受吗？"

唐烈峰冷着脸盯着她，没有出声。

她说："我可以帮你减轻痛苦哎。"

唐烈峰的眉头皱了起来。

初云笑了笑，说："嘿嘿嘿，告诉你吧，我是一只白蚁精……你知道的，我们妖精有两件宝贝，一是聚集三魂七魄的精元，二是凝结毕生修为的元珠。我可以用元珠给你渡气……哦，就是分给你一点点灵气啦……让你以气代食，身体状态会恢复很多的，至少可以再多活一个月哦……"

她又讨赏似的小声问："喂，你要不要试试啊？"

唐烈峰终于缓缓地说了三个字："为什么？"

初云笑了起来，她笑的时候左脸有一个浅浅的酒窝，衬着她微

圆的小脸煞是可爱。"你说话的声音真好听，低低的，很有磁性，还给人安全感，像我修炼的时候总在洞外保护我的竹笋笋。"

"啊，竹笋笋是一棵通灵的竹笋，他自己觉得叠字比较可爱，让我喊他竹笋笋。"她解释道。

唐烈峰并没有耐心跟这只天真烂漫的小妖费唇舌，直截了当问："华天凝到底有什么目的？"

初云思索道："嗯，好像是说……你是敌人的将军，抓你和折磨你会灭你们的志气，长我们的威风。但是……又怕你经不住折磨真死了，所以到你半死不活的时候我就得来给你渡点儿气，让你想死也死不了……这样……将来打仗的时候，还要用你来做人质呢！"

她又比画着说："今天给你渡五成，明天再渡五成，后天就能进入下一轮愉快的折磨啦！"

唐烈峰闻言，脑海里一念闪过，眼中一道黠光暗转。他缓缓道："你觉得我会相信你说的鬼话吗？"

初云说："我不是鬼，我是妖，我说的才不是鬼话，是妖话！"她向前爬了几步，把唐烈峰看得更仔细些，"你长得这么好看，被折磨成这样，真是可惜了。"她又嚷嚷起来，"所以你到底要不要我渡气嘛？"

唐烈峰又不作声了。

初云翻了个白眼："不要算了。"她站起来，拍了拍手上的泥，"那我走了。"

男子的身体忽然动了动，缓缓地喊道："等一等——"

初云的嘴角轻轻一勾，露出一抹意味深长的笑意来。大将军安排自己来给唐烈峰渡气续命,自然不是为了继续折磨他那么简单。她轻轻地踩着满地光斑,走回唐烈峰面前。双手撑地跪下来,慢慢地靠近他,与他脸对脸。

一张嘴,一颗白珠从她嘴里飘出。白珠悬浮在二人中间。气息通过白珠,在两个人的身体间轮换。

就像是极度干涸的天地间降了一场微雨,这道气,令唐烈峰如释重负。

初云渡完气便离开了牢房,告诉唐烈峰明日还会再来。牢房外大街上熙来攘往,初云刚出去,便看到了熟人。

"大叔!"她脚尖一踮,提高了嗓门喊道。

一时间,七八个中年、老年的男人同时回过头来看她,她喊的那个人却行色匆匆,根本没有理她。

她做了个鬼脸,背着手跟了过去。

神医姜游便是初云口中的大叔。穿月色缎袍的男子乌发束带,身形伟岸,气质优雅。前方人来人往,他是最突出的那一个。单是背影也已经足够赏心悦目了。初云跟着他,故意落后他一截。

姜游也知道初云就在他身后,他也故意没有理她。

姜游实在不喜欢大叔这个称呼。

初云刚来的时候,还受着重伤,迷迷糊糊地知道有人在给自己看伤,苏醒后听婢女说看伤的那个人是族里的神医,也是大将军的师叔,她便以为师叔辈的人必然是个有一定年纪的人,言谈间便管神医叫大叔。"大叔这几天怎的不来给我看伤了?""大叔什么时候才来嘛,我怎么还晕乎乎的?"

后来终于见到姜游本人了,却看他年纪轻轻,俊朗不凡,知道

自己用错了称呼,原想改口叫声小哥哥,却冷不防听到这位小哥哥向大将军打趣她:"还管我叫大叔呢,几百年的妖精了,我看是我得喊她姥姥才对。"

初云那时正躲在门背后,忽然蹦了出来:"大叔,你管谁叫姥姥呢?你叫啊,叫啊,叫了你就给姥姥我打洗脚水去!"

就这样,初云不改口了,一见到姜游就故意先喊声大叔,声音还极大,生怕周围的人听不清楚。

姜游抗议无效,最后只能由着她了。

这天中午,姜游是约了城中一位官家的小姐,在城西的梨园吃饭观戏。他正在去赴约的路上。

走着走着,却看那位名叫素婉的小姐从一条偏巷里穿过来了,边走边喊他:"神医!神医!"

姜游停下脚步,轻轻地摸了摸鼻梁,朗然一笑道:"不是说好在梨园等吗?我应该没有迟到吧?"

见素婉款步走向姜游,初云便不再往前走了,嘴巴一扁,眉眼间露出了些许不悦。

风流倜傥的姜神医红颜知己众多,这在荒越族几乎无人不晓。单是初云亲眼见过的,便有那宋家的小姐、胡家的姑娘,风平酒肆的老板,还有燕瘦阁的红牌惜禾姑娘,就更别说那些初云不曾见过的了。

他走在大街上直接被美貌的姑娘上前相邀也是常有的事。

姜游曾说过,他和初云是同类人。

初云这丫头见了英俊的男子便要管人家叫小哥哥,平日里跟荒越城中好看的小哥哥们游园赏花,登山泛舟,也是一刻都不闲着。

就连看到城主厉朝欢的画像,她也敢品评一番,还缠着姜游说想亲眼见一见这么好看的小哥哥。

姜游常说，万花丛中过，片叶不沾身。初云来了以后，也学了他这句话。

他们的确是同类人。

此刻，初云看着那素婉姑娘款款走到姜游面前，福了福身，一阵风过，吹拂着女子的裙摆，露出她一双纤足。

不对！

素婉双足站立的地方，隐隐有细沙在打着旋儿，不是被风吹的，更像是一个人运用内功时带动周围空气产生了流转的旋涡。她在运气！她不是初云见过的那个手无缚鸡之力的素婉姑娘！

"大叔！当心！"初云大喊一声。

姜游闻言，顿时有了警觉。看素婉已经双足一顿，一掌击出，他及时躲避，对方扑了个空。

周围路人见状立刻抱头乱窜，姜游冷眼看着素婉："什么人？"

对方眸中凶光毕现，突然双手化为利爪，朝姜游一爪抓来。与此同时，街道两旁的屋顶上，几道黑影腾空而起，也纷纷直冲姜游而来。初云嘴巴一噘，生气地跺了跺脚，闯入杀阵里帮姜游去了。

这些人都是白渊族的死士，是为了营救唐烈峰将军而来的。坚不可破的大牢他们闯不进去，便想在这荒越族里抓个有分量的人，用来做人质。

没有比大将军最信赖也是亲如兄长的姜神医更适合的人选了。

伪装成素婉姑娘的死士体内有变色龙的精元，因而可以幻化形貌。而真正的素婉姑娘因为心急与姜游见面，提早去了梨园，已经在梨园外遇害了。

一番恶战，整条街都遭了殃，变得狼藉一片。最终，死士没能得手，城卫赶来以后，他们便撤了。

见死士撤逃，初云高兴地歪了歪头："看来，我还是蛮厉害的。"

姜游走过来，盯着初云的右手："厉害吗？"

初云低头看了看自己的手，掌心有伤口，而且不浅，是被刚才那个变色龙假素婉抓伤的。

她笑了笑："没事，这点儿小伤，我不疼。"

姜游温柔道："伤口得处理一下，跟我回神医府吧。"

初云也温柔一笑："好啊！"

回到神医府，姜游把初云安置在后花园里。他拿了药箱，又端了一盘有青有红的药瓶过来，再看初云的手心时，伤口已经有些微变色了。

他不慌不忙道："有毒。"

初云只顾着欣赏园角的海棠花，漫不经心道："是吗？没听说变色龙有毒呢。"

姜游道："死士体内未必只有一种精元，这应该是蛇毒。"

初云问："不碍事吧？"

姜游笑道："交给我就好。"

初云相信姜游的医术，自然是不担心的。见他低着头，眼角斜飞的弧度更见精致，鼻梁也更显立体，五官已然俊美绝伦，而轻轻抿着的嘴和专注的眼神更是显出他的一丝不苟，为那精美绝伦还添了一份魅惑。

果然男人认真的时候最迷人。初云越看越觉得赏心悦目，心情愉快极了。

姜游知道初云在看他，问道："不疼吗？"

初云没反应过来："嗯？"

姜游又问了一遍："真不疼？"

初云一看自己的手，掌心里被他倒了一摊不知是什么的墨绿色液体，经他一提醒，她才感觉到有火辣辣的灼烧感。"啊！这是什么？"她皱眉。想缩手，却被他捏着指尖，不准她乱动。"忍着！"

他又道："这也是从蛇毒里提炼出来的。"

初云问："以毒攻毒吗？"

姜游道："嗯，你暂且忍耐一会儿，待灼痛感彻底过去，我再用冰蚕丝为你缝合伤口。"

初云疼得有点儿委屈："哦。"

她又问："刚才那些死士还会再来吗？"

姜游道："会吧。"

她问："那怎么办？你得加派人手保护自己了。"

他淡淡道："不成气候。"

她说："那也得小心为上啊，大叔，回头你还得通知大将军，叫她也小心。"

姜游道："他们若真是想杀我或者抓我做人质，就不会大白天在大街上公然动手了。"

初云一想觉得很有道理："那他们为什么要偷袭你？"

姜游道："相对于救人或者挑衅，我猜他们更大的目的是做戏。"

她不解："做戏？做给谁看？"

他道："那就得看哥舒意是怎么想的了。"

她噘嘴："说来说去，你也不知道嘛。"

他笑着说："我若知道，就不仅仅是个大夫了。"

他又问:"你是从大牢里回来的?"她点头,感觉手心的灼痛感正在迅速减退:"嗯,今天是第一天,明天再去一次,就有结果了。"他问:"难吗?"她说:"不难。"他叮嘱:"你自己要小心。"

她笑了笑:"嘻嘻,就知道大叔你关心我!"

姜游料想灼烧感应该已经过去了,便从药箱里拿出冰蚕丝和一根银针,开始将伤口两边的皮肉缝合起来。初云丝毫也不觉得痛了。姜游道:"蛇毒会令你十二个时辰以内反复出现灼痛感,冰蚕丝能减轻这种痛,而且经由冰蚕丝缝合的伤口绝不会留疤,你们女孩子,最爱美了。"

他的动作极为温柔,一针一针,比绣花姑娘还灵巧谨慎。

伤口缝到一半的时候,神医府外隐约传来了一阵吵嚷声。管家匆匆过来汇报,说是素婉姑娘的父母来了,因为得知女儿枉死,怪姜游不应该约她到梨园去,要姜游对这件事情负责任。

姜游听罢,拿针的右手轻轻一抖。

但很快便掩住了那一闪而过的情绪,继续低下头给初云缝伤口。

初云方才故意只字不提素婉姑娘,但门外的夫妻一闹,有些事想避也避不了。她暗暗一想,打了个哈欠说:"好困啊,我在这儿睡会儿。大叔,你缝好了就去忙你的吧,不用管我了。"说着,趴在桌子上,头枕着没有受伤的另一只手,真的闭上眼睛睡起来。但才刚闭上一会儿,姜游的银针又走了四五针,吵嚷依旧,她"噌"地直起身子,拍了拍桌,道:"哎!最讨厌有人吵我睡觉了。"

话音一落,她摇身一变,姜游面前的女子不见了,半空里倒多了一只飞着的小白蚁。

姜游猜到她想干什么,正色喊她:"初云,不要胡闹!"

初云没有理姜游,"嗖"的一下飞出了后花园。飞到神医府门外,翅膀一振,刹那又变出了几个分身,大家一起冲着那呼天抢地坐在台阶上耍赖的夫妻俩飞去,使劲地往两人的额头上冲咬。

夫妻俩顿时骂骂咧咧,抱头乱窜,最后终是禁不住,悻悻地离开了。

初云心满意足,飞回后花园,见姜游正递了一沓银票给管家,叮嘱他说:"你把这些给他们,就说是我托他们好好地处理素婉的身后事。"管家应声,拿着银票走了。初云觉得心里有点儿不舒服,便没再现身,直接飞出了神医府。伤口再有两三针应该就全部缝好了,她觉得并不打紧。

夜里,初云心事重重,姜游也是心事重重。他拿着一只布偶,悄悄地去了素婉家里,把布偶放进她的棺材后便离开了。

那是素婉很喜欢的布偶,原是她送给他的。

姜游还记得,初识素婉,是因为她一个弱女子却在天色已暮的时候还往深山里去,蹚溪而过差点儿掉进水里,刚好他下山看见那一幕,出手拉了她一把。言谈间,方知道素婉姑娘是家中庶出,生母已故,莫说是几位兄长和大娘,就连生父也对她嫌弃刻薄。她受尽了家里人的欺负,入山也是被逼的,因为兄长们为了泡出好茶,竟要她时常到山顶采集新鲜的晨露,每次都是天黑上山,在山顶守一个通宵,天亮又要赶回家中。

姜游觉得素婉身世可怜,因而便力所能及地对她有所照拂。

族人都说,神医姜游是个风流多情种,可是,姜游的风流,只用在那些见惯风月的女子身上。他可以与她们耳鬓厮磨,逢场作戏,各取所需,但是,像素婉这样身家清白、心思单纯的姑娘,他

从来都只以朋友之礼善待。素婉对姜游也是敬如知己,仰如兄长,两人之间并没有暧昧。

姜游从来没有想过身边会有女子因为他而殒命。

但是,身边因为他而殒命的女子,素婉却已经不是第一个了。

几年前,姜游曾收过一位女医官做徒弟,他教她医术,她做他的副手。一次,他们入山采药,遇上了妖兽,那姑娘为了救他,被妖兽咬断了一条手臂,失血而死,临死前方才对他吐露真心,说明知他对她只有师徒的情分,可是,她却情难自禁爱上了他。后来的姜游在很长一段时间里都无法忘记她临终前说的那番话:"师父,我喜欢你。我也不想喜欢你,可是,越不想,越喜欢。"

姜游恨自己枉称见惯了风月,却竟然没有察觉身边人的心思,他想,他若是察觉了,制止了,她或许就会更顾全自己,不会为了救他而舍身忘我了吧?

女医官的死宛如深深地插进姜游心里的一把尖刀,那刀子从未被拔出来过,而现在,素婉的死转动了那残酷的利刃,将他的心割扯搅拌,鲜血淋漓。他问自己,还要继续吗?

答案是肯定的。

是的,还要继续。还要继续做别人眼里的情场浪子,以风流来掩饰真心,做一个看似无心的人。

这样才能够令自己曾经说过的谎言看起来不像个谎言。

五年前,在慈航谷的群医宴上,酒过三巡的姜游伏在一个红衣女子肩上,说我不愿意只做你的长辈,我想做与你合卺交杯、白头偕老的人。第二天,酒醒了,他知道自己失言,只好硬着头皮向对方解释:"你别看我一时酒酣脑热,什么都可以说得天花乱坠,其实,那些话我对不少女子都说过,你大可不必当真。我是对你有好感,你若愿意,我们合卺交杯倒也可以,不过,是否能白头偕老还是未知。但是你若不愿意，我以后只会是你的小师叔，绝无他念！"

那一年，天凝十七岁。姜游和她刚从一座疫病横行的村庄归来。那座村庄里，过半数的村民都染了无名怪病，所有的大夫都束手无策。姜游想帮助村民，但那怪病实在棘手，有一个村民在服用了他开出的药以后，非但没有好转，反而隔天便去世了。村民们大骂姜游是庸医，再也不信任他，后来即便他改良了药方，也没有人愿意被他医治了。束手无策之际，天凝竟然以身试病，再以身试药，终于帮他重获了村民的信任，也令整座村子的人都摆脱了疫病。

姜游永远都无法忘记，以身试药的那一日，微雨落花，十七岁的少女手里还拿了一朵刚从泥地里捡起来的粉桃，眉眼间有同龄女子所不能及的老成与坚毅，却也有宛如婴儿般的纯澈无瑕。她微微一笑，道："我不觉得我是在拿自己的性命当儿戏，因为我知道我是不会有事的。我相信你！"

那一刻，姜游便觉得，就是她了。

穷尽毕生也要守护的人。

他一定要见她永灿烂，保她长安宁。这信念，从那时起，没有一刻动摇过。

后来的姜游之所以能在万花丛中过，片叶不沾身，就是因为他的心里已经容不下别的女子了。

然而，他也很清楚，天凝的心里也容不下自己。

他对她动情时，她一心顾念的还只有家国天下，她待他如长辈，视他为知己，却没有半点儿男女之念。

到她终于有了情心情念，她眼里看见的却只有厉朝欢。

姜游怕自己那番表白会让天凝心有芥蒂，他也以为，迎风弄月就能让自己淡了对她的念想，所以，他成了别人眼里的情场浪子。这些年来，他把一个情场浪子演得入木三分，就连天凝都以为，她的小师叔果真是个风流洒脱的人，他的感情来得快去得也快，她以为他已经放下了。

殊不知，他偏偏就是放不下，偏偏还是太执着。

姜游一直以为，没有人知道他对天凝的感情。然而，在初云来荒越城以前，的确是没有人知道。

但在初云来了以后，情况就不一样了。

初云养伤期间，对于给自己看病拿药的神医颇为依赖，动不动就想缠着他。有一次，她知道他要出城，问他去做什么他却不说，她便悄悄地变回了白蚁真身，钻进了他骑的那匹马的耳朵里，跟他出了城。

原来，那一日是那位女医官的忌日。每年姜游都会出城祭拜她，带上一壶小酒，和一块墓碑对饮。偶尔他也会跟那块墓碑说上几句话，说一些平时想说而不能说的话。初云就是那样偷听到他的秘密的。

而那天之后，初云就更加关注姜游了。

她第二次跟踪他，他去了烟花坊。她看见他坐在男人堆里，频频与人竞价，欲和一位新入坊的姑娘共度良宵。后来，他竞价成功了，但是，晚上夜深人静时，那姑娘偷了他的迷药弄晕了他，爬窗逃走了。

这件事情令全城的人一度在暗地里笑他这位风流神医马失前

蹄，只有初云知道，那个姑娘其实是姜游故意放走的。

姑娘被她的叔父卖入烟花坊，她逃走时，她的情郎正牵着马，躲在坊墙外等她。姜游正是知道他们有出逃的计划，所以才与人竞价，救了这姑娘一命，以确保没有人阻拦他们的出逃。

而初云第三次跟踪姜游，他去了明渡寺。

因为那时族中有一位德高望重的武官去世，超度的仪式在明渡寺举行，作为大将军，天凝必须到场参与仪式。但是，时值春季，明渡寺周围槐花盛开，天凝对槐花过敏，姜游便特意为她做了一种香烛。香烛燃烧时，散发的烟雾恰好就是一剂解药，可以快速压制人体的过敏反应。

起初，明渡寺的住持并不同意姜游在寺里换上他自带的香烛，姜游多番游说，住持才勉强答应。但是，他要姜游自己动手去换那些香烛，不准寺里的和尚帮他。初云便看着姜游一个人忙进忙出，折腾了彻夜，终于在仪式开始之前换好了全寺的香烛。

那时，住持问他，华大将军在沙场抛头颅洒热血都不见得有半分惊惧，怎么倒怕起这林间的繁花来了？

姜游便说："不是华大将军怕，是我怕，换香烛也是我一个人的主张，大将军其实不知情。"

住持问他："那神医你又怕什么？"

姜游想了想，道："我怕她在沙场抛头颅洒热血已经够辛苦了，这种琐碎的苦楚能免则免吧。"

他又笑了笑，补充道："我怕她皱眉头。"

那一刻，仍然飞在半空中的白蚁初云忽然垂下了翅膀，落在了一盏长明灯前。她望着姜游失了神。她看见他分明在笑，但眉心却有了一道淡淡的褶痕。他真是个傻瓜啊，她想，他怕别人皱眉头，那谁又来心疼他皱眉头呢？

难道是我吗?

那天以后,初云便下定决心留在荒越城。

说要报答大将军的救命之恩,还有荒越族的收留之情,其实都是幌子,她是为了姜游而留下来的。

她也并不是真心喜欢亲近那些俊俏的男子,她只是在效法姜游。

姜游可以用风流掩饰真心,妥善地守护自己心爱的女子,初云觉得,她也可以用同样的方式,对他隐忍相陪。

姜游和素婉之间的种种,初云很清楚。她也知道素婉是庶出,得不到家里人的爱护和尊重,而到神医府外面哭闹的那对夫妻,也只不过是想借机从姜游这里讹一点儿好处。她明白姜游让管家带钱去素婉家中,是希望素婉的家人能看在钱的分儿上好好地安葬她,维护她最后的尊严。

她更加知道,曾经的姜游对女医官之死无法释怀,未来的姜游想必又要把素婉的悲剧扛在肩上了。

他一定又要皱眉头了。

他怕别人皱眉头,那谁又来心疼他皱眉头呢?

初云想,当然是我啊!

心事重重的一夜过去之后,第二天,初云又去了牢里。依照计划,她还要再给唐烈峰渡一次气。

白蚁的天性是对气味很敏感,修炼成精的白蚁对气味的捕捉能力更是炉火纯青。

所以，白蚁精最擅长的就是寻物和追踪。

当初云以元珠为唐烈峰渡气时，气息在两人的身体之间轮换，初云便可以借机刺探到唐烈峰的五脏六腑，挖掘他身体最深处的气息，准确地说，是挖掘他的心脏处，万年黑木的气息。

天凝想以万年黑木救厉朝欢，但万年黑木本身就极为罕有，而且极具灵性，它们自己懂得趋吉避凶，若是感应到生人靠近，还会长脚逃走。再加上慧极山雾凇顶冰原辽阔，气候恶劣，如果没有章法盲目搜索，最后找到黑木的可能性很低。所以，他们必须得到一个有用的指引。

而这个指引就是万年黑木本身的气息。

只要初云得到黑木气息，她就能凭气息追踪黑木，就有机会找到它。

而万年黑木的气息自然藏在万年黑木之中，而每一个死士的胸腔里，都有一块万年黑木。

但已经被用过一次的万年黑木不可以重复利用，他们只能找新的万年黑木来为厉朝欢做心脏。

之所以在被俘的死士当中挑选唐烈峰作为初云下手的对象，是因为其余被俘的死士们体内都只有一种精元，而且是植物的精元，只有唐烈峰的体内不但有植物的精元，还有动物的精元。

动物比植物更有欲念，对痛苦的忍受能力也更低。所以，一旦它们感受到危机，求生本能更易被激发，态度也更激进。

天凝故意命人对唐烈峰断粮绝水，就是想逼他体内精元求生的本能爆发，尤其是催醒那红顶青鸟的精元，以确保唐烈峰会愿意跟初云合作，汲取生存的元气，让初云有机会探入他体内，收集到万年黑木的气息。

初云胸有成竹，她只要为唐烈峰渡气两次，一次试探，一次巩

固,她便足可以将黑木气息收入囊中了。

这一切原本是可以顺顺利利的。假如初云没有受伤的话——

牢房里,一灯如豆。

初云还和昨日一样,跪坐在唐烈峰面前,手指轻轻一挽,白色的元珠从她嘴里飞出,微光流过指尖,悬停在两人中间。

明明灭灭的白光映着他冷峻的眉眼,气流吹动着她额前的碎发,她开始为他渡气。

初云记得大将军的叮嘱,渡气是假,探寻黑木气息才是真,渡气一定要适可而止,不可以被他吸取过多的元气,以防他体能恢复,伺机逃走。

想到这里,初云定了定神。

又是半盏茶的工夫过去,任务终于完成了。黑木气息已经被初云牢牢记下了。初云刚想停止渡气,把元珠收回,忽然觉得手背一热,唐烈峰竟抓住了她受伤的那只手,一股热流刺入伤口,她感觉伤口一阵撕裂,她大吃一惊,瞪着唐烈峰:"你——"

唐烈峰面无表情,只稳稳地扼着初云的手掌不放。

元珠在半空颤了颤,气流仍继续源源不断涌向唐烈峰的嘴里。

岂有此理!

初云牙关一咬,另一只手一掌向唐烈峰劈去,唐烈峰却只是一个侧身,堪堪躲过,同时一用力,把初云朝自己面前一拽,她险些撞进他怀里。她面红耳赤道:"你放开我!不许再吸我的元气!"

唐烈峰置若罔闻,冷冷地凝视着初云。

初云又想打他,可一挣扎,掌心的伤口处就传来撕心裂肺的痛,令她根本无力和他交手。

初云急坏了,眼睁睁看着元珠的光越来越暗,唐烈峰的面色却越来越红润,她一想,索性扑向唐烈峰,抱着他,一口咬上他的耳朵!

唐烈峰眉头一皱,推开初云。初云趁他松懈,收回了元珠,跌到墙角。

这一日,是四月初一。

这天夜里,初云向天凝复命,说到唐烈峰强行夺取自己的元气,还义愤填膺:"他真是太可恶了!知道我有伤在身,趁机暗算我!哼!"说着又偷眼去看天凝,"大将军,我是不是犯错了,要受罚吗?能罚轻点儿吗?"

天凝问道:"那他现在怎么样了?"

初云嘟嘴说:"嘻嘻,也没怎么样,亏了我急中生智,咬他的耳朵,他才把我放了。现在他虽然比我们预期的多吸了那么一点点——"她掐着手指节示意,"真的就是一点点元气而已,不过,咱们的大牢可是青红玄铁做的,派人看紧点儿,他应该……也没那么容易逃出来吧,哦?"

嘴里说得轻松,可心里还是打鼓。

天凝并不责怪初云,道:"那你明日便动身去雾凇顶,不可声张,我只能安排城卫军副统领寒章带一小队人马跟着你,没问题吧?"

初云眼睛一亮:"跟着我?那是听我指挥吗?我是他们的头头吗?"

天凝有点儿忍俊不禁,道:"你负责找路,他们跟着你,但是,关键时刻,你还是得听寒章的。"

"哦——"初云不无失望。

天凝又道:"给我看看你的伤。"

初云乖乖把手伸过去,天凝见她的伤口完全裂开了,像一道沟壑,血肉模糊,她道:"走之前,再找神医为你处理一下伤口吧,这次不要大意了。"初云巴不得能见到姜游,站起来道:"嗯,那我现在就去找大叔!"

天凝看着那小妖欢欢喜喜走到门口,又停步回头来看她,问道:"大将军,城里还有死士吗?就是那天我和大叔碰上的那些,抓到了吗?"

天凝摇头。

初云皱眉道:"那你们都要小心了,别再被他们偷袭了。"

天凝笑了笑,叮嘱道:"嗯,你此去也要万事小心。"

初云道:"我知道了,谢谢大将军的关心。"说完,快步离去,背影瞬间便没入了黑暗之中。

那一刻,没来由地,天凝的眼皮轻轻跳了几下。人们常说,那是个不好的预兆。

天凝并没有如实告诉初云,寻找万年黑木的真正意图。初云来了荒越城这么久,并没有亲眼见到过厉朝欢,和大多数人一样,她也以为厉朝欢只是重伤昏迷,并没有想到他已经死了。

这天夜里,天凝去了一趟大牢。

大牢里,一切如常。

据狱卒汇报,初云离开大牢以后,唐烈峰便一如既往,动也懒得动,盘腿靠墙而坐,闭目养神。

天凝在牢门外站定,一墙之隔的那个人知道她来了,眼睛半睁开了片刻,然后又闭上了。

未几,天凝离开大牢,回了府。夜色已深,她洗了脸,和衣睡了两个时辰，天没亮便起身了。

过了一会儿，城卫军副统领寒章来了。天凝把寻找万年黑木的任务交代给他，寒章领命离开，天亮后与初云在城外的五里坡秘密会合。那之后，他们便分为两路，一路扮作镖队，一路扮作从他荒逃来的难民，彼此暗中照应，往慧极山雾凇顶日夜兼程地赶去。这一日，是四月初二。

初云等人前前后后耗费了十日的光景，四月十二，他们终于完成任务，找到了万年黑木，从其枝干上砍掉了一块，足可以用来雕刻人的心脏，他们将这块黑木安然地带回了荒越城。

这十日，荒越城里依旧偶尔出现死士的行踪，姜游又被偷袭了一次，但对方依旧没能得手；天凝也在出行时察觉身边有可疑人靠近，可是并没能抓获对方。

探子送回暗信，说原来哥舒意为了向族人证明，她并不只是把死士当成一种工具，而是十分重视死士这一群类的存在，所以假装积极营救她最看重的死士唐烈峰，因而才又派人潜入了荒越城。

但似乎哥舒意心里明白，要从荒越城的大牢里把唐烈峰等人救出来，根本是一件非常困难的事情，所以，她更多的只是想做做样子给她的臣民们看，以彰显朝廷重视死士，令百姓不反对死士计划，仍愿加入死士的行列。故而死士频繁在荒越城作乱，两次偷袭姜游，其实都只是虚张声势。

天凝依稀觉得，哥舒意似有放弃唐烈峰之意。但是，转念又一想，哥舒意分明在唐烈峰的身上费了那么多的心思，令他成为死士之中凤毛麟角的人物，这一次如此大规模的刺杀行动，她也安排他作为领头羊，足见对他的重视，若是她就这样放弃他了，似乎又有

点儿不符合哥舒意的行事作风。她一时间也判断不出对方是否还有别的意图,便派人加强了城中各处防御,对于接下来有可能发生的事情,准备兵来将挡。

得知初云和寒章等人即将抵达荒越城的那天,天气由晴转阴。黑云压城,大风不断,吹得窗框嘎吱作响。

天凝坐在书房里阅读兵书,一阵穿堂风灌进来,她忽然觉得鼻腔里痒痒的,不禁打了个喷嚏。风里隐隐夹杂着一阵槐花的香气。她想起大将军府附近是有一棵槐树,现在正值槐花盛开的时节,想来这风里一定是裹杂槐花的花粉了,她才会觉得不自在,她急忙起身关上窗户。

兵书读到夜深,她倦意渐浓,竟趴在书桌上睡着了。

那一夜,她噩梦连连,醒来的时候满头大汗,右手微微有点儿乏力,口干舌燥,太阳穴也偶有涨痛。

午间姜游正好来大将军府找她,想蹭一顿饭吃,天凝便让他给自己把了个脉。姜游看她脉象平稳,气色也不见异常,料想她只是对槐花过敏,再加上感染了少许风寒,所以有所不适。他便给她开了几服药,还亲自煎给她喝。喝过姜游的药以后,天凝觉得昏沉,这一日天刚黑她便就寝了。

第二天便是四月十二,初云和寒章等人回到荒越城,初云将用锦盒装着的万年黑木呈给了天凝。

赤色的锦盒里,一段表皮光滑、两端切口有鱼鳞纹的黑色圆木静静地躺着,天凝有些紧张,小心翼翼地捧出来,看了又看。

随后,她将万年黑木交给了姜游,姜游秘密地召来了族中最巧手的工匠,和他们一起花了三天的时间,完成了心脏的雕刻。

四月十六，雨后初晴的黎明时分，姜游来到城主府时，天凝已经在厉朝欢屋前的花园里等他了。只是不知道她究竟是到得早，还是根本彻夜未归。这是个大日子。他们决定动手救厉朝欢。

姜游背了一个医箱，怀中还抱了两个锦盒，其中一个锦盒里面装的是已经雕刻完成的黑木心，而另外一个蓝缎黄纹的半圆紫檀木盒里面放的，便是玉鹤的精元了。

天凝见姜游来了，吩咐守在院门外的侍卫："你们不要放任何人进来打扰我和神医，若有急事，再来通传。"

侍卫应下，警觉肃然。

他们进了房间以后，天凝便施禁法把房间封闭起来。

这样一来，屋外的人既无法监听也无法监看屋内的一切，就算是一只蚊子，想飞进来也是不可能的了。最近这几个月，她也都是用这禁法在保护着这个房间里的秘密，避免被不相关的人知道厉朝欢的真实情况。

施完禁法，她再看姜游，他正拿了一支刚点燃的白烛，走到厉朝欢床边。

微弱的烛光映着床上那人熟睡般的面庞，也映着那朵常伴他枕边的蝶骨花。

有那朵冥界之花在，能保人死后尸身不僵不腐，也能维持正常的体温。而现在，他们要救厉朝欢，就得先解除蝶骨花的效力。蝶骨花遇火则化，用白烛的火焰轻轻一碰，花就会化成飞灰。

只是，那样一来，厉朝欢的尸身会迅速冷却僵硬，三五个时辰，便干枯腐烂，若是在这段时间内完不成换心和注入精元，他们必然来不及再找第二朵蝶骨花来保护尸身了。也就是说，这一次若是救不活厉朝欢，他的尸身也无法继续保存了。

天凝看姜游缓缓地把烛火伸向花瓣，她突然忍不住出声喊道：

"等一下,小师叔!"

姜游的动作停了下来,望着她。

她的目光落在厉朝欢的眉心,鼻尖,唇畔,她深深地看着他,满眼眷恋。她是紧张甚至是害怕的,手心里都有微汗了。

姜游也知道她的担忧,宽慰她道:"虽说换心要出于自愿,身心不相斥才能成功,但是他已经死了,死了的人没有意愿,所以也不会有排斥,而至于是否接纳,这个我们都没办法预计。"

"成功的机会有一半,失败的机会也有一半,但是我们如果什么都不做,那他就永远只能躺在这里了。

"天凝,换心是最难的一步,只要这一步成功了,注入精元就更容易了。我们放手一搏吧?"

天凝还是默不作声。

她又想到了那次厉朝欢醉倒在大将军府,躺在她的花园里酣然入梦。那时,也是舒展的长身,交叠的手掌,安静的眉眼,几乎和此刻没有两样。只不过,那时的他还能在第一缕曙光穿透云层时懒洋洋地睁开眼睛,对正在给他煮醒酒茶的她朗然一笑,道一声,早啊。而这一刻的他,生死由人,也由命,他的那双眼睛,可还会再倒映出自己为他红了的面颊和为他红了的眼眶?

良久,她长长地叹了一口气,那就放手一搏吧!

第三章 花映雪

在成为荒越城的城主之前,厉朝欢的人生几大乐事,除了骑马赏乐,游园泛舟,便是与人斗酒斗武,还有斗蟋蟀了。他那时还有用不完的鬼点子,作弄人的本事也是一流,暗地里还被城主府的下人起了个混世魔王的称号。

虽然父亲很早就教育他,身为少主,言行须谨慎持重,要多学勤政为民之道,不可终日只顾玩乐,荒废光阴,这一城之主的重担,将来迟早是要落在他身上的。但那时,他总是觉得,既然有父亲在,他大可不必过早去考虑那些所谓的重担。他二十五岁的时候,父亲四十五岁,他以为他起码还有二三十年逍遥清闲的日子。然而,他二十五岁的时候,父亲却去世了。

在荒越族和白渊族的上一轮交锋之中,荒越族的老城主厉殷枭死于非命。厉朝欢临危受命,继任城主,担负起了他并不愿担负的重责。那一年的横祸与重担,令他一夜之间便多了些不得已的稳重

和低沉。

他永远都记得自己穿上金缕玉带袍，拇指上戴着青铜玄纹戒，跪在父亲的墓前，泣声说定会成为一代明主，誓死护卫荒越族。那一天的天空下着瓢泼大雨。雨雾模糊了墓地四周的景象，天地间一片灰白。

那灰白的颜色，便像极了此刻自己梦里的颜色吧？

他想，他应该是在做梦吧？不然，怎么会云里雾里，世界仿佛很通透，却又仿佛什么都看不清。

他依稀听到有人在喊他，声音从云端飘下来，温柔而冷静。

"城主？城主？"

他猛然感觉到自己胸口有一阵寒气，缠缠绕绕的，经久不散，以至于全身也跟着发寒发抖。

他深吸了一口凉气，眼睛一睁，像是从一个囚困了他千年的梦境中醒来。

姜游和天凝的努力没有白费，两天两夜，他们滴水未进，粒米未沾，连房门都没有迈出一步。

厉朝欢醒了。

死而复生。

此刻，黎明又至，西边天晴，东方大雨。半明半暗的房间里，厉朝欢两眼发直地望着床顶的帷幔，他知道自己的身体发生了怎样的变化。就在姜游捧着那颗黑木心脏靠近他身体的时候，黑木的灵气便勾起了他身体的感应，他能感受到姜游把这颗木雕的心脏放进他已经被挖开剖空的胸腔里面，就如往泥土里埋进一颗种子，种子以奇快的速度生根，根茎繁茂，牢牢地抓住了胸腔里的经络。

他开始有呼吸了。

接着,有一双温柔的手拉动着针线,在他胸前的皮肉间轻轻地穿连缝合,他想,大概是姜游那小子又给他吃什么奇怪的药丸了,所以,针线每一次扎进皮肉,他都感觉不到痛。他只觉得冷,破开的胸膛即便最后合拢没有一丝缝隙,但是,他还是觉得,像有冷风飕飕地在往他的心里钻。

最后就是注入玉鹤的精元了,精元如奔腾的洪水一般,刹那席卷了他身体里的每一个角落,尤其是心室,那里面不只像装了洪水,好像还装了滚滚熔岩,风火雷电,千军万马,所有的力量都想向外突破,想撑破了他,撕裂了他,他难受至极。但是,难受过后就归于平静了。

他撑过来了。

现在,他又是一个活生生的人了。

他又听到了天凝在喊他,一声一声。他还是觉得那声音仿佛是来自某个遥远的地方,飘飘忽忽不真实。

他又缓缓闭上了眼睛。一觉睡去,又是一天一夜。

再次醒来的时候,姜游已经有事离开了,只有天凝还守在房间里。

房间的禁法尚未解除,门窗紧闭,静谧无声。

厉朝欢见天凝背向他站在一个鱼缸前,缸里两尾金色的小鱼游来游去,她的目光只定在鱼缸里的某处,看来像是在走神。大概是因为鱼儿成双对,她却形单影只吧,他觉得她看起来十分落寞。

好一会儿之后,他缓缓出声道:"我刚才做梦,梦到你又给我酿紫风露了。"

　　天凝听到床上昏睡的人说话了，心中一根绷着的弦骤然一松，急忙回头一看，只见屋外透窗而来的细碎朝阳摊成了一片淡金色的薄光，厉朝欢就躺在那片薄光里，神色温柔地望着自己。

　　突然间满室溢彩流光，姹紫嫣红。

　　她接着他的话茬道："以后你要喝紫风露，我便给你酿紫风露。初一可以酿，十五也可以酿。"她一边说一边走过去："白天可以酿，夜晚也可以酿；天晴可以，大雨可以，春夏可以，秋冬也可以；在荒越城可以，在外行军打仗，也可以！"这一生，这一世，都可以！只求你不要再让我失去为你酿紫风露的机会了！她越说越急，但最后这两句却又咽回肚子里去了，归于平静。

　　她淡淡地坐到他床边，眉眼含笑地看着他。眼睛眨也不眨，像是要把这几年错过的生动全都补回来。

　　厉朝欢被她看笑了："虽说我好像是这第九荒里最好看的男人，不过你也不用这样看着我吧？女儿家有些时候还是可以拘一点儿小节的。"天凝一听，微微噘了噘嘴，道："都病成这样了，还好看呢？"

　　厉朝欢道："是吗？那把你的胭脂水粉借我用一下吧，省得回头被人看见了，坏了我英俊的美名。"

　　他似乎还是那个爱与她开玩笑的厉朝欢。似乎跟从前没有什么两样。

　　但是，不一样其实是有的。她很清楚。

　　她望着他的眼睛，就像她曾经望着唐烈峰的眼睛一样，从那双眼睛里面，她也看不到自己的影子。

　　藏雪凝霜的眼睛，即便带着笑意，也是空洞的。

　　他笑，并不代表他愉悦，只是理智告诉他，这个时候，他应该笑。从今以后理智还会驱使他做很多事，他只问对错，不管悲喜。

他的七情六欲不见了。

这一天，沉浸在厉朝欢苏醒的喜悦里，天凝一直坐在他旁边，他想聊什么，她就陪他聊什么。

她别的什么也不管，只看着他，想着他，说着他。漫天漫地全是他。

倒是厉朝欢，总会走神，总不自觉要用手摸一摸自己的胸口。胸口的寒意多少令他有点儿不舒服，姜游也说过他乍时会不习惯，但时间稍长就自在了。天凝一想，便出去吩咐下人准备熏笼。用熏笼暖着，不适感兴许会减轻。

没多久，送熏笼的婢女便来了。两名婢女各提一个熏笼，站在城主的房间外，禁法没有解除，她们还进不来。

天凝看了看厉朝欢，道："若是你现在不想见人，我让她们把熏笼放在门口，改天再宣布你醒了。"

厉朝欢摇头道："无妨。"

天凝便挥袖一挽，解了禁法，道："进来吧。"

婢女们推门而入，齐声道："大将军，熏笼已经准……"话未说完，赫然看见床上半卧的厉朝欢，顿时面露喜色，"扑通"一声跪了下去，"城主醒了！"

城主醒了的消息很快就传遍了全城的大街小巷，然后传遍了整个荒越族，乃至整个第九荒。但是，依然有人念念不忘上次祭天大典发生的事情，以为这次又是大将军放出的假消息，怕这背后又有什么大事要发生了。不过，这些是后话。送熏笼的婢女兴高采烈退出了房间以后，天凝正想把其中一个熏笼提得离床近一些，却冷不防嗅到了空气中一阵淡淡的白蚁气息："初云！"

刚钻进门缝的小白蚁摇身一变，变成个窈窕的少女，吐着舌头跪地行礼："小妖初云见过城主。"

初云知道，自己既然找回了万年黑木，那接下来神医和大将军必然就应该着手用黑木救城主了。她听说前几日他们都去了城主府，还待在城主的房间里两天两夜未曾离开半步，她便知道，八九不离十了。她还变回白蚁真身飞进城主府想偷看，但是这房间施了禁法，她什么也看不到，她便索性在门口找了个木洞钻进去，想守株待兔，哪知道自己又太嗜睡，等着等着就睡着了，就连姜游已经离开了她也不知道。直到这会儿婢女来送熏笼，说话声音大了点儿，她才被吵醒了，赶紧跟了进来。

初云怕天凝和厉朝欢怪她不懂规矩，急忙解释说自己只是好奇，到底城主怎么样了，一直以来又没见过城主，怕以后都见不着了——"啊！呸！"说到这里，初云立刻意识到自己说错话了，急忙啐了一口，道，"呃，不不，我不是这个、那个意思！"

天凝倒也没责怪初云多事，正想叫她起身说话，却听厉朝欢轻轻地道了一声："晚庭？"

初云一愣。

天凝则是浑身一僵。

厉朝欢指着初云身上穿的那件蓝底云纹的披风，问道："这件披风，是我送给晚庭的那一件吧？"

对于荒越族人来讲，有一个常识。他们都知道，在第四荒里，有一个姜陵族，两百年前的姜陵族曾经出过一位战神，因为在家中排行第十,所以他便舍弃了他自己并不太喜欢的本名,自称虚十。

虚十天生神力,相传是出生时沾了神族之气。后来又因为屡次带兵,战无不胜,他便越发骄傲,觉得自己高人一等。终于有一天,骄兵必败的道理应验在了他身上,他那一仗险些输掉自己的性命。

命悬一线之际,一位老人救了虚十。而那位老人便是荒越族厉家的先祖。

老人以救命恩人的身份,对虚十提出了一个要求,他看中虚十天生神力,要虚十答应他,以后在他的后人之中,每一代都必须挑选一位,作为荒越厉姓家族的守护者。老人还预言,厉家的人在不久的将来,要担负的,会是整个荒越族,乃至整个第九荒的命运。

虚十答应了老人的要求,并且,两百多年来,虚十的后人也谨守承诺,先后出了六代守护者。

而第六代的守护者,在所有的守护者之中,是能力最强,也是最年轻的一个。

她叫虚晚庭。

若说,在荒越族人的心目中,华天凝是一个传奇,那虚晚庭便是另一个,与她不相上下的传奇。

虚晚庭在族中的地位虽然远比不上天凝的今时今日,但是,她曾经鼎力相助老城主厉殷枭对抗白渊族,也曾力挽狂澜,令荒越族免遭灭顶之灾,她也是荒越族人心目中的巾帼英雄。

然而,在厉朝欢当上荒越城主之前,虚晚庭却因为遭到那时尚未登基为皇的哥舒意的算计,而沦入了魔道。为免她成魔后滥杀无辜,众人决定将她封印在慧极山雾凇顶的千年冰川之中。

她白衣素颜,沉睡于冰川之下。而厉朝欢则金袍玉带,站上了全城之巅夜龙台,成了一族之首。

那一刻,他其实是想随她而去的。

那一刻的厉朝欢看着全城的百姓对他俯首而拜,可他疯狂想要拥有的,却只不过是一个女子的低眉浅笑。

他爱她。

她是他的情之初。

是他的曾经沧海烙在心头的一颗朱砂。

但是,他也知道,这份感情只是他一厢情愿。虚晚庭爱的人却是一个白渊族的少年,他叫墨湮寻,而当年的墨湮寻还有一个特殊的身份,他是哥舒意的未婚夫。几人之间的恩怨纠缠转瞬就化成了梦幻泡影,最终,对晚庭不离不弃的墨湮寻选择了陪她一起被封印,那是另一种形式的与子偕老。

厉朝欢是看着墨湮寻抱着昏迷的晚庭离开荒越城,前往雾凇顶的。那一骑红尘,绝尘而往,他心如刀绞。

他多希望那个陪晚庭至死的人是他自己啊!

他们甚至还曾经在迫不得已的情况之下拜了堂,成了亲,有了夫妻之实,然而,她心里的人不是他,他知道。他也无法撇开他的族人不顾,他甚至根本走不出这座荒越城,他也知道。

厉朝欢最后能做的,只不过是在晚庭离开之前,为她换上自己给她准备的一身新衣。

除了这世间最华美的九荒流仙裙,还有一件,便是淡蓝底、玉色云纹的锦缎披风。

而此刻,这件披风竟然正穿在小妖初云的身上。

天凝其实也见过这件披风,只是印象不深。厉朝欢问起,她才回忆起来,当年,墨湮寻带晚庭离开荒越城,天凝正好巡城经过,她看见马踏尘泥，一男一女的身影在马背上渐行渐远，而厉朝欢就站在城门口目送着他们，迟迟不肯离开。他的眼里，仿佛有一整个战场的鲜血和白骨。她被那眼神所震撼，不禁驻足，也顺着他的目光，凝视着远去的两人。对晚庭身上穿着的披风，便在那时，留了个匆匆的印象。

此刻，虽然天凝也认为初云身上的披风极有可能就是厉朝欢赠给虚晚庭的那一件，但厉朝欢问起，她却还是安慰他道，只是物有相似。

厉朝欢将信将疑，但也没再多问。

天凝让初云离开了房间。

这天夜里，天凝一回大将军府，便找人把初云叫来了，问她披风的事。

初云说，那是在他们到达雾凇顶的第一天，她发困得厉害，连走路都能睡着，结果一不小心在一处山坡上踏空，从坡顶滚到了坡底。披风就是在坡底捡到的。当时她觉得天寒地冻，正需要衣物保暖，那件披风又特别好看，她就捡起来穿到自己身上了。

天凝转念一想，虚晚庭是在三年前被封印的，假如披风是她被封印的时候就已经丢弃在雪地里了，三年过去，披风断然不会是现在这样色泽饱满，还新簇簇的样子。只有封印才可以令一切事物都不受时间的磨蚀，完好如初。所以，极有可能披风是最近才脱离封印的。她有一个不好的预感，她担心披风既然已经在封印之外，那披风的主人有没有可能也已经破印而出了呢？

天凝做了一番考虑，当夜便给了初云一项新任务。她要初云再去一趟雾凇顶，确认封印的情况。

初云没有立刻动身，之前因为寻找万年黑木耗了些精力，她便在城里休息了两日才又出发。

只是没想到，那一去，竟是数月。

初云出发去雾凇顶的那天，城中夜龙台有一场酒宴。全城文官武将，不论品阶，悉数到场。

举办酒宴是天凝提出的，目的是让大家都亲眼看到，这一次城主是真的苏醒了，不是什么计谋，也好了断了外间种种揣测，稳定人心。

酒宴上，厉朝欢与众人推杯换盏，谈笑风生，不知内情的人，都不觉得现在的城主和以前有什么不同。只有天凝注意到了，当厉朝欢和徐大人、陈大人碰杯时，有个上菜的侍婢不小心在他们身后摔了一跤，大家听到声音，转头去看，见那侍婢扑在瓷盘碎片上，手掌和面颊都被碎片扎破了，血流了很多，徐陈两位大人一左一右去扶她起身，厉朝欢的第一反应却是弯腰去清理自己被菜汁溅湿的鞋面。意识到不应该，他才转而去关心那个侍婢，但神态间的敷衍，天凝看得一清二楚。

医官过来扶走了侍婢，围观人群散开，厉朝欢才注意到天凝正看着自己。他猜她是看见他刚才的反应了。

回府的马车上，两个人面对面坐着，厉朝欢以为天凝会为了侍婢的事说点儿什么，但天凝却保持着沉默。他先耐不住了，道："汤汁溅湿了鞋面，穿着不舒服，所以我的第一反应就是擦鞋。"

她淡淡地点了点头。

他道："我还记得以前有一次出战，有一位将军临危只顾自己逃命，不顾他的士兵，害近千名士兵枉死，那时你的官职与他相当，心中愤懑却治不了他的罪，跑来向我诉苦。"

她道："我也记得。"

他问:"我刚才的行为与那位将军有何区别?"

她道:"这是不一样的两件事。"

他摇头道:"可是,在我看来,这两件事并没有什么差别。今天令我无动于衷的还只是一名侍婢,也许明天,令我无动于衷的就是那一千名士兵了。你把这样的我救回来,真的值得吗?"

天凝已然对马车施了禁法,他们在车内的对话只有他们两人能听见。

她道:"把这样的你救回来的我,自然会为你的一切言行负责。你若犯错,我和你一起承担;被你无视的人,我来重视;被你忽略的责任,我替你担;被你……""那我还需要做什么呢?"他打断她。

她皱起眉头,目不转睛地看着他,道:"你在,就够了!"

他重复她的话:"我在,就够了?"他叹了叹气,"天凝啊,其实,你和姜游说,我的黑木之心会令我异常冷漠、变得麻木不仁,但是我想,这世间还有一件事情,是我并不感到麻木的。那就是对我的麻木本身。"

她一言不发地看着他。月色透窗而入,时而轻抚过他的鼻尖,时而勾勒着他的眉宇。他是那么好看。

好看到胜过这世间的一切风景。

好看到令她心痛。

他缓缓道:"我会在意我和以前不一样了,和你们不一样了,我现在……"他犹豫了一下,觉得说这话大概会伤到她,但还是说了,"大概就像是个怪物吧?"

他这样一说,猛地像是有针扎进了她的心尖。一针一针,予她难言的痛苦。她悄悄握紧了拳头,觉得眼眶灼烫,似要烫出泪来。

他看了看窗外,城主府的大门就在前方不远处了,他便解除了

禁法,吩咐车夫道:"在这儿停下吧,我想下去走走。"他又对天凝微微一笑,"人是和以前不一样了,不过我会记得你说的,多想想以前的我是怎么想、怎么做的,那就怎么想、怎么做……至少……尽量做回以前那个我吧……"说罢,他下了马车,一道颀长身影,落进长街清冷的夜色里,天地间一片萧索。

她放下厢帘,端端正正地坐着,对车夫轻道了一声:"走吧……"冷不防却觉得颧骨一阵微凉,她摸了摸,竟然是眼泪。

她不禁笑了起来。想起上一次落泪,是在得知他的气息已经停止的时候,再上一次,是在眼见他重伤昏迷的时候……她很少哭,也不允许自己轻易落泪,但是,记忆中,成年以后的每一滴眼泪,都是为了他。这一生若所有的眼泪都是为他而落,或许,未尝不是一种幸福吧?

只是,她后来才恍然发现,每一次她为他落泪,他都没有看见。

这一晚,初云出了城,城外月朗星稀。天凝回了府,府中影暗花残。厉朝欢心绪重重辗转难眠,姜游却大醉一场好梦连连。这一晚,无非是许多个寻常夜晚当中的一个。但是,大牢那边,却忽然发生了一件不寻常的事情。

随着狱卒的一声惨叫,牢房的门破为两半!

唐烈峰竟然越狱了!

其余被囚禁的死士,只要还有行动能力,也都和他一起杀出了重围。

天凝才刚睡着就被城卫放出的紧急信号惊醒了。姜游也是一个激灵翻身从床上坐了起来。只有厉朝欢虽然听到了外间的骚动,却还是不闻不问。

很快，天凝便赶到了大牢查看情况，也加派了人手，守住城主府和各出城的要道。

城卫们彻夜搜索，找不到逃犯一点儿蛛丝马迹。然而，拂晓时分，城主府外却忽然有一阵杀气卷地而来。

以唐烈峰为首，所有的死士一同围攻城主府。他们的目标看来是厉朝欢。

天凝又匆匆赶往城主府，一场恶战早已展开。只见遍地的残红之中，光影交织，剑气横飞，场面极度混乱。

那混乱之中，唐烈峰以一敌众，宛若蛟龙腾跃而起，猛然一掌掷地，真气炸开，周围众人立刻飞身后跌，纷纷撞在门外的石狮抑或大树上，口吐鲜血，倒地不起。天凝见状，急忙拔出了随身的紫原剑，飞身入阵。

唐烈峰背向天凝，感应到身后一股杀气飘来，他灵巧地回身一挡，掌心真气猛地扼住紫原剑尖，令天凝一时间不能再前进半分。

天凝瞪着唐烈峰，但见他眉宇间神气十足，全然已无任何疲损的迹象。她能感应到他体内真气源源不断地涌向自己，就如她第一次和他交手一般，狠戾霸道。她心中不无疑惑，暗想，如果按照初云所说，唐烈峰只是多汲取了少量元珠中的能量，即便他自己再谨慎地加以调养，也断不至于恢复得如此迅速。是以自己也才大意，没有料到他有能力冲破青红玄铁的牢笼。

天凝正思索着，却见唐烈峰望着自己，嘴角轻轻一勾。

他竟然笑了。

一个沉如黑夜、冷如冰霜的男子，他那一笑，非同寻常。

天凝心中无端地紧张了一下，忽然有不好的预感。便听唐烈峰道："这一次，你赢不了我了！"

唐烈峰说罢，掌心再向前一推，加重了一分真气。天凝不由得微微向后退去。她忽然两脚并拢，轻轻一点，相互借力，身体在半空翻转一圈，再推出一剑，已然将内劲运至八成。

这次轮到唐烈峰向后一退，天凝再进一分。

他再退，她又进一分。

忽然，天凝猛地感到双手一阵麻痹，紫原剑的剑柄之中，好像有一道气流冲出，钻入了她的掌心，她的手臂感到酥麻，全身竟然有一瞬间不能动弹！唐烈峰见状，一个旋身，收回掌力，却立刻又向前跨出一大步，狠狠一拳正击中天凝的左肩！

天凝脸色大变，两腿一软，单膝跪了下去。她急忙用手撑地，却接着又感到右肩也是一阵剧痛，唐烈峰又追来了一拳。她想反击，身体腾空而起，左腿扫出，却不料被对方堪堪避过，还扣住了她的脚踝，对准她的膝盖又是一拳重击。

连遭三挫，天凝已然稳不住身体，撞向了路旁的一辆马车。马车刹那裂开，她随着乱飞的木屑扑落在地。

周围的城卫见状都变了脸色，谁也没有想到素来难逢敌手的大将军会被敌人如此重挫，他们纷纷拥过来，组成人阵，将她围护在中央。这时候，姜游也赶到了。

姜游冲入人群，神情紧张地扶起天凝，手指同时按在她的脉上。他一把脉便知道，她伤得很重。

天凝将他的手腕轻轻扼住，低声道："小师叔，是紫原剑！伤我的不是唐烈峰，是紫原剑！"

姜游闻言,把着脉的手指微微一颤,抬头望着唐烈峰。奇怪的是,刚才似乎还精力充沛的唐烈峰此刻已然是一副病恹恹的脸色,嘴唇也白得像蒙了一层霜。他与城卫交手,不再出尽全力,越发有所保留。就着周围的火光,姜游很清楚地看见唐烈峰出掌时,手心里有一团白色的昙花似的图案。

姜游心下一沉,将天凝托付给身边的城卫。"好好保护大将军!"他猛地站起来,人已然向着唐烈峰而去,一面大声地命令道,"大家听着,一定要活捉这个人。要活的!谁也不能杀他!"

可是,天凝不能出手,在场便没有人能制得住唐烈峰了。姜游虽然医术高明,武功却不如唐烈峰。拂晓时分,晨雾渐浓又渐散。到晨雾彻底散去之时,荒越城内鲜有的一场恶斗亦终结了。

唐烈峰和几名幸存的死士一起,逃出了荒越城。

他们退出城卫的包围圈时,天凝已然觉得虚弱至极,眼前景物模模糊糊,摇晃重叠,她好几次险些栽倒。但是,她一直强撑着,直到姜游送她回大将军府,跨进府门的那一霎,她终是昏倒在姜游怀里。

姜游心疼不已,抱起天凝匆匆回了房。她的身体时而发热,时而发寒,发热的时候,他便用绡纱浸冰水,轮换放在额头上给她降温,发寒的时候,他就把她揽在怀里,把自己的手心搓热,轻轻贴到她脸上,脖子上,手臂上。她脉搏微弱、气息紊乱的时候,他又给她输真气,稳住她的气息和心脉。

天凝昏迷了一天一夜,情况时好时坏。姜游也不眠不休,照顾了她一天一夜。

第二天深夜时分,天凝醒了。

姜游和厉朝欢都在房间里。姜游看她醒了，急忙走到床边，问她："天凝，你现在觉得怎么样？"

天凝问道："好多了，没那么难受了。小师叔，到底是怎么回事？紫原剑为何好像突然不受我控制了？"

姜游道："天凝，你还说紫原剑伤了你，其实……是你伤了紫原剑……"

"我？"天凝不解地看着姜游，"我如何能伤一把剑？"

姜游道："前几日你不是总觉得身体不适吗？我原以为你只是对槐花过敏，再加上感染了些许风寒，是我太大意了，只注意到表象，却没有发现你的体内已经暗藏了一股邪毒。"

"邪毒？"

"嗯，你体内的邪毒未发作的时候，一切都看似正常。但昨日你与唐烈峰交手，运用了内力，内力便催发了邪毒。有这邪毒存在，你只要一动用内力，体内气血便会紊乱逆行。紫原剑乃正道之物，但你体内却有邪毒，你一碰剑，剑会误以为你是敌非友，反而跟你对抗，反噬了你。"

天凝百思不得其解，呢喃道："为何我的体内会有邪毒呢？"

姜游道："不仅你的体内有毒，唐烈峰也和你一样，他为了给你下毒，以他自己的身体做了毒源。只不过，他本身就是死士，意志力比普通人顽强，为了对付你，他即便毒发的时候再痛苦他也不在乎，还是出尽了全力。"

天凝看姜游神色凝重，心知自己中的毒非同寻常，问道："小师叔，你说的这到底是什么毒？"

这时，在旁的厉朝欢喝了一口茶，缓缓道出四个字："花朝映雪。"

花朝映雪是第九荒的百毒之首，也是世间最阴狠的五毒之一。此毒提炼自靠人血浇灌生长的映雪花，而映雪花须种于花朝节的午时，它才会在来年花朝节的子时盛开，故而此花也被称作花朝映雪。

映雪花在子时盛开，黎明凋谢，凋谢的时候，花蕊里会生出一颗黑色的果实，那果实里面藏着的汁液，就是剧毒。但是，此毒的传播，却并不是靠那颗果实。它需要有人先吞服那颗果实，揽毒上身，将自己变成毒源，而后，大凡和他有稍长时间密切接触的人，就会通过呼吸被传染此毒。而被感染了花朝映雪毒的人，同样会成为第二毒源，再将这毒传给第三人。

姜游揣测道："我们不是都觉得奇怪吗？唐烈峰的体能为何恢复得如此快，竟然能逃出大牢，还敢再正面和你交锋。我想，他其实从一开始就在隐藏实力，他并没有他所表现出来的伤得那么重。他那天强行夺取了初云的部分元气，我们还以为那不够他恢复自身，但其实已经够了。"

天凝觉得姜游的推论颇有道理。

要达到较长时间的密切接触，敌人与敌人之间也未必可以。即便两人交手的时候，彼此距离忽近忽远，虚虚实实，想要传毒，也并非易事。所以，祭天大典的时候，唐烈峰并没有吞服映雪花的果实，他将果实藏在舌根底下，原以为自己被关进大牢以后，天凝会到大牢里来审问他，届时他再吞下果实，想办法拖延天凝和他接触的时间，便有机会把花朝映雪传给她了。

但是，天凝没有来，只来了一个小妖初云。

唐烈峰猜到初云来给自己渡气是受天凝的指使，猜她一定会去向天凝复命，于是，他便决定，将初云变成第二毒源。虽然并没有

十足的把握，但是，他深陷牢狱，除此以外，也并没有更好的办法了。

由于从服下果实到毒在体内扩散，令自己成为毒源，还需要等待一段时间。所以初云第一次去大牢那天，唐烈峰来不及预备，仍是按兵不动。他是在第二次渡气之前才吞下映雪花果实的。

越狱那天，在城主府外，姜游看见唐烈峰掌心里有白色的印记，乍看好似昙花，但那其实是映雪花，映雪花的外形和昙花颇为相似，吞下映雪花果实的人，掌心里就会出现那样的印记。

姜游说完自己的推断，又道："除了初云，他应该没有第二个可以利用的人了。好在花朝映雪的传毒途径可一可再，却不能再传第三道，所以，只有从唐烈峰那里染毒的人才可以传毒。"

天凝听罢姜游的解释，顿时想到，姜游和厉朝欢都曾接触过初云和唐烈峰，忙问："那你们可有中毒？"

姜游道："你放心，城主可能是由于和初云接触时间尚短，而且有一定的距离，我已经为他看过，他没有中毒。初云动身去找万年黑木之前，是来找我看过伤，不过那时我正好有事，便叫小四给她处理了。"

小四是神医府的家丁，神医府上所有的家丁都是会医术的。

姜游又道："花朝映雪只针对有内功修为的人，一旦动用内力就会毒发，像小四这样没有武功的人，即便中了毒，也不会对他有任何影响，所以他我反倒不担心。我自己昨日和唐烈峰交手的时候也有注意避忌。现如今，不幸的就是那些和初云一起去雾凇顶的人，我目前只能暂时让他们在家中休养了。"说着，他看向厉朝欢："我也顺便告诉他们，假如此毒不解，他们无法再执行公务，城主说了，会负责他们的终生俸禄。"

厉朝欢轻轻扫了姜游一眼："你倒是很会做人。"姜游道：

"你不会连这点儿小小的俸禄都要计较吧？"厉朝欢和姜游历来就爱拌嘴，他道："我计较，我计较你若是不能研究出解药，把他们……"说着，又盯着天凝，"把咱们天凝身上的毒给解了，我就让你到马场去当个兽医！"

厉朝欢这样一说，天凝联想到那晚他在马车里的冷漠，两相对比，心中不禁安慰。他又凑过来问她道："我记得，我以前就是这么跟他说话的吧？"天凝轻轻笑了，柔声道："不及从前的一半刻薄。"厉朝欢指着姜游："听见没，看来我现在算是对你挺好了。"姜游笑道："你不觉得她是在挖苦你吗？"

厉朝欢道："她挖苦我，我也乐意！"

姜游又道："那你记不记得，以前你还欠了我很多酒钱没还？"

厉朝欢咧嘴一笑："嘿嘿，我换的是心，不是脑，难道你看见我脑门上多了个'傻'字吗？"

天凝看厉朝欢和姜游斗嘴，她隐隐觉得，厉朝欢这是在隐晦地向自己示好。那晚他对她强行复活他一事还颇有怨言，但现在看来心情似乎平复了，便极力地想找回三人之间从前的状态。

实则从前的那个自己是再也回不来了，厉朝欢很清楚。

他只是在扮演从前的他。

天凝对他说过，纵然心麻木了，但是理智还在，记忆还在，平日里行事待人就多想想从前，从前的自己是怎样做的，那现在的自己就怎样做。毕竟，除了面对现实，他也没有其他的选择了。

只是，他也不知道，自己这样的态度，究竟应该算是豁达，还是算麻木。

厉朝欢和姜游斗了几句嘴，又正色问天凝："所以现在能够传播花朝映雪的，也就是唐烈峰和初云了？那初云去哪里了？"

天凝下意识地躲开了他的目光，道："我差她出城去办事了。"她不想在他面前提到虚晚庭。

厉朝欢顺着问："办什么事了？"

姜游这时虽然还不知道天凝派初云出城的目的，但他看得出来她有意在厉朝欢面前回避这个问题，便故意打岔道："我会交代各城门，如果初云回来，先安排她隔离，少与他人接触。"

天凝也觉出姜游有意解围，给了他一个眼神，道："嗯！小师叔，那是不是说，即便唐烈峰还在荒越城，但他对大多数手无缚鸡之力的老百姓而言，都不构成威胁？"

姜游道："是的，城中会武功的人，大多都是城卫和武官，我会安排人传消息下去，叫大家严加提防。更何况花朝映雪的传播也并非瞬息之间的事情，我们的人通常也不会和唐烈峰有较长时间的接触。"

这时，厉朝欢顺着嘀咕了一句："这样我好像也放心了点儿。"

天凝又道："唐烈峰越狱之后……之所以没有当即离开荒越城……他袭击城主府，其实……是故意想逼我出手，确定我是否中毒？……我们是不是都想错了？一直以来……我们都以为，哥舒意安排死士扰乱祭天大典，是想刺杀城主，其实……他们真正的目标……是我？"

厉朝欢在旁点了点头，想插嘴，却被姜游抢话道："哥舒意对于行刺城主一事其实并没有太大把握，所以她才会想在行刺背后安插别的阴谋诡计，我的看法与你不谋而合，我也认为，你才是他们真正的目标。"

姜游又道:"世人都说,紫原剑成就了华天凝,假如你不能再使用紫原剑,对你必然是重创。天凝,从现在起,你要尽量避免与人动武,使用内力了,紫原剑也不能再用。只要花朝映雪不除,这些你若强行为之,吃苦的还是你自己。"

厉朝欢发现自己终于能插上话了,大声道:"我说姜游,以你的医术,这花朝映雪,到底能不能解?"

见姜游面露难色,天凝道:"第九荒的百毒之首,天下五毒之一,若是那么轻易就能解的,哥舒意也不会用来对付我了。恐怕就连唐烈峰自己都没有解药吧?"若是他有解药,应该早就用来自救了,越狱时,他的掌心里就不会有那朵白色映雪花的痕迹了。

姜游道:"解铃还须系铃人,我原想抓到他应该能审问出什么,可惜还是被他跑了。"

天凝淡淡一笑,起身下床:"还好花朝映雪是用来折磨人,不是用来取人性命的。这段时间我尽量不用内力,也不碰紫原剑,应该也不会有大碍吧?"她走到桌前,给自己倒了一杯茶,"就算不能亲自上战场杀敌,但坐镇指挥还是没有问题的。"

姜游问:"你也认为,白渊族会趁机发兵?"

天凝道:"不然哥舒意也不会布这盘棋,给我送这么份厚礼了。"

姜游道:"不管怎么样,我要尽快找到解毒的办法!"

天凝笑道:"目前为止,五毒里面还剩两种毒没有人解过,一是字水青烟,二就是花朝映雪,等你研究出解毒的办法,到时候……古有医圣,我的小师叔……怕就要成为当今的医仙了……"

姜游哭笑不得:"还有心思拿你小师叔我开玩笑,看来,连五毒都治不了你。"

两个人说得越发热络,才意识到屋里还有一个人变得十分安

静。他们一看他,他抄着手跷着二郎腿坐在椅子上,冲他们做了个"请"的手势:"你们继续,随意。"天凝和姜游互看一眼,都笑了起来。

厉朝欢醒来以后,大概就是这一刻,天凝感到最轻松安慰了。

时光仿佛回到了从前。

仿佛是早春的桃花林里,一人煮酒,一人独弈,还有一人托腮看着桃花,魂儿好像飞到了燕瘦阁里哪位姑娘的红绡帐下。

仿佛是晚夏的睡莲池畔,一人练剑,一人逗鱼,还有一人铺了一桌笔墨,将练剑的和逗鱼的人都入了画,留下一纸清淡墨香。

第四章
清风夜

在第九荒和第八荒的交界处，有一条大江，江面宽广，烟波浩渺，那条江叫作墨玉江。第八荒的人觉得墨玉江属于第八荒，而第九荒的人觉得墨玉江属于第九荒，是以自古以来江流本身到底归属于哪一荒，始终未能定论。但没有争议的是，墨玉江的流向自北往南，东岸的一切是属于第八荒的，而西岸则属于第九荒。

白渊族由于在第九荒没有立足之地，所以投靠了第八荒的项族，得到项族庇护，在江东蛇谷岭、红橡滩一带，修城筑田，也建立了以自己的族名为名的白渊城。

在哥舒意接管白渊族以前，族里的最高领导人都被称作族长。而哥舒意便是上一任族长的女儿。老族长过世后，哥舒意女承父业，成了新族长，之后不久她便下令全族改口称她为女皇，扬言要带领族人重回第九荒，成为第九荒的霸主，还要吞并荒越族，令"荒越"这两个字消失于七海十荒之中。

哥舒意执掌白渊政权时间尚短,她在位期间,曾经集结全族之力,强势攻打过一次荒越族。那一次,白渊军队一开始势如破竹,跨过了墨玉江,又翻过了慧极山,险些将慈航谷夷为平地,最后,打到了玲珑苦海的东面。只要再渡过玲珑苦海,荒越族的最后一道防线就只剩幽云沙洲了。

好在那次天凝带人夜袭白渊军营,斩了他们两位将军的首级,打乱他们的阵脚,令他们士气低迷,军心动摇,才开始败退,最终又退回了墨玉江外。

那之后,荒越族视墨玉江为两族之间最重要的一道屏障,对墨玉江加派了兵力,增设关卡,势必要确保白渊族连这江都过不了。

而荒越族对墨玉江的严加重视的确给哥舒意出了个难题,那次大败以后,他们也曾试图过江,却都没能成功。

荒越族也一直都知道,哥舒意不会善罢甘休,她一直都在募兵屯粮,暗加部署,迟早有一天,他们还会故态复萌,再向荒越族宣战。

而现在,对哥舒意而言,宣战的时机终于再次到来了。

当然,这个时机也是哥舒意处心积虑制造出来的。就如天凝和姜游推断的那样,哥舒意派死士扰乱祭天大典,行刺厉朝欢只是表象,而他们真正要对付的,其实是作为荒越族精神领袖的大将军华天凝。

事实也不出天凝所料,花朝映雪毒发后不久,探子便送来了边关的情报。原来哥舒意早在暗中调兵遣将,驻扎在墨玉江对岸的白渊族军队近来人数激增,还有大批的兵器和粮草囤积在墨玉江畔。

而且,白族军中传言四起,说荒越城主厉朝欢大病初愈,情况仍不乐观,还无法处理政务,族中大小事务依然由华天凝大将军代为处理。又说唐烈峰将军此行虽然没能刺杀厉朝欢,但是重挫了华天凝，现如今华天凝伤毒加身，自顾不暇，荒越族人心惶惶，正是一举攻破的好时候。

这些传言不仅在白渊族内甚嚣尘上，荒越族的军队和百姓也听到了类似的传闻。对于大将军到底是不是如传闻说的那样伤毒加身、自顾不暇，他们也都揣测纷纷，人心惶惶倒是说得一点儿都没错。

又过了几日，墨玉江上游陆陆续续漂下了近百艘军船，船身都画着白渊族的族徽。和江畔原本停泊着的那些汇在一起，隔岸望去，煞是壮观。军船泊岸后的第二天，哥舒意便派人高调地在每艘船头都插上了战旗。半个月之后，白渊族两万先行大军便浩浩荡荡开始渡江了。

敌方的异动早已在天凝的预料之中，两族之间再次展开大战已是在所难免，哥舒意出兵前的这半个月，荒越族也在积极地部署对策。

敌军渡江的那日，荒越城中也传出消息，大将军华天凝正准备动身前往墨玉江，亲自带兵作战。

这个消息无疑是一颗定心丸，之前因为传言而动摇的军心随之也稳定了不少。

出发的日期定在五月二十九，也就是后日。

这天晚上，再次确认城中事务都已经交付妥当以后，天凝回到大将军府，路过后花园时，忽然见滴翠亭里橘灯几盏，映着一桌清淡小菜，姜游站在亭前，抄着手，笑意浅浅地望着她。

她款款地走了过去："你这是在等着为我饯行？"

姜游摸了摸鼻梁，道："也可以说是提前为你庆功。"

她到桌边坐下,倒也不谦虚,说:"作为庆功宴,这也未免简陋了点儿。"

姜游坐到她旁边:"虽然简陋,但这里的每一道菜都是你小师叔我亲手做的。"眉宇间不无骄傲。

天凝道:"那我就不客气了。"说着,她拿起筷子,在一碟竹笋炒肉片里夹了一块肉片吃起来。她是个无肉不欢的人,姜游和厉朝欢都知道。

姜游笑她道:"你有没有哪一次吃饭,第一口吃的是素菜而不是荤菜?"

天凝道:"也有。当我面前没有荤菜的时候。"

姜游从汤里捞起了一个肉丸放到她碗里:"吃吧!这一路上你多吃些荤腥,对你的伤也有益。"

天凝道:"我的伤已经好了。"

姜游道:"好没好我会不知道?"

她听出姜游的担忧,放下筷子道:"小师叔,我知道你关心我,我也会记得你说的,尽量避免和人交手,交手时也不动用内力。还有,少碰紫原剑。"

他强调:"最好别碰。"

她笑:"嗯。"

他长叹了一声,道:"以前你哪一次亲征我不是和你一起的?这次真是恨不得自己能有个分身,一个留在这儿,一个跟你去墨玉江啊!"

姜游放心不下天凝,自然是巴不得可以和她一起去战场。但天凝却要姜游留在城里,保护厉朝欢。

她道:"这世间我最信任的两个人,除了城主,就是小师叔你了。有你在荒越城,我才没有后顾之忧,可以专心对敌。况且,以城主现在的情况,除了你,我还能放心把他托付给谁呢?"

姜游深深地看了天凝一眼,道:"我明白。"

天凝又道:"而且你还要留在神医府,替我研究花朝映雪的解药不是吗?我的命可都交给你了。"

姜游开玩笑道:"我怎么感觉我的担子比你还重?我要负责的可是荒越族里举足轻重的两个人哪!"

天凝也开玩笑道:"你的担子自然是重的,等过了这一关,你可就荣升医仙了。到时就算别人不知道,我也会替你宣扬:我荒越族神医姜游能解花朝映雪,这世间能出其右者还有几人?"

姜游见天凝越说越得意,眉眼弯弯,露了些小女儿的趣致顽皮,他不禁心中一动,像以前她在慈航谷学医时那样,故意摆师叔的架子,敲了敲她的额头道:"别人不知道的,当你是个老成持重的黑面神将军,偏偏在我面前你就牙尖嘴利,跟那些唠唠叨叨的小姑娘有什么区别?"

他又敲了敲菜盘,道:"还只知道吃肉,吃了肉又怕自己长肉,就到校场骑马射箭,躲园子里偷偷练功,别以为我不知道。"

天凝每次和姜游闲话总是觉得很放松,心情也好,她道:"小师叔,现在好像是你唠唠叨叨吧?"她又用筷子挑了挑面前的一碟蒸鱼,"明知道我不爱吃大蒜,还要在这蒸鱼里放大蒜,这师叔看来可不怎么疼师侄。"

姜游急忙端过那盘蒸鱼放到自己面前:"谁说是给你的?这鱼是我蒸给自己的,我就爱吃大蒜。"

天凝微笑着看他吃了一块鱼肉,嚼得津津有味。

姜游又道:"你还记得吗?以前有一次,我跟城主比试,看谁生吃大蒜吃得最多。"

天凝想起那次比试就觉得好笑,厉朝欢和姜游这两个人,分明

都老大不小了，碰在一起却总是好像童心未泯，竟然比赛生吃大蒜。两个昂藏七尺的男儿蹲在这滴翠亭的石凳上，一人端着一碗剥好的蒜瓣，大眼瞪小眼地往嘴里塞。最后，姜游赢了，厉朝欢输了，输的那个还要到城外山上熬夜采露水，回来亲手给赢的人泡一壶雨前雪芽。

姜游回忆当时，说道："那壶茶我是喝得舒心的。谁叫他那时质疑我的医术呢？我就只是偷偷地给自己扎了两针而已，吃再多的大蒜，也感觉不到半点儿辛辣。"

天凝道："他是小孩子的心性也就算了，没想到你也跟他一起疯。"

姜游大笑："是啊是啊，想来也是有趣！"

这时，天凝正色道："我不在城中的日子，他就交给你了！"

姜游也严肃道："你放心把他交给我就是了。我知道他对你有多重要。"

天凝看了他一眼，以笑致谢。

天凝和姜游聊到夜深才散。第二天，又是一整天的忙碌。天黑时，她想去城主府见厉朝欢，到了府上才知道他上一个时辰就出门去了，说是因为在府里感到无所适从，想出去找个自在的地方。

现在正是非常时期，白渊族那批死士还不知道有没有继续潜伏在荒越城里，厉朝欢这样随意出府，听说带的侍卫也不多，天凝不禁有点儿担心，便骑着马在城中一边巡视一边找他。

经过东城楼时，她看见他就站在城楼上。一道模糊的轮廓，却已经足够她辨认。

她急忙下了马，本来也想上城楼，刚走到梯口，抬头时却见那楼上的人微微把望月的头低了下来，叹息的轮廓清晰可辨。她便没有上去，想给他一个安安静静梳理情绪的空间。

她转身走进了城楼旁边的一个茶棚坐下。他在城楼上站了多久，她就在茶棚里守了他多久。

夜色渐深的时候，她感到一阵困意来袭，厉朝欢却仍站在城楼上，眺望着黑暗中模糊的田地与远山的轮廓，迟迟不肯下楼。她只好手撑着额角，索性打起瞌睡来。

也不知过了多久，忽然，一阵疾风刮起，茶棚顶上的茅草砖瓦都在风里咔嚓作响，天凝一下子就惊醒了。

一站起身，半空中又传来了某种鸟兽的鸣叫声。

那叫声凄厉而且满含煞气，天凝心知不妙，出茶棚一看，城楼上，一只通体雪白的大鸟正在攻击厉朝欢等人。

天凝认得这种鸟，她在慈航谷的医书上看见过，这就是姜游用来救活厉朝欢的玉鹤。

玉鹤扇动着翅膀，盘旋低飞，时不时以翅膀带出一道道真气，刺向厉朝欢和随护的城主府侍卫。已经有两名侍卫顷刻便被真气击倒，当即毙命。

天凝此时已然顾不得自己还有花朝映雪在身，便奔向城楼，凌空而起，几个起落就站到了厉朝欢身边。"这里交给我，大家保护城主先走！"

话音落，那只玉鹤也说话了："想跑？他能跑得了吗？"是一个女人的声音。看来这是一只修炼成精的雌鹤。

根据医书记载，玉鹤这种生物，和鸳鸯一样，是极为痴情的。一只玉鹤终生只会有一个伴侣。姜游为了救厉朝欢，派人捕杀的那只玉鹤，正是眼下这只玉鹤的伴侣。这玉鹤是来为自己的情郎报仇的。

众侍卫听玉鹤那么说,更紧张地纷纷挡在厉朝欢身前。

只见那玉鹤翅膀一收,落在茶棚顶上,而后大嘴一张,嘴里发出了比刚才更低的一种鸣叫声。

那声音忽然令厉朝欢感到头痛欲裂,他一个趔趄,向前跪倒,一手抱头,一手撑地,冷汗淋漓。

离他最近的一个侍卫回头看他,冷不防失声大喊:"你们看城主!"

所有的人都在关注玉鹤,被侍卫的喊声一惊,纷纷回头,大家都被自己眼见的一幕惊呆了。只见厉朝欢的身体竟然泛起了白光,他的后背时而有一双白色的翅膀张开又消失,消失又张开。

那双翅膀,俨然和玉鹤的翅膀一模一样。

玉鹤的叫声越急促,厉朝欢就越难受,身体散发的白光也就越强烈。他仿佛要被那道光撑破炸裂了一般,痛苦地嘶吼起来。

有的侍卫见状,不禁语无伦次:"……城主?为什么?……是、是妖怪吗……他不是城主吗?"

天凝隐隐觉得厉朝欢的情况是受了他体内玉鹤精元的影响,她没有带紫原剑在身,便拿过一名侍卫手里的宝剑,吩咐道:"这玉鹤在对城主用妖法,你们保护好城主!"

"是,大将军!"侍卫们齐声答应。

天凝执剑一跃而起,看准玉鹤的大嘴,一剑便刺了过去。

就在那时,她也感觉到胸口浊气冲撞,她知道是因为她动用了内力,花朝映雪又在反噬她了。

这只雌玉鹤名叫烟三娘。而被姜游派人捕杀的那只雄玉鹤名唤檀郎。檀郎的修行时间尚短,易于对付,但是,烟三娘的修为却比檀郎高出了数倍，很难对付。而一对有情的玉鹤之间心意相通，神交三世，即便檀郎肉身已毁，但他的精元仍然能和烟三娘彼此感应。烟三娘发出低低的鸣叫声，便是在呼唤她的爱郎。檀郎的精元感应到呼唤，立刻便企图冲破肉身的束缚，来与烟三娘相会。

那一刻，精元就如同上弦的利箭，而且是一万支箭。一万支箭都在积蓄力量，企图冲破一具肉身的束缚，一旦达到某个节点，那就是万箭齐发，等待厉朝欢的便是破皮穿肉、白骨成灰了。

虽然天凝始终受花朝映雪的拖累，无法出尽全力，但她隐约能猜到厉朝欢遭受的痛苦跟玉鹤的鸣叫声有关，她便骑到了玉鹤的背上，不断用剑砍它，逼它躲避挣扎。恶战一番，众人都看见大将军抱剑伏在玉鹤背上，玉鹤飞出了荒越城，眨眼的工夫，玉鹤和大将军都不见了。

鸣叫声一消失，厉朝欢的痛苦也过去了。他精疲力竭，昏倒在地。

玉鹤飞进了城外的一片树林，降落之时，身体一抖，把天凝甩出老远。天凝在地上打了一个滚，尚未来得及站起身，猛然见面前光影一闪，一把长剑已经抵在她胸前，令她不敢再轻举妄动。

她抬头一看，大吃一惊，没想到拿剑指着她的人竟然是唐烈峰。

此刻，唐烈峰戴着半张银灰色的面具，遮住了眼睛以下的部分。泛着冰冷的金属光泽的面具，显得他更为低沉煞气，不可接近。

面具是特制的，戴上时可以避免将体内的花朝映雪之毒进行不必要的传播，尤其能够避免传给自己的同伴。

而此时,玉鹤摇身一变,变成了一个风韵犹存的半老徐娘。她一看见唐烈峰,便怒气冲冲地过来了:"怎么又是你?"

天凝一听,心知这两人原来是旧相识,接着便听唐烈峰淡淡说道:"烟三娘,你的目标是厉朝欢,这个人交给我。"

玉鹤烟三娘媚笑道:"我说过我是不会跟你合作的。"她盯着天凝:"厉朝欢我要,而这个女人是我对付厉朝欢的最佳诱饵,我也要!"

这段时间,唐烈峰仍蛰伏在荒越城外,密切留意着城中的动向。几天前遇到烟三娘,听说她是为了捉厉朝欢而来,唐烈峰细问原因,烟三娘道,因为荒越族的人杀了她的檀郎,夺走了檀郎的精元,起初她也并不知道荒越族此举的意图,但是,她已经入城刺探过几次,发现檀郎的精元竟然在城主厉朝欢的体内。所以,她想捉走厉朝欢。但她并不打算杀了厉朝欢泄愤,她只想唤醒厉朝欢体内的玉鹤精元,使觉醒后的精元反客为主,占据肉身,最后令厉朝欢变成檀郎,继续做她的伴侣,与她相守。

唐烈峰惊悉厉朝欢的体内竟然有精元的存在,便猜测厉朝欢此刻也许跟自己一样,心脏已经被万年黑木替换了。他继而也推断,华天凝派白蚁精给自己渡气,就是为了探寻自己体内的黑木气息,从而找到万年黑木。他问烟三娘,是否愿意与他合作,一起对付厉朝欢和华天凝,可是玉鹤生性孤僻自负,不屑与凡人为伍,烟三娘并没有答应他。

不过,唐烈峰依然派人紧跟烟三娘,监视她的一举一动,希望能借助她的力量,得一个渔人之利。

现在,机会果然来了。

唐烈峰对烟三娘道:"留着她做我族的人质,比杀了她更有用。就当白渊族欠你一个人情,他日有需要时,你可以来找我还这个人情。"

烟三娘哈哈大笑,道:"我会有需要你们这些废物的时候?我动一根手指就能让你跪地求饶!"

言谈间,漫天落叶,群鸟惊飞,还跟随着唐烈峰的八名死士突然从不同的角落冲了出来,不待唐烈峰下令,便开始围攻烟三娘。

虽然八名死士比城主府的八名侍卫难对付多了,但是,烟三娘一变回玉鹤的真身,他们便有点儿难以招架,最后还是败下阵来。

玉鹤见无人阻拦,翅膀一扇,头一转,从半空凶猛地俯冲下来。"把她交给我!"

"休想!"

唐烈峰挥剑挡去,同时指尖两道真气弹出,"噗噗"点在天凝的左右两肩上。他怕她趁乱逃走,隔空点了她的穴,她躺在地上,动弹不得。

唐烈峰也和天凝一样,处处受邪毒牵制,原本不宜使用内力,但为了对付烟三娘,他又不得不使用内力。第一招使出,他便感受到体内邪毒冲撞,如刀削剑砍,隐痛阵阵。他很清楚,他根本接不了烟三娘几招。他仍想说服烟三娘答应把天凝让给他,可是烟三娘却非常固执,怎么都不肯答应。

天凝试图强行冲破被封的穴道,但唐烈峰的点穴手法很是特别,她根本找不到破解的办法。她只好继续躺着,看面前风卷残叶,走石飞沙。天空之中,月隐星明,碎银点点,竟是个美景当前的夜晚。

突然,玉鹤又变回了烟三娘,连出两招,招招命中唐烈峰胸前大穴。唐烈峰猛然觉得体内真气如江河溃堤,一泻千里,背一弓,

胸一含，吐出一口凉血。他单手一挽，袖中柳叶刀飞出，直刺烟三娘，却只割落了对方一片衣角。烟三娘再出一招，唐烈峰被推开数丈，一道无形之气将他牢牢地钉在了一棵树上。

见制伏了唐烈峰等人，烟三娘勾唇一笑，缓缓看向天凝。就在这时，树林里忽然传出一位老者的声音。

——"哎哟喂，谁敢打我的小木头？"

烟三娘还没来得及做任何反应，猛觉得后背一热，连来人什么模样都看不清楚，就挨了对方一掌。紧接着身边冷风飞旋，暗影绰绰，来的也不知道是一个人还是很多人，她的前胸后背已然被掌力刺成了马蜂窝。

烟三娘双目圆睁，浑身一僵，直直地栽倒在天凝身边，顷刻就退回了玉鹤真身，奄奄一息。

"我就说嘛，你们这些鸟啊狗啊的，该在天上飞，就在天上飞，该在地上跑，就在地上跑，修什么妖道呢？现在老人家我送你一程，回你该回的地方，乖乖地做一只飞来飞去的小鸟，好不好？"

随着一阵嘻嘻哈哈的声音，天凝看到玉鹤身旁缓缓地现出了一道人影，是个白发白须的老头。

老头穿的也是一身白衣，纤尘不染，在夜色里，整个人白得发光，似乎散发着一股超然尘世的仙气。但他脚上穿的却是一双粗糙的芒鞋，和他优雅的衣着并不相配。当然，更不相配的还有他那三岁孩童般叽叽喳喳的声调。天凝见是他，脸上忽然露了点儿喜色，唤道："芒鞋翁？"

老人把别在腰间那根翠绿色的竹杖一抽，拿在手里一挽，舒拳展脚摆了个亮相姿势，开始自报家门："竹杖芒鞋轻胜马，谁怕？一蓑烟雨任平生。嘿，就是我，芒鞋翁！小姑娘还有点儿见识嘛！"

天凝道："您不认识我了？"

芒鞋翁一听，半眯着眼睛低头凑过去，仔细看了看天凝："欸？你好像是华天凝，华将军？"

天凝道："是我！"

芒鞋翁拍了拍后脑勺："我这眼睛啊，大概是年轻的时候看了太多漂亮姑娘了，遭天妒呢，越来越不好使了。我说华将军——"他抬头望望天空："你躺这儿看风景呢？"

天凝道："是这只玉鹤把我捉到这里来的。芒鞋翁，能劳烦您帮我解开穴道吗？"

芒鞋翁踢了踢那已经被他废掉了修行的玉鹤，笑道："呵呵，对哈，我把这老家伙给忘了。好，我给你解穴。"刚说完，却听不远处被烟三娘钉在树上的唐烈峰大喊了一声："芒鞋翁，你先替我解了这封咒。"

芒鞋翁又拍了拍自己的后脑勺："我明明是来救小木头的，怎么看到漂亮姑娘就把他给忘了。小木头你别着急，我来救你啊……"

天凝知道芒鞋翁一旦先救了唐烈峰，自己就插翅难逃了，恳求道："芒鞋翁，您先解了我的穴道吧？"

唐烈峰自然也不肯，催促喊道："芒鞋翁，有劳你了。"

"芒鞋翁……"

"芒鞋翁……"

两个人都不断地喊芒鞋翁先救自己，芒鞋翁突然有点儿烦了："哎呀！你们都别吵！我要怎么做，我自己不知道吗？"他看着天凝："华将军，你再躺会儿，我得先救我的小木头。"看样子芒鞋翁和唐烈峰的关系匪浅，天凝无计可施，只能眼睁睁看着唐烈峰重

获自由,和芒鞋翁一起走到自己身边。

天凝道:"芒鞋翁,您现在可以帮我解穴了。"

唐烈峰冷冷地抢先道:"不可以!"

天凝又道:"芒鞋翁,我救过您一次,您说过要还我人情的,现在我便冒昧地要求您把这人情还给我,帮我离开这树林!"

唐烈峰仍是挡在两人中间,对芒鞋翁道:"你不可以救她!"

芒鞋翁先看看唐烈峰,又看看天凝,目光在两人之间晃来荡去,有点儿傻眼了。

没有人知道芒鞋翁的来历背景。他一直号称自己无名无姓,无亲无友,无门无派,甚至也无家无国。一双芒鞋走天涯,对世间灵异精怪之事无所不知,乃是七海十荒之中的一部活典籍。

天凝上一次见他,是在六年前的慈航谷。慈航谷中有一位名叫孙谈的长老,也是天凝的二师叔,他和芒鞋翁有点儿交情,那次芒鞋翁游历来到第九荒,想顺道来看望孙谈。芒鞋翁没有等孙谈出谷来接他,而是自己主动入了谷,因而惊扰了谷中的树灵,有几棵青藤树于是变换阵法,将他困住了。

天凝当时正好在附近采药,听到芒鞋翁的抱怨,便出手救了他。那时,芒鞋翁便说,欠她一个人情,将来会报答她。

而芒鞋翁和唐烈峰的相识也是类似的经历,一次芒鞋翁玩心大起,自己闯了祸,惹了不少仇家,被仇家围攻的时候,唐烈峰替他解了围。这次他又游山玩水,在第九荒和第八荒里转悠,本来还打算下个月渡墨玉江,去白渊城找唐烈峰,没想到在荒越城就碰见他了。他天天缠着唐烈峰,老嚷着要小木头陪自己玩。唐烈峰有任务在身,不肯陪他,他便总是神出鬼没地来逗他。

现在，对芒鞋翁而言，左边一个华天凝，右边一个唐烈峰，他很久没有碰到这样左右为难的事情了。他知道他们俩的身份，一想到如今两族相争，势同水火，他立刻就明白了唐烈峰不让自己给天凝解穴的原因。他抓耳挠腮道："小姑娘啊……不是，华将军，你看你是救过我吧，但是……这小木头也救过我啊……我欠你人情要还，欠他的人情……不能就这么算了吧？"

唐烈峰断定芒鞋翁会偏帮自己，满意道："芒鞋翁，今日多谢你了。"

天凝试图挣扎："芒鞋翁，你答应过我的事，岂能食言？"这时，之前被玉鹤打伤的死士们也纷纷过来了，围着他们三人。芒鞋翁一脸苦恼："唉，我真是……真是不行啊，我跟小木头同为天涯沦落人，他是木头，我也是木头，我好不容易找到这根木头，不能为了你弄丢我的同类吧？"

"木头？同类？"天凝不禁狐疑，寻思着芒鞋翁的话，脑子里有一些念头，一时却理不出来。她看唐烈峰眼色一沉，有心不让芒鞋翁继续说下去，打断道："我们要尽快离开这里了！"

天凝知道芒鞋翁已经是她最后的机会了，可他既不在意两族之间的恩怨，又是两袖清风视财富名利如粪土的人，怎么办呢？她索性撒泼耍赖道："芒鞋翁，你今日若是不救我，他朝我有机会，一定告诉全天下，你是个言而无信的小人！到时候，七海十荒都会知道你的所作所为，你走到哪儿，都会有人对你指指点点，非议鄙弃！"

芒鞋翁一听，眼睛一瞪："哎，我说你这小姑娘怎么可以这么不讲理呢？我今天不还你人情，没说以后都不还啊！我下次再还你不行吗？"

天凝道："不行！今日你若不还，将来你也没机会再踏入第九

荒了。我二师叔也不会再给你酿酒做饼，他最拿手的葱油饼你以后都吃不到了！"

说别的还好，说到葱油饼，芒鞋翁竟然急得要跳脚了："你你你！小丫头，你简直太可气了！"

这时，死士们依唐烈峰的吩咐，已经将天凝抬了起来，准备把她抬到他们停在附近的马车上。

忽然，死士们都觉得膝弯一麻，全身力气都卸掉了，手一松，歪倒在地上，一个接一个地昏了过去。天凝也"噗"的一下被他们摔在满地的落叶上。唐烈峰知道是芒鞋翁出的手，脸色一变："芒鞋翁你……"

芒鞋翁咧嘴一笑，同时身体轻轻一起，跃到唐烈峰身边，趁他根本来不及做反应，就朝他前胸后背拍了几掌。

"嘿嘿！小木头，我想到了一个绝妙的办法。"他说着，又用同样的手法在天凝身上也拍了几掌，同时解开了她的穴道。

他指着天凝对唐烈峰道："小木头，你看……我把她内力给封了，她肯定打不过你，这样我也不算跟你作对吧？"说完，他又转身看着天凝，道："你要解穴我解了，别再要我救你，我最多能做到帮你把小木头的内力也封上，剩下的看你自己了。我欠你的人情，就这么还了啊！"

大概是怕天凝和唐烈峰反对，芒鞋翁脚底抹油，身影已经远了，不过声音依旧飘荡在这树林里。

"啊！对了，小木头，你的手下睡几天就会醒的，不要担心。我这样做是为了对你们俩都公平……哈哈哈！我老人家简直太聪明了！这种绝妙的办法都能被我想到……小木头，后会有期啦！"

芒鞋翁的声音渐远渐淡，直至消失，树林里忽然静得只剩下了玉鹤的喘息声。

荒唐！这个芒鞋翁！天凝和唐烈峰各自站在玉鹤的一边，都埋怨不已。

隔着黑夜里的重重幽光，他们相互都看不清楚对方。

但是，他们又都目不转睛地盯着对方，都能感应到对方紧绷的气场。

忽然，风吹云动，被层云遮掩的月光穿刺而出，天凝一个转身，猛扎进月光洒落前的最后一片黑暗里，拔腿狂奔起来。

唐烈峰紧追而去。

那是荒越城方圆百里之内最大的一片树林了，树林里有很多珍禽异兽、灵花异草，然而，历来荒越城的人采药不会来这里，狩猎也不会来这里，因为这里的地形实在太像一座迷宫了。

天凝知道她没那么容易离开这片树林，只不过，她没有想到，这竟然是那么困难。

她在树林里走了三天。三天来，她连眼睛都不敢闭一下，因为她怕自己睡着的时候唐烈峰会出现。她在树林里找出路，唐烈峰就在树林里找她，他前后已经找到过她四次，交了四次手，因为不能使用内力，他们的交手看起来蛮横而笨拙。虽然四次她都逃脱了，但是她很清楚，她每次逃脱都不乏侥幸的成分。她最大的弱点就是体力不如唐烈峰，所以从一开始她就不打算和他硬拼，她只想逃，她很担心，下次如果再被唐烈峰追到，自己的好运或许就要到头了。

荒越城中，去往墨玉江援战的八万大军依旧按照原定的计划，

在五月二十九动身离开了荒越城。

众人都看见了华大将军身着红色的战袍,在城门口与城主把酒拜别,而后便策马扬鞭而去。但是他们都没有看出来,那人并不是天凝。那个戴着人皮面具的女人,其实只是大将军府一名精于易容的食客。

那是姜游的安排。他知道,现在大军按时出发,以及大将军的平安,对前线的战士们来讲有多重要,他不想影响军心。他也派了人寻找玉鹤和天凝的踪迹,天凝在树林里受困的第四日,终于有人回报,说一名樵夫砍柴的时候碰到了一位古怪的白须老人,那白须老人说漏了嘴,不小心透露大将军可能被困在城外的树林里。

姜游二话没说,立刻带人往树林而去。

树林里,天凝走到了一棵老榕树下,她抬头看了看榕树枝叶缝隙里的天空,依据太阳的方位来判定自己接下来要走哪条路。她心中隐隐觉得,她应该已经靠近树林的边缘了,或者再坚持不久,她就能走出这片迷宫。她给自己打了打气,这时,她听到榕树背后传来了流水的声音。

天凝顿时有点儿激动,因为在树林里的这几日她一共见过三个水潭,却都是死水,不知源头,也不知流向何处。但能遇到活水就不同了。活水若不是发于树林止于树林,那么只要沿着水流走,她就有机会走出这片树林。

于是,天凝急忙绕过榕树,循着流水声而去。

榕树后方不远处,果然有一条潺潺的小溪。

但她没有想到的是,唐烈峰竟然也在溪边。他已经摘掉了面具,盘腿而坐,背靠着一块长满青苔的大石。

他右手还拿着一把小刀,神情肃杀,不知道要干什么。天凝急忙躲回榕树后,偷偷地看着他。

唐烈峰轻轻地挽起自己左手的衣袖,她这才看见他的左手臂上已经有好几道割痕了。

这时,他拿着小刀,眉头都没有皱一下,又在两道割痕中间,皮肤平整的地方,缓缓地划了一刀。

皮肉裂开,鲜血涌出,唐烈峰闭了闭眼睛又睁开,深吸了一口气。

天凝屏息凝神看着那一幕,渐渐猜到了唐烈峰自残的用意。他其实也像她一样,为了提防敌人而几日几夜不曾合过眼,他用小刀割自己是为了提神,想用身体的痛意来驱赶大脑的睡意。

天凝看他下刀干脆利落,对待自己的手臂就如同对待敌人一样,她不禁唏嘘。哥舒意明着是要抢回自己曾经的族地,却处处不肯与第九荒任何一族为善,想凌驾于别族之上、成为霸主的野心路人皆知。为了达到这个目的,她不惜采用如此阴狠的手段,把一个普通的人变得不再像人,而只是一件行走的工具,这些死士,何尝又不可怜,不可悲?

天凝正想得出神,忽然听见"哗啦"一阵重物砸落水中的声音,紧接着就见一只浑身长满黑色长毛的怪物,踩着溪水,朝唐烈峰扑了过去。

这种身长十尺、体型硕大的黑色长毛怪,第九荒很多人都知道,是百年兽。百年兽长得极为丑陋,但它的一双眼睛却星河朗朗,像是俊俏的美少年的眼睛。然而,那双眼睛却没有任何视力。

百年兽其实看不见自己攻击的到底是人还是动物,它只知道,带血腥味的东西就是它的美食。

是唐烈峰自残的伤口流出的血把百年兽引来的。

此时,唐烈峰的内力被禁锁了,哪里能敌得过凶猛的百年兽,片刻工夫,他就被百年兽抓出了几道血口。

百年兽闻到更浓烈的血腥气,精神随之也更亢奋了。

唐烈峰想到自己体内还有花朝映雪,以为把毒气渡给百年兽,就能够牵制这怪物。但很快他就发现这是没有用的。百年兽凶猛无比,凭的却全是它的蛮力和敏捷度,它并没有内功修为,花朝映雪对它不起作用,反倒是唐烈峰,做了无用功,好几次被百年兽抓起又重重扔在地上,吐血不止。

天凝躲在榕树后,听百年兽的嘶吼声撼树摇花,她知道自己莫说没有任何理由出手帮自己的敌人,就算她有那么一丝恻隐,以她现在的能力,冲出去也不过是多给百年兽送一道佐餐小菜而已。

思量之下,天凝决定继续躲在榕树后,静观其变。只见百年兽抓住唐烈峰的一条腿,将他朝半空一抛,他被高高抛起,又重重摔落在地上,他还没来得及爬起来,那百年兽就扑了过来,把他死死地压在地上。

就在这时,天凝猛然感觉脚踝一凉,一阵痛意袭来,她低头一看,一条细长灵活的青蛇不知道从哪里钻出来,竟然咬了她一口。伤口处刹那有鲜血涌了出来,百年兽闻到新血的味道,动作一滞,抬头看了看榕树这边。

同一时间,唐烈峰被百年兽压着,几乎已经透不过气来了,脖子也快被百年兽的利爪掐断。就在这命悬一线之际,他体内的红顶青鸟的精元感受到威胁,终于苏醒了。他的身体忽然轻盈上浮,就连百年兽都压不住,被掀翻打了个滚,接着他便飞到了那棵榕树高而粗壮的树干上。他抱着树干,喘息不止。

百年兽摔那一跤，气急败坏，冲到榕树下，跳起来想抓树上的唐烈峰。但百年兽的跳跃能力一向很差，根本够不到那么高的树干，它只好死死地抱住榕树干，拼命地踢打摇晃，企图令树上的人掉下来。但是，只摇晃了几下，百年兽突然又丢开榕树，转而朝榕树的背后扑去。

那里还有另一道美食。

天凝很清楚自己若是一味奔逃，根本逃不过百年兽的生猛迅捷。所以她没有跑，她发现了一根树藤，从榕树上垂下来，她打算抓住树藤爬到树上去。但此时，她才刚爬了离地面两人来高，百年兽已经张牙舞爪地朝她扑过来了。她被它笨重的身体一撞，没有抓稳树藤，"啪嗒"又掉回地上，连树藤也断了。百年兽捶了捶胸口，仰天长啸，似乎在为自己找到了新目标而得意。

天凝顿时感到心灰意冷，正不知如何是好，忽然见面前竟然又垂下一根树藤，她抬头一看，唐烈峰抓着那根树藤，道："我拉你上来！"天凝没有犹豫，急忙抓住树藤，两腿朝榕树干上一蹬，又借力向上爬。就在百年兽再次扑过来的时候，她总算脱离了它所能攻击的高度，百年兽扑了个空。

唐烈峰把天凝拉到自己身边，天凝爬上横枝，和唐烈峰并肩坐着。刚坐稳，树下抓了狂的百年兽又开始踢打摇晃树干。天凝一个倾身，险些又掉下去，她只好侧转身，一把抱住了唐烈峰的腰。

唐烈峰抱住榕树树干，天凝便抱着他，下面的百年兽也想抓着树藤往上爬，无奈自己太过笨重，树藤一根根地被它扯断，它是上不来了，它便继续攻击榕树树干，看样子似乎是想把整棵树连根拔起。

唐烈峰却胸有成竹："凭它的力气，还折不断这棵树。"

天凝也道："伤口凝固了以后，血腥味消失，它就不会再死守

着我们不放了。"

说罢,他一低头,她一抬头,四目相对。唐烈峰声色未动,天凝却有些尴尬地眨了眨眼睛。

但他们似乎料错了百年兽对自己食物的执着。虽然伤口凝固,血腥味逐渐消失,百年兽却没有离开。它只是不再像之前那么暴躁,没有再猛烈地攻击榕树,它在榕树下坐了下来,看样子还想守株待兔。

唐烈峰故意折了一段树枝丢下去,砸到百年兽的头,百年兽立刻跳起来,对着树干又是一阵撞击。

他道:"看来我们若是下去引起它的注意,仍然有可能被它攻击。"

天凝想了想,问道:"你身上还有柳叶刀吗?"

唐烈峰反问:"你是想让我用柳叶刀刺伤别的动物,以此来引开百年兽?"

天凝没想到此刻她竟然跟自己的敌人还有一点儿不说自通的默契,道:"芒鞋翁封了你的内力,你有把握射中吗?"

唐烈峰淡淡道:"你听说过猎户狩猎用内力吗?"

天凝不满他说话的语气,没再多言。

但是,也不知道是不是因为百年兽的存在,动物们都不敢再靠近这个地方了,他们等了很久,就连刚才咬伤天凝的那条小蛇也不见了踪影。

天色逐渐晚了。

不远处树叶的缝隙里,红霞轻起,天际流云,一阵风吹过,像是也吹来了强大的困意似的,天凝忍不住打起了哈欠。为了令自己不至于睡着,她想了想,故意说道:"我的家乡在浮罗山北面的姑草岭,小时候家门前的晚霞也是这么美。我最喜欢坐在门前的草垛上,一边吃着我娘烤的鱼干,一边看晚霞。"

唐烈峰没想到天凝会和他说这些,惊讶地看着她。他和她挨得这么近,就着穿林而来的霞光,他能看清她眨眼时轻扇的睫羽。而被风吹拂的几根发丝,贴着她精致的下颌,令她整个人都多了几分温柔。

他接道:"姑草岭有很多身长三尺、鹅黄色、没有鳞甲的鱼,就叫姑草鱼。这种鱼的寿命很长,而它们在幼鱼时期极为狡猾灵活,很难被捕捉到,但当它们成年时,身体的灵活性降低,易于捕捉了,它们的肉质却又变得过分紧实,无论煎炸焖煮,都很难嚼得动了。"

天凝继续听他说:"不过,后来姑草岭的人又发现,其实把捕捉回来的姑草鱼用盐水饲养一段时间后,它们的肉质会稍微疏松一点儿,煎炸焖煮后虽然还是难以下咽,但是,经过炙烤以后变成鱼干,肉质反而会鲜嫩一些。你说的鱼干,就是你们姑草岭每户人家都会做的姑草鱼干吧?"

唐烈峰其实也有和天凝一样的顾虑,怕长时间的枯坐会令他精神松散,他也想借说话来驱散困意,强打精神。

天凝问道:"你去过姑草岭?"

唐烈峰道:"去过一次。"

天凝道:"也吃过姑草鱼干?"

唐烈峰摇头:"这倒没有。"

天凝问:"那看过姑草岭的晚霞吗?"

唐烈峰点头:"看过。"

天凝又问:"还有姑草岭的日出呢?"

问到这里,唐烈峰竟然露出了一点儿嫌弃的表情,她以为他是在嫌弃姑草岭的日出,却不知道他是在嫌弃她与人搭讪的口才着实不怎么样。他道:"你知道姑草鱼其实还有另一种吃法吗?"

莫说是天凝,整个姑草岭的人都不知道。唐烈峰说:"你只要把一条三尺长的姑草鱼和三斤羊肉放在一起,用清水煮三个时辰,再把鱼肉捞起,和三两老姜、三两蒲公英、三两马齿苋一起,再蒸一个时辰,到那时,姑草鱼的鱼肉非但不硬不老,还会是这世上最鲜嫩的一种肉。"

天凝虽然觉得他说的这种吃鱼方法很奇怪,但这并不是重点,重点是,她怎么都没有想到,有一天自己和敌人心平气和坐下来谈论的话题,竟然是如何烹鱼,她不禁苦笑着摇了摇头,一脸无奈。

这时,最后一缕昼光隐退,黑夜彻底降临了。

树林黑暗无风,一片寂静之中,除了树上两人偶尔的轻声交谈,就只剩下不远处那条小溪微弱的流水声,和百年兽时而绕树一周的脚步声了。

唐烈峰道:"看来你的计划要等明天天亮才能实施了。"他抬头看看天,"今晚应该不会有月光,即便有动物经过也看不见了。"

天凝轻轻地应了一声:"嗯,是啊。"

唐烈峰听出她声音含糊,刚想侧头看她,对方碎发轻摇的前额却忽然抵在了自己的左肩上。她的身体也往他手臂上轻轻地靠了靠。她实在撑不住了,人已经疲倦得浑浑噩噩,俨然已经顾不得什么敌我之距、男女之别了。他本来想摇醒她,她脑袋却突然滑下他的肩头，身体往前一栽，眼看就要掉下去，他眼疾手快，赶紧抱住了她的双肩。

"华天凝！"

"嗯？"天凝又轻轻地应了一声。

唐烈峰心道，我若不是觉得活捉她更有意义，现在应该就是杀她最好的时机了。天凝却像是忽然听到了他的心声似的，梦呓般道："反正你要活捉我，而我也不能在这棵树上硬跟你动手，鹬蚌相争，被那百年兽得利。那我们不如暂且以这夜色清风避恩仇吧。我只想好好睡一觉。我看你也是吧？"

是啊，唐烈峰又何尝不是疲倦至极，一直在强撑，听她那么一说，他想了想，心道，这样也好，养足精神，待摆脱了百年兽，他和她之间还有一场硬仗要打。那就照她说的，以这夜色清风避恩仇吧。

他依稀看到高一点儿的树枝上垂着一截树藤，他便伸手把树藤扯了下来，在两个人的腰上围了一圈，再把树藤绕树干也绑了一圈，这样就能确保他们都不会在睡着的时候不慎掉下树去。

做完这些以后，他也闭起了眼睛。

终于起风了，是很轻很柔的一阵风。可是夜空中厚厚的云层却被这轻风吹开了，和唐烈峰的预想不一样，月亮出来了，洒下一地银霜。迷糊间他好像听到了某种动物穿林奔跑的声音，但是，他太贪图眼前这安逸了，于是动也没动。而渐渐地，她的头再一次靠到了他的肩膀上。

他也缓缓地靠向她，脸挨着她的头顶。依偎的身影，宛如一对倾心相待的爱侣。

他闻到她的身体还散发着一种独特的幽香，微甜之中，带着瓦上清霜的寡冷。后来，他才得知，那种香气源于一种叫风邪草的植

物。风邪草多见于第八荒，只有少量生长在第九荒的边境。第八荒的人认为每一种植物都有独特的寓意，而风邪草的寓意便是，黄粱一梦。

第二卷 在水一方

第五章
洛神塔

二十天后。

继初次渡江作战失败,白渊族加大兵力,执行了第二次渡江计划。眼看他们就要反败为胜的时候,荒越族这边,由大将军华天凝亲自率领的八万援军赶到了墨玉江,力挽狂澜,白渊族再次被击退。

率领荒越族的士兵们击退敌人的,并不是先前队伍出发时那个易容的假华天凝了,而是真正的华大将军。

天凝已经在众人完全看不出破绽的情况下归了队。

二十天前,她和唐烈峰面临的百年兽危机,最终在拂晓时分解除了。拂晓时分,姜游终于带人找到了他们。百年兽被姜游以巧计引开,而唐烈峰没有料到天凝的援兵会出现,他只好放弃了活捉人质的计划,先走为上。

而后唐烈峰又在树林里找回了失散的死士,大家一起离开树林后不久,便接到女皇的诏令,动身回军营。

几乎是同一时间,唐烈峰扮作普通的商人,披星戴月赶回第八荒,而天凝则易容乔装,日夜兼程追赶行进中的队伍。

那一路,他们都曾渡过同一片荷塘,穿过同一条石巷,也看过同一树烟柳,喝过同一种烈酒。

但他们没有再和对方见过面。

天凝刚来到墨玉江,马未停蹄便指挥了一场大战。他们打败了白渊族,白渊族的船队有一半退回了墨玉江对岸,还有一半则盘踞在江心的两座岛屿附近,暂时不敢轻举妄动。

荒越族士气大增,将士们都觉得,大将军来了,这场仗可能不用打太久,他们就又能过太平日子了。而他们看见大将军面色红润,意气风发,丝毫没有传言中说的中毒已深、萎靡不振的情况,他们也更放心了。

待战事稍缓,天凝总算有了来墨玉江之后的第一段闲散的光景。有一天傍晚,她站在主帅营前,看见有几名士兵手提木桶经过,听其中一名士兵道,他们抓到了很多鱼,其中有一条鹅黄色的无鳞鱼,外形颇为独特,谁都没见过,大家于是正在商量这鱼是用来煎炸还是煮汤。

天凝听见了,唤住他们道:"把你们说的这条鱼给我看看吧?"

士兵们笑嘻嘻地把木桶提过来,天凝往桶里一看,果然是姑草鱼。

墨玉江通贯第九荒,姑草岭的鱼顺江而下虽然不常见,但也合情理。天凝看到家乡的东西觉得高兴,便把家乡人吃姑草鱼的方法和忌讳告诉了士兵。说完,她却想起了唐烈峰在树上教她的蒸鱼法,禁不住有些好奇想尝试,又道:"我再告诉你们一个可以更快地吃这鱼的方法吧?不过,你们做好了鱼以后,也分我一点儿,可行?"

士兵们摸着脑袋,笑得大大咧咧。"嘿,大将军,您要吃这鱼,哪有可行不可行的,出个声就行了嘛!"

"就是,就是!"

于是,第二天早晨,一盘刚蒸好的姑草鱼便被送到了主帅营。天凝吃第一口便知道唐烈峰所言非虚。

吃着吃着,她不禁心情大好。

这天傍晚,天凝坐在主帅营里,就着油灯审看军队的沿江布防图。过了一会儿,她依稀听到营外有轻微的响动,她打帘出去一看,一只红顶青鸟正盘旋在上空,她一伸臂,那青鸟便乖乖地飞到了她手臂上。

鸟嘴里叼着的,是姜游的亲笔信。

信送出的时候,姜游刚动身离开荒越城。而青鸟把信送到天凝手中这一刻,姜游正赶往樱沙渡。

樱沙渡是玲珑苦海西面最大的一个港口,过了玲珑苦海,再东行三日可达慈航谷。姜游这一趟正是要去慈航谷。

到了樱沙渡,准备好渡海的船只,姜游却听船夫说,从天象来看,今夜海上会有一场大风暴,要等风暴过去,明日一早,船才可以起航。他只好在樱沙渡旁的一家客栈里住下,安顿好以后,正是夜幕降临的时候,望着客栈外烟水茫茫,他料想,信应该已经送到天凝的手里了。

他又想起二十多天以前,从树林里救出天凝的那天晚上,天凝忽然问自己,有没有想过黑木之心还有再次转化为血肉之心的可

能。他当时便震住了。理论上来说,将异类精元放入人体,产生的瞬间增强的能量和强大的气血冲击,都是短暂发生的,在那之后,精元逐渐安静,终有一日会完全与肉身妥协,这个时候,即便这个人的黑木心变回血肉心,对精元抑或他本人都是不会有影响的。但是,这并不意味着可以再把这个人的黑木之心挖出来,换回血肉之心,因为在上一次换心时,这人胸口附近的经脉已经受损过一次了,再经不起第二次伤害。

所以,他不是没有想过,而是想过以后发现根本无能为力,便不再去想了。

但是,天凝却道出了自己在树林里遇到芒鞋翁的经过。他听罢吃惊地问她:"你怀疑芒鞋翁说他们都是木头,意思是他的心也是万年黑木做的?莫非他和哥舒意有关系?"

天凝摇头道:"从芒鞋翁的言行举止来看,我觉得他不是一个用黑木做心的人,他跟唐烈峰他们不一样。"

姜游问:"那你怀疑什么?"

天凝道:"当时芒鞋翁说他和唐烈峰都是木头,我就似乎想到了什么,但一时也理不出头绪,可我现在知道了。我想起了我当年遇到芒鞋翁的时候,他被慈航谷的青藤树纠缠,当时有一根树藤割伤了他,他的伤口虽然在流血,但是,受伤处的皮肤却有一些碎屑掉下来。"

"碎屑?"

"嗯,我那时觉得很多事都见怪不怪了,便也没有多问,也没有把这件事放在心上。直到这次听他说自己也是木头,我倒忽然又想起当年的情形来了。那时从他皮肤上掉下来的碎屑,似乎就是木屑。"

"当时他伤在哪里?"

"左手腕上。"

姜游摇头道:"不,如果他的左手是用万年黑木雕刻的,那他一旦受伤,黑木形态遭到破坏,左手就应该像传说中痴人的妻子一样消失,而不是掉木屑了。而且他伤口有血,说明他是血肉之躯。"

"我也认为他是血肉之躯,所以才更想知道这是为什么。"天凝认真道,"会不会是他自己有办法可以令木头自然而然地转化成血肉呢?毕竟芒鞋翁号称是行走的活典籍,当今之世,他知道而我们不知道的事情太多了……"

虽然姜游仍觉得天凝的想法过于臆断,但他也明白,事关厉朝欢,对她而言,那就是任何线索都不可以放过了。他便问她:"那你想要我怎么做?"她道,希望他联络在慈航谷的二师叔孙谈,委托孙师叔帮忙寻找芒鞋翁,打探其身世。于是,天凝离城追赶军队以后,他也立即修书一封,送到了慈航谷。

慈航谷乃族中医药圣地,与荒越城的关系极其密切,城中很多机密的事情,对慈航谷都是公开的。更何况姜游也不认为自己可以死守住厉朝欢的秘密,靠一己之力达到令他恢复血肉之心的目的,所以,他在信中把事情的来龙去脉全都告诉了云观鹤,并且委托慈航谷全力寻找芒鞋翁。

慈航谷的人花了大半个月时间,最后在墨玉江畔找到了芒鞋翁。他们送上了孙谈的亲笔信,邀请芒鞋翁到慈航谷做客,姜游在那之后不久便得到消息:慈航谷已经证实了芒鞋翁的身世,厉朝欢有救了。

芒鞋翁之所以神秘,是因为他仿佛是一个没有过去的人。没有人知道他出生在哪里,师承何处,又归属于七海十荒里的哪一海哪一荒,哪一国,或者哪一族。而事实上他并没有任何归属,同时,

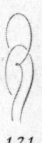

他也的确没有过去。

因为他和传说中那位痴人的妻子一样,是被人用一棵万年黑木雕刻出来的。

雕刻他的人是一个中年丧子的铁匠。

那位铁匠的妻子早逝,他把所有心力都寄托在儿子身上。可是,儿子成年以后加入了军队,军队出征,儿子在战役里被敌人杀死。铁匠悲痛不已,便找来万年黑木,雕刻了一个跟自己儿子一模一样的人。

而这个人就是芒鞋翁。

雕刻完成以后不久,铁匠却因为伤心劳累过度,不幸猝死。那之后,芒鞋翁也离开了铁匠家。

但是,芒鞋翁不知道去哪里。天地之大,无论去哪里,对他来说都是一样的。

他不笑,不言,平日里除了游逛就是吃和睡,像某种动物,只靠万物皆有的求生本能存活于世。

有一日,他路经山中一座破庙,破庙门前有一棵树,树上结了一种淡绿色的果子,果子掉下来砸到了他,他正好饿了,捡起那果子就吃了起来。吃完他抬头看着满树的绿果,他觉得什么都不用做就可以有食物吃,可以活下来,这似乎是一件很不错的事情,于是他就在破庙里住了下来。

没想到那棵树上的花叶和果实都是长生长有的,芒鞋翁便从此不缺食物了。而以他的麻木心性,他也不觉得每天都吃同样的食物、活动于方寸之地,有什么腻烦难过之处,他便在那间破庙里住了七年。

七年后,有一个遭仇家追杀的中年男人逃到了破庙。男人极度饥饿,求芒鞋翁给他一点儿吃食,芒鞋翁便摘了几颗绿果给他。那几颗绿果把男人从生死的边缘拉了回来。男人视芒鞋翁为自己的救命恩人。

而那个男人还是第四荒半神一族姜陵族的人。

男人一眼就看出芒鞋翁并非普通人,芒鞋翁告诉他,自己的确是被铁匠用万年黑木雕刻出来的假人。男人为了报恩,便带芒鞋翁离开了破庙,随他回到第四荒,待他处理完和仇家的恩怨以后,他竟然以半神之力,为他制造出了一剂良药,把他的黑木身躯变成了一具血肉之躯。

从那以后,芒鞋翁也有了七情六欲,生老病死。他唯一和普通人不一样的,就是当他受到外伤的时候,伤口还会像木头被割开那样,掉落一些木屑,据说这是因为制药的人一时疏忽,药量不足所致。但芒鞋翁并不介意自己有这点儿瑕疵,能生而为人,一个真正的人,他已经很满足了。

而他在第四荒的那几年,住在那个男人的家里,发现对方家中有一个很大的地窖,地窖里面收藏了很多奇花异草、精怪灵兽的文字资料,他终日无聊,便把那些资料看了个遍。

由于他的本体是万年黑木,而万年黑木灵力非凡,所以,他也多多少少承袭了一点儿万年黑木的灵力,可以做到过目不忘。同时,他还能够在数日之内就练成别人耗费几年时间才可以练成的武功。

后来,帮助过他的那个男人终究还是死于仇人之手,他也离开了第四荒,开始游历各方。那些书本知识与他的眼见耳闻相结合,他又得出了很多他在那人家中没看到过的结论。而因为好胜而强出了几次风头以后,活典籍的名号就传开了。

他以前是有名字的,那名字也是铁匠儿子的名字,大概是阿吉还是阿龙什么的,他记不清楚了。

他不喜欢那个名字。

他最喜欢的词,便是前人的那句:竹杖芒鞋轻胜马,谁怕?一蓑烟雨任平生。所以他就自称芒鞋翁了。

只不过,词句超然,他实则并没有字里行间那么超然,这是后话了。

芒鞋翁到了慈航谷以后,孙谈问及他的身世,本来以为身世之谜关乎他最大的隐私,他未必会轻易道出,可没想到他却很爽快,觉得自己两袖清风,没有什么可隐瞒的,便和盘托出了。

但孙谈没有告诉芒鞋翁他们调查此事的真正意图,而是说想多了解死士和万年黑木,以便找到死士的软肋,在两族交锋的当下,为御敌做好准备。

芒鞋翁倒也不怀疑,还主动告诉孙谈,虽然当初帮助自己的那个姜陵族人已死,但是,那人当年炼药的时候,他身边还有一个少年学徒在帮他。只要找到那个学徒,就有机会得到炼药的配方了。

孙谈眼看又多了一个希望,不禁大喜。

须知道,现今第四荒里有五大家族,分别是柏侯家、空相家、段家、穆家,还有云家。

而慈航谷主云观鹤正是云家的六公子。

慈航谷如果要在第四荒寻人,不仅可以借助云家的力量,还可以借助跟云家交好的其他家族的力量,所以,寻人不难。芒鞋翁也表示,他很乐意去第四荒为云家的人提供线索,和他们一起寻找当年的学徒。

但是,眼下慈航谷正要举办五年一度的群医宴,要迎接来自各海各荒医术超群的人,大家切磋交流,在医术上一较高下,这个时候,所有的长老,包括孙谈和云观鹤,都不便离开慈航谷。

芒鞋翁只懂玄灵之术,却不懂医术,他需要有个懂医术的人和他一起,以便在找到学徒以后,商讨炼药事宜。而寻人炼药这件事,也只有慈航谷的长老们知道,对普通弟子是保密的,所以,长老们一致认为,能和芒鞋翁一起去第四荒的,就只有姜游了。

姜游虽然还肩负辅佐和照顾厉朝欢的重责,但这段时间以来,厉朝欢谨言慎行,城中一切稳定,权衡之下,他决定和芒鞋翁去第四荒。

而且,他还有一个私心。他始终无法研究出花朝映雪的解药,慈航谷的人对此也束手无策,他们还问过芒鞋翁,芒鞋翁也说他不知道如何解毒,姜游便想,素来第四荒里有不少暗藏半神之力的能人异士,假如他此去可以找到他们,得到他们的帮助,或许解除花朝映雪就有希望了。

翌日,玲珑苦海上风暴过去,船只起航,姜游渡了海。到慈航谷跟芒鞋翁会合以后,两个人便继续东行。

一个月后,他们到了第四荒。

云家的人早已收到云观鹤的密信,寻人事宜也已经暗中准备妥当,只等芒鞋翁来点认了。

只花了七日的时间,他们便找到了当年那个学徒。

学徒表示,自己的师父虽然籍籍无名,却是个医痴,医术也不输当今名流,自己虽然资质愚钝,未能完全得他的真传,但是,救人一命胜造七级浮屠,他愿意尝试为他们配药。只是他能力有限,还需要姜游从旁协助。姜游自然立刻就答应了。

事不宜迟,姜游和学徒为了采药制药废寝忘食,几天下来,姜游连胡子也不刮了,眼圈也黑着,整个人都显得有点儿落拓。

倒是芒鞋翁终日懒懒散散,在城里四处闲逛,有的时候一早便出去了,到夜里很晚了才回来,也不知去了哪里。

制药前前后后失败了十余次,但最后终于成功了。成功的那日,姜游按捺不住激动的心情,连手上沾的药粉都忘了洗掉,便冲回房间里,给天凝写了一封报喜的信。召来红顶青鸟把信送出以后,他望着屋外烈日晴空,用力地长舒了一口气。这时,暑韵渐歇,八月已经到尾声了。

八九月也是墨玉江畔的雨季,进入八月以来,江两岸每每晴不过三日就会有一场绵绵的阴雨。

烟雨过江心,迷雾锁江岸,所以,这也是最不适宜水战的两个月。

这段时间,白渊族前后发动了两次进攻,但两次都以试探虚实为主,渡江破防却并无进展,两军隔江对峙的局面依然没有变化。

当姜游的喜报到达主帅营中的时候,江岸又响起了号角声。

白渊族发动第三次进攻了。

天凝读罢姜游的信,高兴不已,将信纸轻轻一捏,吩咐下去,全力迎战。她自己也换上了战袍,登上了战船,意气风发。

那一仗比前两次打得更激烈,荒越族损失了八艘战船,牺牲了两千余名士兵,好几位猛将非死即伤。同时,敌方也不比他们好到哪里去,精良的战船也是沉的沉、烧的烧,死伤惨重。

墨玉江上终日都有浮尸漂往下游,鲜血染红了江面,如绽开一朵又一朵妖异的黄泉彼岸花。

直到九月雨季彻底结束,战火才稍微转小了一些。

有一日,天凝在主帅营里休息,又想着距离上一次收到姜游的信已经过去快一个月了,不知他现在回到第九荒没有。他若回来,应该是走韩东关,韩东关和墨玉江这么近,他会先来这里找她吗?

正想着，营外又是一阵红顶青鸟的鸣叫声传来。

莫非是小师叔送信来了？

天凝面露喜色，拨帘出去，却忽然脸色一沉！不对，红顶青鸟若是自愿送信，通常喜欢用嘴叼信，如何还能鸣叫？而且这鸟的叫声过于尖厉，似乎是受了惊吓！她抬头一看，半空中的鸟儿正好俯冲下来，却没有像以往那样站到她手臂上，而是径直撞向了地面。翅膀一抖，头一扭，断了气。

鸟爪上，绑了一个卷成圆筒的信封。

天凝急忙取信一看，第一行字便令她震惊愤怒不已：欲救姜游，五日后，洛神塔见。

落款是：唐烈峰。

姜游怎么也没有想到，报喜的信刚刚送出，他的房间里却冲进一阵穿堂风。他就像昔日的玉鹤烟三娘一样，还没有看清楚来人的样子便眼前一黑，昏倒在地。醒来时，他已经身不能动，口不能言，躺在一辆马车里。

风吹起马车的前帘，他把驾车人的背影看得一清二楚。除了芒鞋翁，这世间大抵已经没有几人能来去如风，令一个高手也毫无还手之力了。

可是，为什么？

姜游说不了话，但他的表情告诉芒鞋翁，他想知道原因。

芒鞋翁一开始只弓着背挥着马鞭，嘴里还哼着歌，什么都不肯说。后来歌哼完了，他忽然扯开嗓门，问身后马车里的人，道："小子，我问你啊……如果我现在杀了你，你希望谁来给你收尸啊？"

他知道姜游被点了哑穴,无法回答他,他的眼神一时间晦暗不明,又道:"总之是有人来给你收尸的吧?一定还会把你的丧礼办得风风光光的。但是你知道如果我死了,谁会来给我收尸吗?"

姜游聚精会神地看着芒鞋翁的背影。

那背影轻轻一抖,单手扬鞭,摇头晃脑道:"我告诉你啊,是没有,没有哦……"

虽说竹杖芒鞋轻胜马,一蓑烟雨任平生,嘴里总是说没有牵挂,也不被牵挂,谁怕?但其实,他是怕的。

大概是人老了的缘故,不知道从哪天开始的,芒鞋翁发现自己开始怕孤独了。

他怕自己孑然一身,死后被路人用草席一裹就埋进了黄土坑里,连个愿意给自己哭丧的人都没有。

他听说,人死若无人哭丧,下一世就会延续今世的孤独悲凉。

下一世,他不想再做芒鞋翁了。

哪怕,据他所知,这世间还有人羡慕他的博学广见,羡慕他武功高强,还羡慕他可以踏遍天涯,以天地为家。

然而,他只羡慕那些死后有人哭丧的人。

以前他不知道由谁来为自己哭丧比较合适,他不是没有朋友,但是,他们都不是他心目中理想的人选。

直到他遇到了唐烈峰。

他管他叫小木头,他跟他都和万年黑木有解不开的渊源,他终于找到了自己的同类。而且他这个同类的眼睛里有一种坚毅而冷傲的光,他觉得他挺像年轻时候的自己。他觉得由他来把自己埋了,跪在自己的坟前哭一哭,想来是很美好的画面。当然,如果还能在有生之年，和这个小木头一起度过，就更好了。

他一直都记得唐烈峰救自己的那次，他从昏迷中醒来，发现正躺在一块岩石上，还闻到了一阵烤红薯的香。他嚷嚷着问是谁在烤红薯，把老人家都给熏醒了，这时，一只沾着泥灰的手便默默地从岩石下面伸上来，手里拿着半只烤红薯。他低头一看，年轻的男子下巴和鼻尖上也有泥灰，十足的花脸猫，长着一双微微泛水光的眼睛，眸色清明地看着他。他觉得他真是个可爱的孩子。

虽然唐烈峰已经不是小孩儿了，也从来没有人会用可爱来形容他，但芒鞋翁偏偏觉得，这个小木头给了他心尖上的柔软和温暖。他想，若是自己年轻的时候肯安定下来，像别的男人那样娶妻生子，儿子应该会和他差不多年纪吧，而且会给自己烤红薯。那是他吃过的最好吃的烤红薯了。

芒鞋翁了解了唐烈峰的身世以后，其实一直很想帮他恢复血肉之心，毕竟以黑木为心的唐烈峰感情那么冷漠，要他跪在自己的坟前哭，这跟要他徒步登天有什么区别？所以，他想令他恢复成正常人。

其实芒鞋翁曾经去过第四荒，他早就想找当年那个学徒了。但是，仅凭他一己之力，他没有找到那人。

在慈航谷里听孙谈提到想研究对付死士的办法时，芒鞋翁便觉得，这次对他来讲也是一个好机会。他原本打算，等找到了人，炼成了药以后，就让姜游把神药分他一份，就说是为自己求的，想看能不能医好自己一受伤就掉木屑的毛病。他没有把这个想法告诉姜游，因为他不想姜游觉得他心里还有小九九，不是单纯地想帮他们。离开慈航谷以前，他还兴冲冲地修书一封送去了白渊族军营，告诉唐烈峰他就快有机会做回一个正常人了，要他等自己的好消息。

唐烈峰收到信以后，立刻也给芒鞋翁回了信。那之后，白渊族的眼线便一直暗中与芒鞋翁联络，替他和唐烈峰传递消息。唐烈峰叫芒鞋翁不仅要盗走研制好的神药，还要想办法替他活捉姜游。

这两项任务芒鞋翁都完成了，他兴高采烈地带着姜游穿山越岭，回到了墨玉江畔的白渊族营地。那一路上，姜游一直被禁锢在马车里的方寸之地，他总是看见车头前的芒鞋翁昂首扬鞭，还常常哼着欢快的小调，但是，他偏偏觉得这老头看起来很落寞。

人活于世，要走到怎样的境地，才会把自己最大的心愿设立成：希望有一个人能在坟前好好地为我哭一次丧？

唐烈峰把姜游关在了洛神塔。他在写给天凝的那封信里，还刻意强调，只可以是华天凝亲自，而且正面来闯洛神塔里的七重关卡，营救人质，若违背任何一个条件，他们都会立刻处决人质。

洛神塔是一座砖木结构的仿阁楼式塔，塔有七层，斗拱飞檐，精致而大气。它位于墨玉江的东岸，那里是白渊族的地盘。也就是说，人质在白渊族的手里，见面的地点也在白渊族领地，再加上天凝体内还有花朝映雪，任谁都知道，她若是赴约，就已经无异于把半个头伸到敌人的铡刀之下了。

荒越军中大多数人都认为，大将军必然以大局为重，断不会明知是条死路还埋头送死。

就连白渊族的人也都说，华天凝哪会那么傻，为了区区一个医官就主动往火坑里跳？难不成，姜游没了，慈航谷里就找不出第二个神医了？可是，华天凝若是没了，这荒越族怕就真的找不出第二个她了吧？所以他们都说，唐将军想出这样的计划，也未免太过自信和天真了。

然而，最后的结果却出乎这大部分人的意料——天凝竟然赴约了。

十月的秋意染红了江岸层叠的枫叶，枫叶落下，逐水而漂，在江面星罗棋布，原是绚烂的美景，但在这非常时期，却因为枫红与鲜血同色，反倒令江水多出了几分诡异。天凝便踏着这一江红色，登上了一艘渡江的战船。

这一趟，她非去不可。

唐烈峰既然已经和芒鞋翁连成一线，而他之前又曾见过烟三娘，知道厉朝欢的体内有玉鹤精元，他怎么也应该想到，厉朝欢的心脏极有可能已经被万年黑木替换了。他若再联想自己安排最善于追踪的白蚁精为他渡气一事，他应该不难猜到，自己的意图正是为了寻找万年黑木。想来他就更不会相信，姜游到第四荒求人问药，只是为了对付死士了。他应该已经把所有事情都理得一清二楚，有了他的一套看法，所以，他在那封信里面，除了提到闯关救人的时间和地点，还刻意提到了一件事。

唐烈峰说，芒鞋翁在绑架了姜游之后，还依照他的嘱托，杀掉了那位帮助他们研药配药的学徒。

言下之意，当今世上，唯一还知道神药配方的人，就是姜游了。

只有姜游不死，厉朝欢才有希望。

所以，姜游又岂止是一个普通的人质。这样的一个人质，你救是不救？

她想，她当然要救了。

只不过，唐烈峰也把这件事情想得太复杂了。

且不论姜游的身上是否系着厉朝欢的希望,他遇险,天凝都会救他。这一点,姜游自己也很清楚。

无关两族的恩怨,也无关他人的盛衰,只关于他曾为她沏茶、浇花、疗伤、牵马,同过斜风细雨,也同过电闪雷鸣。

只关于他是她的小师叔,而她是华天凝。

这一日,流川寂寂,飞云漠漠,墨玉江畔的风景,从洛神塔上一眼望去,原来比自己想象的更宽阔壮丽。

唐烈峰站在这七重塔的顶端。风吹来一片红叶,打着旋儿,拂过他冰冷的面具,又缓缓坠向塔下。

那一刻,也是那阵风,吹去了另一片红叶,正落在天凝的鞋尖上。她的船靠岸了。

随行的猛将精英们,每一个人的脸上都带着一种视死如归的表情。他们下了船,非但没有人阻拦他们,还来了几名白渊族的士兵,指引他们如何前往洛神塔。洛神塔与江岸相距不远,徒步前去,不消一个时辰便可以到达。

天凝等人很快就行至洛神塔前,抬头一看,大家都能望见塔的最高处,有一道临风的身影。

而塔上的人一低头,也能望见这队伍之中最显眼的一道清瘦身影。

唐烈峰蓦地想起上一次见她还是在荒越城外的树林里,他们为了躲避百年兽,相约以夜色清风避恩仇。那是他和他的敌人之间最放松的一次相处,也是他和一个女子之间最亲密的相处。他甚至还记得她身上幽幽的淡香,还有她的发丝被风吹起时,在空中飘出的那道弧线。

他的眼神忽然放软了。

可是，再一想，彼此到底是宿敌，那晚的夜色已故，清风已远，恩仇避得了一时，如何能避一世呢？

他轻叹一声，眼神渐渐又犀利起来，瞳仁之中寒色更深，戾气渐起，他漠然地向塔前的哨兵做了个手势，哨兵会意，吹响了号角。

刹那间，风乱云涌，洛神塔前黄土翻飞，长草飘摇。杀气弥漫了半天。

同一时间，白渊军的主帅营里去了一名小兵，小兵向营内的三人跪地通报："启禀三位将军，已经遵从命令，任由华天凝等人上岸，沿途不加阻拦，现在他们已经到了洛神塔，要开始闯塔了。"

一名黑袍的虬髯客满意地点了点头，挥手示意小兵退下。小兵离开后，他起身问坐在他对面一身白袍略显病态的斯文男子："呼延，我跟你赌一局吧，买唐烈峰那小子能不能在洛神塔就把华天凝给解决了！"

白袍的男子虽然是斯文书生的模样，却也是白渊族的一员猛将，他叫呼延汀，封三品忠威将军，而外形粗犷的虬髯客则是官至二品的从骑将军成弗，这两人在军中的地位都在唐烈峰之上。

成弗生性好赌，不光爱在牌桌上赌，平时随便拣一件事也能开赌局。呼延汀接着他抛出的话头，缓缓道："成将军叫赌，下官焉能推辞？我就赌他，输。"成弗摩拳擦掌："好，那我就赌他赢呗！咱赌什么？黄金五十两？"呼延汀阴阳怪气笑道："太少了，我要成将军您那把削铁如泥的宝刀如何？"成弗立刻嚷嚷："什么狗屁？早告诉过你，老子再好赌，也不拿我的宝贝来当赌注！"

呼延汀"扑哧"一笑，正想接话，这时候，营帐内一直没有出声的

第三个人说话了:"成弗啊,你就赌黄金五十两,意思一下算了。"成弗摸了摸胡子,看向说话人:"你的意思是,洛神塔输定了?"

这第三个人乃是白渊族的大将军,名叫都凛,也是族中的武将之首。他三十岁不到,身姿挺拔,五官俊美,据说在少年时期就已经是族中出了名的美男子。他那一双漂亮的丹凤眼轻斜暗挑,睨着成弗,道:"华天凝若是这么容易就被收拾了,这墨玉江我们早就破了。唐烈峰若是能一战就拿下华天凝,今日这营帐中坐的还是你我吗?"

成弗无言以对,呼延汀掩嘴媚笑,瞟了他一眼,道:"不过,咱成将军这赌也不是随便下的。上回……怎么说来着?"他把手指放到唇边做思考状,"啊……说唐烈峰若不是受制于死士的身份,他的成就还会超越我和成将军呢。指不定这次真的就一击即中,接下来女皇还得对他论功行赏。"

成弗眼睛一瞪,急忙否认:"兔崽子,瞎说什么?老子什么时候说过这种屁话!"大家都知道都凛向来把唐烈峰视为眼中钉,处处对他看不顺眼,成弗这样夸他,岂能被都凛知道?呼延汀掌嘴一笑:"哎呀,没说过,那就是下官记错了。"

呼延汀一口一个下官,但实则对成弗这样的大老粗面服心不服。他们虽然都是都凛的心腹,但明眼人都知道,都凛器重呼延汀胜过成弗,呼延汀因此恃宠而骄,只要有都凛在,便什么话都敢对成弗说。不过,这两个人一直以来也都是打打嘴仗罢了,遇到大事正事,还算齐心。

都凛由着他们在营帐内小打小闹,他一句话也不插,缓缓地喝着茶,目光时不时地瞟向条案上的一个青花小瓷瓶。

没过多久,汇报的士兵又来了。"启禀三位将军,华天凝等人已扫除了塔前的伏兵,冲破塔门,要进塔了。"

成弗和呼延汀静下来了，互看了一眼。

士兵退出以后，过了不到半个时辰又进来汇报了。华天凝已经闯过第一层塔，到第二层了。

再过半个时辰，第二层和第三层塔里的关卡也连续被破。

这时，天已经全黑了。整个晚上，主帅营里灯火通明，都凛等人一直在等士兵前来汇报洛神塔的战况。到丑时三刻，七层塔，七道关，前六道都被拿下了。士兵说华天凝等人已登上第七层塔的时候，第七层塔上，夜烛堪堪地亮了一壁。

火光一照，天凝便看见塔柱前被捆绑的姜游，他衣衫凌乱，浑身是伤，显然受了不小的折磨。

唐烈峰就站在姜游的旁边，负着手，眼中无波无澜地看着天凝。

天凝执剑的手一直在微微发抖，她怕唐烈峰看见，故意把手背在背后。

剑还是那把紫原剑。

只有天凝自己知道，她为了再驾驭这把剑，付出了多大的代价。从入塔的那一刻起，她手心里的冷汗就没有停过。受紫原剑气的反噬，好几次她都硬生生把几乎喷口而出的鲜血咽回了肚子里。她甚至不确定，自己即便可以救出姜游，却还有没有命再回到对岸了。

唐烈峰即便看不见天凝此刻身体的外在反应，但他也知道，她这一路用了多少内力，花朝映雪便给了她多大的折磨。此刻，对她来讲最大的敌人或许已经不是他，也不是这第七重关卡，而是她自己了。他只要继续逼她使出内力，总有一刻，她会抵受不住花朝映雪的侵蚀，走火入魔，不战而败。

所以，这第七重关卡相较前六重，反而简单直白得多了。唐烈

峰身体一动,绕到绑着姜游的那根塔柱旁,同一时间,塔内千烛摇曳,塔顶猛地落下密密麻麻的飞针。那些飞针像长了眼睛似的,避过了自己人,直冲荒越族的人而去。姜游见状,勉力喊道:"大家当心!是幻影阵!"

唐烈峰扫了姜游一眼,嘴角一勾,冷笑。

天凝左躲右闪,避开了飞针,飞针落地,白烟腾起,烟雾之中,蓦地生出一片黑黢黢的人影。那些人全都穿着斗篷,面容模糊不辨。每十个人当中,只有一个是真人,其余都是幻影。幻影若是被刺,又会立刻幻化出第二道分身;如果不找到阵中的真人,将其除掉,幻影只会越杀越多,这就是所谓的幻影阵。

这时,主帅营那边,都凛缓缓走到条案边,拿起了上面放着的那个青花小瓷瓶,神色慵懒地抚摸着瓶身。成弗等了大半个晚上,有点儿不耐烦,背着手走来走去;呼延汀跟都凛一样沉得住气,跷着二郎腿坐在圈椅上,还拿了本兵书,看了起来。又过了一会儿,忽然,营外天空像是开了一朵巨大的烟花,黑夜倏然被照亮,亮光还未尽,他们便听到了"砰"的一阵爆炸声。

成弗脚步一顿,头一抬,望向营外。

呼延汀放下书,站起来笑道:"成将军,我赢了。"

成弗白了呼延汀一眼。

都凛慢慢地打开了那个青花小瓷瓶的瓶盖,把瓶口向下一倾,倒出了里面的液体。随即他将空瓶扔在地上,转身对成弗和呼延汀轻轻一笑,道:"看来,要为我们唐将军准备身后事了。"

第六章
美人芳

爆炸是由埋在洛神塔周围的火药引起的,爆炸动摇了塔基,很快洛神塔里墙倾地裂,整座塔都在摇晃下沉。天凝刚杀掉最后一个幻影阵中的真人,又飞出一剑,挑断了捆绑姜游的铁索。

姜游身体卸了力,向前一栽,她一个箭步过去,托着他,他伏在她肩上,双臂从她背后合过来,抱着她,如释重负。

这时,天凝看见唐烈峰为了躲避从塔顶砸落的砖石,已经退到了一个角落里,她问姜游道:"小师叔,你还能走吗?"姜游开玩笑道:"这里又没有漂亮姑娘,我为什么不走?"他站直身子。

刚才看他险些栽倒,天凝还以为他被折磨得没力气了,却原来他只是故意想借机抱一抱她。他祈求了那么久,希望她平安,她终于来了,他还怕是自己牵挂太深,产生了幻觉,直到把真实的她拥入怀里,他的心才彻底定下来,忽然间天崩地裂也不算什么了。

天凝笑道:"果然是风流神医,都什么时候了,还惦记着漂亮

的姑娘。"说着,头顶一片砖木砸落,她拂手挡开,拉他跑了几步。他一个旋身绕到她前面,将她护在身后,一边推挡砸下来的砖木,一边道:"如果笑着是死,哭着也是死,敌人肯定希望我们哭着死,那我偏要笑着死。"

她从容不迫地跟着他移向出口,道:"谁说我们会死?我还要听你给我讲第四荒的见闻呢。"

他道:"好,回去以后,跟你讲三天三夜又何妨?"

他说着,一边怕她跟不上,一边还怕她为了跟上,又动用内力,于是便回头牵住了她的手。

本来姜游就是医师,以前看病疗伤的时候,天凝和他也不乏肢体的接触。再加上她一直把他界定为自己的兄长,所以,对于男女之别,她也觉得不需要过于敏感。但是,这次姜游牵着她的手,一种被呵护的感觉油然而生,她不禁心中一动,望向他的眼神也有了一点儿前所未有的波澜。

就在这时,前方出口忽然塌陷,回旋的楼梯也断裂掉向了下一层,正跑在那条楼梯上的几个人也跟着掉了下去。由于烟尘太大,视线受阻,天凝并不确定,掉下去的那几个人当中有没有唐烈峰,她只是觉得那其中有一个人看起来很像他。此时双方的人死的死伤的伤,还能行动自如的,都像被卷进了一个疯狂的旋涡,拼命挣扎求生。但是,那楼梯一断,下塔的路就断了。

前无去路,后也没有退路了,天凝与姜游正犹豫,洛神塔的第三和第五层也发生了爆炸,塔身更剧烈地晃动起来,塔里面的人几乎连站都站不稳了。

伴随着一声巨响,天凝只见前方高处有横梁和塔墙一起塌落,向着她和姜游压过来。姜游知道他们别无选择了,他只好把她拦腰一抱,纵身扑向这一层塔的外廊,接着又一个飞旋,两个人都从高塔上跳了下去……

黎明到来之前,洛神塔已经变成了一堆高高隆起的砖木废墟。炸塔显然是白渊族预先的安排,看来唐烈峰果然不负死士的名号,为了杀掉敌人,别说自损三千,哪怕连他自己的性命赔上,他也在所不惜。

不过,天凝还是逃过了这一劫。她和姜游带着幸存的几个人,绕开了这片废墟,往东面的古阴山中而去。

墨玉江在塔西,这也就意味着天凝他们走的并不是正确的撤逃方向,反而是在朝白渊族的腹地深入。

这是迫不得已的。

从洛神塔死里逃生以后,天凝才发现,唐烈峰已经比他们早一步脱了险。对方显然是企图把他们赶入穷巷,于是封锁了西向的撤逃之路,逼他们不得不深入东向腹地。他们越是往东走,就越是插翅难飞了。

当天色终于大亮的时候,天凝和姜游等人已经踏入古阴山地界了。而唐烈峰带着他的追兵,也一直穷追不舍。由于半途出现了一片地形复杂的石林,姜游便用石林布了个简单的阵法,稍微拖延了一点儿时间,追逃双方才拉开了一点儿距离。

唐烈峰这边,同行士兵个个气势汹汹,脚底生风,有人还夸口说要亲手砍下华天凝的头,再把她的头挂到最大的一艘战船上,向江对岸的人炫耀示威。

唐烈峰听见这话,看了看那夸口的士兵。士兵被他那一看弄得

浑身不自在，莫名心慌起来。

之后不久，那士兵便明白唐烈峰当时为何要看自己一眼了，因为自己根本没有机会把华天凝的头颅挂上战船。

因为，古阴山就是自己的葬身之地。

也是这次追击穷寇的所有士兵和死士们的葬身之地。

也包括唐烈峰自己。

虽然洛神塔里有七重关卡，然而很少有人知道，这七重关卡合起来，也只不过是第一道大关。

为华天凝准备的，还有第二道大关。

就如都凛说的那样，华天凝绝不容易对付。哪怕他们已经准备好连整座洛神塔都炸掉，但是，都凛依然不认为这样就可以杀掉华天凝。所以，他便嘱咐了唐烈峰，一旦华天凝逃离洛神塔，就一定要断了她的退路，逼她逃入古阴山中。因为第二道大关就在古阴山的悬崖下面。

知道这个计中计的人，只有都凛、成弗、呼延汀还有唐烈峰四位将军。

前几个月，关于自己在荒越城中经历了什么，看到了什么，听到了什么，唐烈峰都巨细无遗汇报给了都凛。他还把姜游和他配制出的药水也一起交给了都凛。但他这样做，芒鞋翁一直是反对的。

芒鞋翁觉得，哥舒意可能并不会同意自己的死士恢复人性，不便于掌控，所以他建议唐烈峰最好先斩后奏，喝下药水再说。但是，唐烈峰的想法却和他相反：假如女皇要求他的心永远只能是一颗木心，那他岂能违背她的意愿，对她不忠？这药水，喝与不喝，都只能交由女皇决定。

对死士而言，忠于自己的上级，也等同忠于女皇，所以，哪怕明知道都凛和成弗等人向来排斥自己，唐烈峰仍是麻木不在乎，还连人带药一起交给了都凛。

而至于如何对付华天凝，唐烈峰并没有参与讨论。一直以来，运筹帷幄之事，都凛只会和成弗、呼延汀商议，从不征求唐烈峰的意见。他们只会分派任务给他，要求他执行。在成弗看来，唐烈峰是死士，是傀儡，连一个完整的人都算不上，他看不起他。他也认为，都凛与呼延汀一样，也看不起唐烈峰。但是，呼延汀却很清楚，都凛既看不起唐烈峰，却又还疯狂地嫉妒着唐烈峰。

自从某一次女皇微服出巡，遇到逆贼行刺，唐烈峰护驾有功，而都凛却落了个疏于安防、办事不力的罪名，被哥舒意责难奚落之后，都凛对唐烈峰的妒意就没有过消停的一天。

而都凛一个月都攻不下的土匪寨，唐烈峰十天就破了。

都凛花了三年时间才得到的一份情报，唐烈峰却只用了三天就拿到了手。

……

成弗那句话说得对，唐烈峰若不是受到他死士身份的制约，他的成就会超越成弗与呼延汀。都凛甚至认为，他会超越自己。所以，他一直提防着唐烈峰，从不给他任何有可能立大功的机会。

那一天，商量好全盘计划以后，都凛便传来了唐烈峰。唐烈峰记得他第一句话是这样问自己的："你怕不怕死？"

唐烈峰道："只怕不能为白渊族而死。"

都凛对他的回答很满意，道："那我现在就给你一个，为白渊族而死的机会。"

唐烈峰淡淡地看着都凛，道："好。"

都凛说,在古阴山南面的悬崖附近,他会悄悄派人布置一个结界。虽然这世间一共有九九八十一种结界,但是,都凛向来最推崇的一种,叫作逆空结界。因为大多数结界都会有破绽,布置好以后,人可能尚未进入,便就已经看出破绽,观察到结界的存在,从而逃离避开。

但是,自古以来,几乎没有人能避开逆空结界。

而事实也正如都凛所期待的那样,此时天空晴色渐退,昼光微隐,天凝等一行人来到了一片悬崖下方。这时,半空中有几只雀鸟经过,越飞越低,忽然一头撞向崖壁,僵硬地砸落在地。

雀鸟的尸体落地之处,周围的一团青草竟忽然烧了起来,黑烟袅袅,所过之处,几朵野花瞬间败落。

天凝和姜游几乎是异口同声:"大家不要再往前走了!"

然而已经太迟了。他们此刻已经身在逆空结界里面了。

天凝吩咐众人原地休息,她找了块大岩石坐下,打量着周围的环境。几名属下在背后相互推搡,都想指点对方去问一问大将军,为何忽然不走了。姜游看出了大家的忧心,走到众人面前,道:"我们现在被困在一个逆空结界里了。"一名副尉上前一步问道:"神医,何为逆空结界?"

姜游答道:"这逆空结界是八十一种结界当中,最为无形难辨的一种。我们现在就连结界是从何而起,覆盖了哪些范围也不知道,总之,从现在起,你要是碰到一面无形的墙,发现身体过不去,那里就一定是界边了。我们现在只可以在结界的范围以内活动。"

副尉愤然道:"白渊族的人果然尽使些歪门邪道的功夫!哼,来吧!他们以为,把咱们困在这结界里,就可以瓮中捉鳖了不成?想得也太美了!"

这时,天凝摇了摇头,道:"他们应该不会再对我们动手了。"

副尉忙问:"大将军,为什么?"

天凝道:"看这周围都是悬崖峭壁,一片荒土,我想,结界一定是布置在没有食源和水源的地方了。"

众人闻言,开始交头接耳:"啊?没有食物,也没有水,这样下去,我们不是饿死就是渴死了!""刚才不是还有鸟飞进来吗?""几只小鸟能填饱我们这么多人的肚子吗?""是啊!可恶!"

那副尉又道:"那我们应该想办法破界啊!"

众人:"是啊……"

姜游面露难色:"破逆空结界需要有足够深厚的内功,我们这些人里面,只有我和大将军有这个能力。"一名属下立刻接话:"可是大将军有花朝映雪在身,实在不宜再动用内力了!"

天凝若有所思,姜游看了看她,道:"但是,我也不能做这破界之人。"

众人齐声:"为什么?"

姜游道:"冲破逆空结界,首先需要找到界心,这界心就在结界内的某个地方,是结界能量的源头。找到以后,与界心厮杀,战胜界心,就可以离开结界。但是,杀界心者,有且只能有一个人。这个人一旦战胜了界心,离开结界,其余被困在结界里面的人,便都会瞬间猝死。"

也就是说,破逆空结界,便是用所有受困者的性命,来成全一

个出逃者的自由。

过了一会儿，众人三三两两散开，有人开始勘察周围环境，也有人继续交头接耳窃窃私语。

天凝看了看众人，缓缓站起身，走向一片无人的空地。

姜游跟了过去。"天凝。"

天凝道："小师叔，你说如果此刻受困的是我和城主，只能一人破界，那由我们谁去比较好呢？"

姜游早料到天凝会这样想，他道："若真是你和城主受困，他逃走，你留下，我无话可说。但现在受困的是我跟你，我掌握了配药的方法，不意味着我就可以和城主相提并论。在我们这些人当中，你才是最重要的！我可以把配药的方法告诉你，你活着出去，以后由你来救城主！"

天凝望着姜游，良久，轻叹一声，第一次对人说出这句话："我没有把握还能活下去。"

姜游心头一紧。

天凝道："我在洛神塔里耗费了多少体力，我心中有数。此刻我若是再去对抗界心，胜算实在太微小了。我若是败了，便死在那界心里，但即便我侥幸赢了，恶战之后，我恐怕连拿剑的力气都没有了，我还能再渡江回营吗？白渊族的人一定早就等候在界外，就等我束手就擒了。这个时候，唯有你去破界，我相信，离界以后，你还不至于全无反抗之力，至少还有再放手一搏的机会！"

姜游虽然极度不愿意丢下天凝在这结界里，自己破界逃生，但是他冷静地一想，也不得不承认，她说的每一句话他都无可反驳。他沉默了。

天凝见他一脸凝重，低头不语，她微微一笑，拍了拍他的肩膀，道："再者说，我终归是女子，若是落入敌人手中，只怕还会被他们羞辱，死也死得不体面，倒不如就死在这结界里，至少还能留有最后的尊严，是不是？"

姜游缓缓地抬起头，看着天凝的眼睛。那盈盈秋水，倚星藏月，是他这一生最恋慕的风景。此刻他甚至觉得宁愿和她一起，化成轻烟，缠缠绵绵，离开这身不由己的乱世，然而他知道，他内心有再多的深挚和疯狂，都只能对她抱以理智的微笑。他抬起手，摆出兄长的样子，温柔地摸了摸她的头顶："答应过你师父，要好好保护你，没想到，到最后不是保护你活着，却是要保护你死得更痛快。"

天凝挑眉一笑，道："毕竟我不是那张家的小姐、李家的绣娘，你跟我在一起，总归是要过些不寻常的日子的。"

姜游道："我倒宁可你是张家的小姐、李家的绣娘了。"

说到这里，副尉突然跑了过来，"大将军，神医，我们发现追兵现在正在我们刚才经过的那片树林里，可是刚刚有人才探过，树林也在结界的范围之内。"

姜游闻言，若有所思道："结界是他们安排的，他们没有理由把自己也陷进来，这无异于送死。"

副尉道："会不会布下结界的另有其人？又或者他们本来就计划和我们同归于尽？"

天凝转念一想，问副尉："唐烈峰也在其中？"副尉说没注意，便找人再探，天凝颇为忧心，等了一会儿，探情况的人匆匆回来了，汇报道："启禀大将军，唐烈峰不在追兵的队伍里。"

天凝越发肯定自己的猜想了，急忙道："告诉大家，无论如何，尽快找到唐烈峰，他有可能去破结界了！"

和天凝最初的预想不同,逆空结界困住的不仅是她和姜游等人,由唐烈峰率领的一队追兵也闯进了结界里面。

因为这也是都凛的计划中的一步。

当初的都凛故作为难,对唐烈峰解释道:"与其等华天凝和姜游商量出对策,决定由谁破界逃生,倒不如让他们俩一起死在这结界里,省得夜长梦多。毕竟华天凝那女人诡计多端,给她的时间越多,她就越有可能玩出花样,我可不想我们这次精心布的局到最后功亏一篑,女皇会很失望的。"都凛说罢,悄悄睨了一眼静立在旁的呼延汀,两人的嘴角都露出一丝诡笑。

都凛又道:"所以你一旦将华天凝等人赶入逆空结界,便不需要继续追击他们了,只要立刻找到界心,杀心破界,之后我们的人自然会在界外接应你。只是唐将军,你有把握能战胜那界心吗?"

其实,对都凛来讲,唐烈峰是否可以破掉结界,并不那么重要。他若成功,也就意味着华天凝必死无疑,都凛自然乐见其成。他若失败,华天凝依然面临着破界与否,以及由谁破界这个非生即死的难题,他们想要她的命,还是易如反掌。实则都凛并没有必要安排唐烈峰入界,但是,都凛却想借这个机会除掉他一直视为眼中钉的唐烈峰,想扶植自己的亲信来顶替他的忠怀将军一职。

可惜唐烈峰由于受死士的信念蒙蔽,一时间竟未能识破都凛的险恶用心。他只感觉自己身负重要的使命,壮志满怀,便答应道:"愿倾力一试!"

他还记得,都凛把任务交给他的时候,正是个愁云漫天的午后,那时的天空和此刻的天空相差无几。那时,他走出主帅营,望着翻滚的江流。而此刻,他攀上了一面悬崖,不见江流江风,能看见的,只是一座阴森无人的山洞。山洞里面不时有黑烟逸出,隐隐还泛着诡异的绿光。

依照都凛事前的描述,这洞口就是界心的所在了。战胜界心,穿过这洞口,便是破界成功。

他大步向着洞口走去。

半个时辰以后,天凝和姜游也来到了那座山洞附近。远远地,他们看见几十丈高的悬崖边上,浮动着一团暗绿色的光。绿光是从一个山洞里喷出的,宛如一个打着卷儿的旋涡,将一个人包裹在其中。那个人时而出掌,时而用拳,显然是在和那团绿光较量,看起来已经较量得有些吃力了。

而就在那团绿光的外面,还有一道白色的身影,那身影时而蹦跳,时而举臂挥舞,似乎十分焦灼。

他们再靠近一些,发现那白影竟然是芒鞋翁。芒鞋翁竟然也跟进结界里来了!

就在这时,原本跟随着唐烈峰的那几十个追兵也因为发现荒越族人的踪迹而追到这里来了,刹那之间,四周杀气涌动,原本昏暗的天空更昏暗了。

天凝下令道:"我去阻止唐烈峰!你们拖延追兵,顺便也告诉他们,他们的将军到底在干什么!"

姜游应声:"你当心!"

时间紧迫,天凝也顾不得自己是否要戒用内力了,提气运劲,双足一起,凌空往山崖上飞去。

到了那山崖上,甫一站定便听到芒鞋翁的声音:"哎哟!我早来一步就好了,我的小木头喂,停下啊!你真不管我这老人家的死

活啦?"

天凝没有理会芒鞋翁,作势要冲进那团绿光里,想用武力阻止唐烈峰。芒鞋翁却眼疾手快,一把拉住她:"小姑娘,你不能去!"

天凝道:"我要去阻止他!"

芒鞋翁跺脚道:"你不能阻止他!"

天凝愤然:"他若破了界,你我都得死在这里,这个时候你还要帮他吗?"

芒鞋翁道:"我不是帮他!而是你如果这样冲进去,别管他破不破界了,你立马就得被烧成一堆灰飞哇!"

天凝大吃一惊:"为什么?"

芒鞋翁道:"小木头他触动了界心,这会儿跟界心正打得你死我活呢,界心处于最愤怒的状态,那温度可不是你眼睛能看出来的,你伸手过去试试?"天凝依言,走向绿光,伸出手,突然觉得掌心滚烫,她急忙把手缩回来。

芒鞋翁又道:"我没骗你吧?现在除非小木头他自己肯停下来,不要打了,不然,谁去都会被这温度烤得连渣儿都不剩。你还以为你能阻止他?"

天凝看着唐烈峰,只见他双眸赤红,表情凶邪,双臂的血管更是鼓起跳动,犹如有一道游动的气流在皮肤下层涌动着,像要把他撑破。又过了片刻,他的四周缭绕着的气流由暗绿色开始转为暗黄色,并且正在慢慢地淡去。他的嘴角和耳朵里渐渐地都有鲜血流出来,但他却全然不顾,似乎越加癫狂了。

芒鞋翁急得像要哭了:"哎哟,来不及了,来不及了!这这这黄光要是再淡下去就没有了,界就破了呀!……小木头,我老人家怎么就跟着你来了呢?你这个没良心的,你不顾自己死活,也顾一下我呀！我跟你说了我有办法，有办法，你怎么不听呢？你着什么急呢？好歹你听我说一句，我死了，你也给我哭个丧啊！"天凝急忙打断他："芒鞋翁，您有办法保住大家，破逆空结界？"

芒鞋翁摊着手："现在有办法也没用了嘛！这小木头，走火入魔了这是，都听不到我说什么！"

这时候，姜游也赶到了，听到天凝和芒鞋翁的对话，他此刻已经顾不得之前芒鞋翁暗算过他了，大声道："也许还有办法呢！"

天凝回头望着姜游，姜游三两步跑到他们面前，道："前辈，我们三人之中，您的武功是最好的，晚辈可以用踏雪寒衣调保护您抵御界心的高温，送您进去阻止唐烈峰。"

芒鞋翁眼睛一瞪："踏雪寒衣调？"

踏雪寒衣调是慈航谷最上乘的武功心法，姜游若以这种内功攻击别人，会令对方全身发冷甚至结冰，出力越多，对方受冰冻的程度也就越严重。所以，他只要以踏雪寒衣调攻击芒鞋翁，令芒鞋翁身体结冰，作为自我保护的屏障，他再去接近唐烈峰时，便可以避免被界心焚成灰烬。

但芒鞋翁眼睛一瞪，嗓子一尖，道："就你们慈航谷那点儿破功夫？你确定踏雪寒衣调能跟界心的高温抗衡？"

姜游道："我确定！"

但芒鞋翁还是不相信姜游的能力，道："你有多少斤两我又不是不知道，你的踏雪寒衣调练到第几重了？"

姜游老实道："晚辈练到了第九重。"

芒鞋翁惊道："第九重？十重未满你就来我老人家面前逞能？你的内功，还不到我的三成，三成……"其实他是鸡蛋里挑骨头，

须知道整个慈航谷里,没有人练成第十重踏雪寒衣调,练到第九重的也只有姜游和云观鹤。天凝和姜游都看出芒鞋翁有意推搪,天凝道:"小师叔,我去吧!"

芒鞋翁接道:"对,她去吧,我这一把老骨头可经不起折腾,又是冰冻又是火烧的,还指不定管不管用呢,横竖是个死,那我不如在结界里,死得舒服点儿,好歹有个全尸。"

姜游对天凝道:"可是你的花朝映雪……"天凝打断道:"这是我们最后的机会了!"

姜游一想,无奈点头道:"好吧!"

这时,敌我双方其他的人已经休战了。白渊族这次的追兵里面有一半是死士,还有一半是普通的士兵,他们听说唐将军破界的后果是他们也会在这结界里给敌人陪葬,死士倒是面无波澜,但非死士们忽然感到惊恐寒心——唐将军怎能罔顾我们的死活呢?他早就知道还拉我们进来陪葬?

有人立刻丢兵弃械不愿意再打了,还有人看打不起来了,就站在一旁,静观其变。

这时候,芒鞋翁又从怀里掏出一个东西,塞给天凝道:"你想办法,把这个喂给小木头喝。"

天凝一看,是个袖珍银瓶,她问:"这里面是?"

芒鞋翁小声道:"百灵圣泉。"

姜游从未听过什么百灵圣泉,奇怪道:"这百灵圣泉是什么?"

芒鞋翁打了他一下,责备道:"只长个儿,不长记性,你跟那小白人配药,主要用了什么材料?"所谓的小白人就是第四荒那名学徒,芒鞋翁一直嫌他名字烦琐,不易记,看他天生肤白如雪,所以就给他取了个代号叫小白人。姜游被芒鞋翁一提醒,想道:"有百夜蟾蜍，还有灵芝鸟的鲜血——"

芒鞋翁抢道："百夜，灵芝，合在一起，不就是百灵了吗？圣泉是取其清澈神圣之意！这药哪能没名字的？我得取一个吧？我老人家给人取名最拿手了……嘿，给药取名也是一样的啦！"

这会儿还真不是讨论药名的时候，姜游和天凝互看一眼，都有点儿哭笑不得。

姜游又问："唐烈峰不是把药给都凛了吗？"

芒鞋翁摸着胡须笑道："早知道这小木头一根筋，嘿，他傻我可不傻，所以我偷偷给他留了一点儿。"他又对天凝道："小姑娘，你把这个给他喝，他心脏恢复，不麻木了，说不定肯听劝呢？"

"你告诉他，我真有办法把我们这儿所有人都给弄出去，不需要有人牺牲。我芒鞋翁是谁啊？你们普通人不知道的，办不到的，我还能不知道？办不到？哎？喂……"芒鞋翁唠唠叨叨说个没完，这时，天凝已经走向界心，姜游也没再理会他，掌心真气凝聚，使出了踏雪寒衣调。

原本施展踏雪寒衣调的时候，附近草木的枝叶都会因为内力的发散与震动而发出轻微的声响，犹如在水中拨动琴弦，水声泠泠，弦音细细，但是，此刻这山崖上寸草不生，因而什么声音也没有，"踏雪"，"寒衣"，都应了，唯有"调"却无处可寻。众人屏息凝看，山崖静得可怕。

姜游看准时机，当天凝一靠近那团黄光旋涡，他便将踏雪寒衣调引向她，一瞬之间，冰火两重，同时加身，的确避免了身体被高温侵蚀，不产生外伤。但是，寒气由内而外，烈火般的气流由外至

内,双双在皮肉和肺腑之间冲击撕扯,天凝只觉得自己以前尝受过的再大的痛苦也不及此刻分毫。

她的眼角渐渐就有鲜血如一条姻缘线般妖娆地蜿蜒下来。

那鲜血在她脸上结冰,但瞬间又被热气化开,滴落在地,"哧"的一下,化成一丝白烟。

她强忍着巨大的痛苦,一步一步走到了唐烈峰面前。

唐烈峰知道天凝来了,但他难以分身阻止她,他一直专心地和这界心里强大而无形的力量厮杀着,他出一拳,界心还他一拳,他出一掌,界心再还他一掌,到最后拼的就全是内力了。

他源源不断将内力化为真气攻击界心,这样一来,他体内的花朝映雪之毒也开始源源不断地反噬他。此刻的他和天凝一样,身体内外俱损,只凭着一颗麻木甚至不惜自我牺牲报效女皇的心,仿佛正与这世间万物为敌。再加上他内力还有柳精和红顶青鸟的精元,这两种精元也因为感受到危机而苏醒,在他体内疯狂挣扎求生,刺激着他更奋力与界心厮杀。他整个人已然走火入魔了。

感觉到天凝已经来到自己身后,唐烈峰忽然反身推出一掌,天凝避过,单手迎上,与他掌心对碰:"停下来!"

唐烈峰的眼睛里全是红血丝,表情十分狠戾狰狞:"走开!"

天凝再将左手一挽,扣住唐烈峰的左手腕,唐烈峰也反扣住她的,互不相让。

这样一来,唐烈峰以右手对抗界心,以左手对抗天凝,他腹背受敌,身体的灵活性降低了很多。

天凝的右手则拿着芒鞋翁给她的那瓶百灵圣泉,她不断逼近唐烈峰,想逼他把百灵圣泉喝下,可是唐烈峰的意志很坚定,一边推她躲她,一边紧紧闭着嘴,她根本没有机会。她忽然眼波一转,转念想来,将瓶盖一推,自己仰头把百灵圣泉喝了下去。却不咽下,只含在嘴里。

不远处的姜游和芒鞋翁见状,都大感意外,不知道天凝意欲何为。

天凝忽然向唐烈峰身前一贴,伸出右手挽住他的脖颈,左手再往回一收,趁他还来不及把她推开,两只手便一前一后同时在他的后颈窝和咽喉下方一掐,他猛然感到喉咙里聚来一团僵滞之气,他本能地想把那团气吐出来,微微张开了嘴,就趁这机会,天凝脚尖一踮,也张嘴贴上他的,将嘴里的百灵圣泉过给了他。

唐烈峰顿时整个人都有点儿发僵,神思一阵恍惚。

天地万物,顷刻隐去。

只有他和她。

还有他从未尝过的一种女儿家唇齿间的柔软和甘芳。

姜游望着界心中的那两人,手指微微一颤,下意识转脸移开视线,就连踏雪寒衣调也险些乱了。

须臾,唐烈峰眼中血丝减退,体外杀气缓缓敛入体内。他气场一小,界心的气场便骤然壮大,那暗黄色的气流便由稀转浓,还越来越浓,眼看着又生出了一分绿意。

突然,那气流膨胀炸开,如推出一波无形的浪潮,将周围的人统统掀飞了,唐烈峰和天凝也都各自往后一退,被那阵爆破力震倒在地上。

第七章 越女魂

被界心之力撞开倒地以后,天凝便只记得唐烈峰和自己一样,躺在地上,几乎重伤到动弹不得了。

最后的画面是姜游惊慌地扑了过来,一把将自己搂进怀里,在耳边声声唤她,接着,她眼前影像重重叠叠,纷纷乱乱,天地逐渐失去色彩,变为黑暗一片。她彻底失去了意识。

她也不知道自己意识全无的状态维持了多久,后来是被体内隐隐的灼痛感唤醒的。她慢慢睁开眼睛,先看到了一片灰白色的帐顶、烛光、兵器架,接着就是屏风、几案、书简,都是她熟悉的。

这里是她自己的主帅营。

身旁还有个随军的婢女跪坐在地上,懒洋洋地打着呵欠。察觉到床上的人动了,婢女扭头一看,喜道:"大将军您终于醒了!"

天凝轻声问:"琥珀,我昏迷多久了?"

名叫琥珀的婢女是专门负责贴身伺候天凝的,她道:"这是第

六天了。"

天凝问:"是神医带我回来的?"

琥珀点头,指了指屏风,屏风后还有一张简榻。"神医睡着了,我去喊醒他。"

天凝得知姜游竟然睡在主帅营里,猜他这几天一定是为了照顾自己而累坏了,忙道:"不用,让他休息。"

琥珀解释道:"大将军您昏迷这几天,神医每天都衣不解带地守着您,每次都只在那边榻上小睡一会儿,最多睡两个时辰,今天这是第一次睡的时间长了点儿,已经睡了三个多时辰。"

正说着,屏风后的人还是隐约听到了说话声,翻身坐起来,问道:"琥珀,大将军醒了吗?"

琥珀给天凝递了个眼色,调皮地指了指屏风,回答道:"神医,大将军醒了。"

姜游赶紧站起来,理了理衣裳头发才从屏风后出来,高高兴兴地走过来。琥珀便退出营帐去了。

姜游坐到床边,面带微笑看着天凝。一时间什么也不想说,只想好好地看一看她。

她被他看得有点儿不好意思,问道:"我们怎么逃出来的?"

他说:"你阻止了唐烈峰破界以后,芒鞋翁便教了我们大家如何安然离开结界,大家都没事。出了结界以后,也是芒鞋翁帮我们逃上船,我才能留住这条命回来了。"

她道:"可是唐烈峰同意芒鞋翁帮我们吗?"

姜游笑道:"当时唐烈峰自己也已经昏迷了,芒鞋翁怪他不听劝阻,差点儿害死他,所以故意跟他唱反调。还说他之前其实只想得到百灵圣泉,给唐烈峰恢复血肉之心,反而觉得暗算我有点儿对不起二师兄,怕二师兄以后不给他做葱油饼了,这次就当将功补过。"天凝也笑道:"倒也真是多亏了他一时一个主意了。"

姜游又道:"芒鞋翁是和我们一起坐船回来的,可是船一靠岸他便没了踪影,现在也不知道去哪儿了。"

天凝又问:"那唐烈峰呢?"

姜游道:"芒鞋翁一边帮我们,但是一边又不许我再对唐烈峰动手,就让白渊族的人把他送回军营了。"

天凝问:"那他的心?"

姜游道:"也恢复了。"

天凝顿时感到如释重负,道:"那我们一定要尽快再配制出新的百灵圣泉给城主。"

姜游道:"我已经让红顶青鸟给慈航谷送信去了,炼药的事就交给他们吧。"

天凝点了点头:"也好。"

姜游微笑地看着她,说:"别人的药我现在没有,你的药倒是有一大堆,我去找人把药煎一煎,你喝了之后就好好睡一觉。"天凝道:"听说我都睡了六天了。"姜游问:"那你想怎么样?"天凝翻身下床:"我想出去看看。"姜游道:"这几天双方都相安无事,你就别总挂心战事了。"

她却还是穿上了外衣,道:"陪我出去看看吧,也让大家不要再为我担心。"

他无可奈何,只好答应了,看她的衣裳似乎穿得单薄了些,急忙又唤她道:"天凝,你等一下。"

"嗯?"

他走到衣箱旁边,拿起那件搭在箱面上的披风,走过来往她身上一环,又低下头来,仔细地为她把带子系好,一边系一边轻声说:"不要着凉了。"

她见他动作温柔,神情专注,眉眼又近在咫尺,呼吸几乎要扑到自己脸上来,委实觉得暧昧了些。但她还是不动声色,等他把带子系好,她便急忙先他一步出了营帐。分明才大病初愈,身体虚弱,走路的脚步也虚虚实实,她却强作精神,故意不让他搀扶。

哪知道还没走多远,前方就有士兵匆匆地跑过来,单膝跪地道:"启禀大将军,发现敌方异动!"

天凝与姜游赶到江边的一艘主战船上,船头上已经聚了好些人,大家举目往江的对岸看去,那茫茫烟水的上方,天空中浮动着大团大团的阴云。那些阴云形状不定,交错流动,变化的速度很快。

又有人说那些不像是云块,更像是密密麻麻的飞鸟群。

天凝定睛一看,虽然距离太远,她也无法辨认那到底是什么,但她至少可以肯定,那绝对不是普通的乌云。

就在这时,士兵来报,敌人的战船已经起行,正在朝我方移动。

天凝吩咐几位将军准备迎战,众人应声下船,各自准备去了。姜游陪她守在船头,继续观看对岸的异动。

过了一会儿,天空中那片片荫翳像是分开了,一部分仍然在原地徘徊,而另一部分则以较快的速度朝这边靠拢。

船头上的人纷纷凝神远观,还是天凝和姜游有经验,忽然听到一阵鸟兽的鸣叫声,两个人便同时意识到他们面临的是什么了。

是紫血灵鹫!

紫血灵鹫长居于第五荒中的焚鼓山，为山兽之中血统最尊贵、地位最高的一种，但它们分属邪宗，本性凶残，普通的人甚至禁不住它们的翅膀轻轻一扇，便要头破血流而死。

历来族群征战，鲜少有哪一族会征用紫血灵鹫来助阵。

一来是因为紫血灵鹫高傲难请；二来，就算借用它们的力量战胜了敌人，自己一方也会付出惨痛的代价。

这时候，看着紫血灵鹫靠近，天凝仔细一想，转身对身后一名士兵道："传令下去，所有船只暂且不要迎战，水陆两军所有的人，各自到营帐或者船舱里躲避，总之，不要和紫血灵鹫正面交锋。"

接着，又对另一士兵道："前方一阵、二阵的船只，只守不攻，严防敌军战船靠岸，尤其注意，对方可能会用火攻。立刻解除所有船只的连环，准备冰凝，越多越好，不仅战船要备，所有营帐的周围，也要保证随时有冰凝可用！"冰凝可以灭火，一团冰凝能够迅速扑灭几倍面积的火焰，行军作战，这是应对敌人火攻之计的最佳工具。

士兵领命退下，迅速把消息传开了。

士兵们对紫血灵鹫并无太多认识，一时间不明白大将军避战的用意何在，姜游却是能明白的。他道："紫血灵鹫需要每日进食，如果它们可以从我们这儿捕获猎物，那白渊族自然不需要管它们的进食问题。但如果我们避战，令它们空手而回，白渊族就要从他们自己的阵营里寻求猎物，供那些紫血灵鹫食用。"

天凝道："我们若一味避战，便会令自己处于被动挨打的境地。但如果出面迎战，就给了紫血灵鹫机会。眼下进退维谷，但终究也只能避一时，还要再谋后路。"

姜游望着远方天空，道："杀敌一千，自损八百，手段如此极

端,看来对方这次真是孤注一掷了。"

天凝道:"看它们行进的速度,我们最多还有半个时辰可用。先回营吧!小师叔,劳烦你再去替我通知石将军、布将军,还有留、卿两位将军,在紫血灵鹫到来之前,都来主帅营见我。"

姜游应道:"嗯。"两人下了船,一左一右,分头行动了。

天凝重伤初愈,行动稍有不便,走得较慢。过了一会儿,琥珀跑了过来,搀着她,接她回营。她们走着走着,不远处的树林里突然群鸟惊飞,一阵疾风漫卷着黄沙,树枝摇晃作响。

天凝脸色一沉,已然察觉到杀气逼近,抬头一看,树林上空竟出现了一批紫血灵鹫,想来并不是随大队伍,而是早已悄悄潜伏过来的。她知道自己此刻不能与它们正面交战,拉住琥珀道:"快走!"

两人脚步急急,随行的士兵也快步跟着。

但是,跑到营前的哨塔下方时,紫血灵鹫已经追赶过来了。

总共有十余只紫血灵鹫,每一只都体形硕大,一只接着一只地排开,遮天蔽日,连光线都暗了几分。

哨塔上的士兵看见大将军遇到危险了,急忙向营地上方发出了一枚求救的烟幕弹。

琥珀也是会点儿功夫的,她推了天凝一把:"大将军,您先走!"转身便迎着一只俯冲下来的紫血灵鹫而去。

天凝哪里肯走,也跟了过去,甚至越过琥珀,先迎上那只紫血灵鹫,照准那尖凸的兽嘴就是一拳!

顷刻之间,所有的紫血灵鹫纷纷俯冲下来,大翅一扇,在场士兵连同琥珀一起都被掀至半空又摔落,吐血而亡,根本无力抵挡。

天凝见状,心痛不已。然而,一只紫血灵鹫就足以让她分身不暇了,她连保护自己都很吃力,就更别说救人了。才一个回合,她身上便留了好几道紫血灵鹫的抓痕,伤口处皮开肉绽。她扑倒在地,喘息不止。

就在这时,横空忽然掠过一道白影,白影虚虚实实,忽如鸿毛般轻盈,忽然又似大山般沉重有力,几阵掌风过处,紫血灵鹫被逼得倒退飞开,有一只还被折了翼,身体一歪,惨叫着倒在地上。

白影忽又飘到天凝身边,她一看,竟是个白纱遮面的女子。

女子弯腰伸手来拉她:"大将军,我来救你了!"声音很熟悉,竟然是初云!

那一日,初云被天凝安排到雾凇顶查看魔魂封印,起初还零星地有报消息回来,但渐渐地就音讯全无了。于是,天凝只好又派人进山,一则是寻找初云,一则仍然是查看封印。但是,这几个月雾凇顶大雪风暴肆虐,雪崩的险象也时有发生,她派去的人根本进不了山,只有在山口驻扎,等天气转好。直到最近,雪暴停了,那些人才开始登山。但没有想到,登山的人还没有消息传回来,初云倒先回来了。

令天凝大感意外的是,初云的修为明明很浅,别说是紫血灵鹫这样强大的对手了,就算是能力普通如红顶青鸟,她要对付起来也会有点儿吃力。然而,眼下的初云竟然指力可为刀,出掌如雷电,三拳两脚就能逼退一只紫血灵鹫。天凝自问,她若是没有受伤,也没有花朝映雪在身,对付紫血灵鹫,都未必能像初云这样从容。

但也幸好有了初云的及时出现,紫血灵鹫感应到强敌,一时间心意摇摆不定,攻势也有所减弱。天凝趁机与前来营救的士兵会合,总算退回了主帅营。

这时,天空中乌云蔽日,阴气渐重,因为紫血灵鹫的到来而昏

暗的白昼变得更昏暗了。

又过了一会儿,大批的紫血灵鹫越过了墨玉江,分散对着水陆两处营地叫嚣盘旋。士兵们依照吩咐,回营避战,但还是不敢松懈,就连兵器都拿在手里不敢放下,准备随时和强敌开战。

不多时,姜游与几位将军也冒险赶回了主帅营。

主帅营内,天凝坐在椅子上,初云刚为她简单地处理了一下伤口,姜游拨帘进来,身后跟着几位将军。

姜游已经知道天凝回来的时候遇险了,一见她便问:"你怎么样了?"

初云见到姜游也欢喜,脆生生地喊了一句:"大叔!"

天凝忙道:"初云,你体内还有花朝映雪,退到屏风后吧,暂时和大家保持距离。"初云噘了噘嘴:"是的,大将军。"

姜游见初云戴着面纱,心中奇怪,但也没有追问,问天凝道:"听说是初云打退了紫血灵鹫?"

初云刚走到屏风边,回过身来邀功道:"是的,就是我!"

天凝看了她一眼,她脖子一缩,吐了吐舌头,安安静静绕到屏风后去了。

天凝便和几位将军开始商议御敌之策。

其间,紫血灵鹫一直盘旋在江岸上空。它们也看出荒越军有避战的意图,便屡屡挑衅。士兵们只死死地守住营帐、战船等各处入口,他们在室内不出去,紫血灵鹫便也没法捉到他们。

拖到天黑以后,有一部分紫血灵鹫开始撤回江东。它们一日未能进食,这责任自然是要由东主来负的。但仍然有一部分紫血灵鹫盘旋不走,等到飞回江东吃食的那一批酒足饭饱,回来替换,留下来的这批才又飞离。用的是车轮战术。

天黑以后，天凝故意下令军中减少照明，好让紫血灵鹫看不清地面的情况，士兵们可以做些必要的走动。他们商量了一下午，但是，大家对紫血灵鹫的认知都有限，提出的方案也都只适于防守，而不适于进攻。有人还说应该再试图联络芒鞋翁，兴许他知道怎样对付紫血灵鹫。最后，大家散去，暂时只能依照下午商量出的方案，继续以防御为主，与敌人做持久战。

几位将军离开主帅营后，姜游还留着。屏风后悄无声息，天生嗜睡的初云不知何时已经睡着了。姜游正想喊她，却被天凝用眼神阻止了。她下足无声，悄悄地走到屏风旁边，见初云蜷在榻上，睡得正香，她忽然一拂袖，袖间一阵疾风冲出，撞向初云的面门，挑落了她的面纱。

初云猛地惊醒！

天凝也因为吃惊而后退了一步，看着眼前的女子，她的容貌竟然和初云完全不同！她在面纱上用了障眼法，所以当她戴上面纱的时候，露出来的双眼还有面部轮廓都和初云一模一样，但面纱一揭，她本来的容貌便暴露了。饶是天凝一贯冷静，此时也有点儿惊慌于自己的所见，正想质问，初云已经"扑通"一声跪地求饶了："大、大将军饶命啊，初云不是有意隐瞒您的！求大将军听初云解释！"

姜游知道情势不对，跑过来一看，见初云竟然换了一张脸，不由得也大吃一惊："你不是初云？"

初云满脸委屈，眼泪几乎要夺眶而出："不，不，大叔，我是初云，我真的是初云！"

姜游看天凝盯着初云，眼中有一些他看不懂的复杂情绪翻涌着，他试探地问道："你认识她？"

天凝缓缓道:"嗯,她就是虚晚庭。"……可是,她怎么会是虚晚庭呢?

姜游来荒越城的时间比天凝晚,他来的时候,走火入魔的虚晚庭已经被封印在雾凇顶上了。对于那个比天凝更早成为荒越城传奇的女子,他只是听闻,没有眼见,但是,他仍然很清楚虚晚庭这三个字意味着什么,尤其是对天凝而言意味着什么。单是她和厉朝欢之间那些刻骨铭心的往昔情怨,就已经足够解释此刻天凝眼中的情绪为何复杂了。她大抵可以算是天凝心头的一根刺。

若隐若现,似无还有的一根刺。

但是,眼前这女子,真的不是虚晚庭,她真的是初云。

初云依照天凝给她的路线图,找到了封印虚晚庭的那个山洞以后,发现山洞四周都有被野兽攻击过的痕迹。而山洞里面,当年陪着虚晚庭一起受封印的墨湮寻仍然被冻在一面冰墙之中,但是,虚晚庭已经不见了。是由于野兽的攻击破坏了封印,导致封印力量减弱,于是她得以逃脱。逃脱之后,遗落了披风,正巧被初云捡到了。

初云接着解释:"封印虽然被破了,可山洞里还残留着虚晚庭的气息,我便依循那气息追着去了,后来是在一个瀑布下面找到她的。当时,我见她身体一直飘啊飘的,时隐时现,似烟似雾,便猜想她应该是为了挣脱封印而不断地虚耗自己,最终把真元耗尽了,成了一缕魔魂。"

天凝已经了然,道:"人的魂魄也好,魔的魂魄也好,向来喜欢依附于肉身。"

初云嘴巴一噘道:"是啊!我发现她已经是魔魂的时候,本来就想跑的,我打又打不过嘛!结果……没想到被她发现了,她就追着我,然后……然后就附到我身上来了!"虽然换了一张脸,但这会儿看她的眼神,听她说话的语气,倒觉得的确是那个天真娇憨的小妖初云了。

初云又道:"哼,她附了我的身也就罢了,没想到脸还让她给霸占了!真可气!她虽然好看,可我也不差啊,我就喜欢我原来那张脸嘛……又怕你们不认得我,所以……只好用了障眼法……"

见天凝没作声,初云又说:"哦,对了……不知道是不是因为魔魂在我的身体里面,我现在好像感受不到花朝映雪的存在了。如果我用内功,完全感受不到任何制约。"

姜游道:"以毒攻毒,以邪制邪,花朝映雪有可能是被魔魂化掉了。"

初云忙问:"那我也可以救大将军吗?"

姜游摸着鼻梁道:"可以,把你体内的魔魂转移到大将军身上。"初云听出他是在说反话,扁嘴道:"那就是不行咯!"姜游正了正色,说:"也难怪你能打走紫血灵鹫了,听说虚晚庭的越女心法在第九荒无人能出其右,现如今恐怕整个第九荒没人是你的对手了。"

初云眼睛一亮:"真的吗?我有这么厉害?大将军都打不过我了?"

姜游哭笑不得,看了天凝一眼,点头。

初云正高兴,却又听姜游说:"现在可不是骄傲的时候。"初云问:"为什么?"姜游反问她:"你不知道被魔魂附身的后果?"初云茫然摇头。天凝替姜游答道:"你被魔魂附身,不仅容貌会改变,不久,魔魂还会鸠占鹊巢,借你复生,成为真正的魔。"初云心头一紧,结巴问道:"借我……复生……是什么意

思?"姜游道:"意思就是,你的肉身为她所用,你的灵魂与意志被她扼杀,将来这世间就再也不会有白蚁精初云了,而只会有魔神虚晚庭。"

顿时,初云的嘴角抽了抽,想哭都哭不出来了。

转眼半个月过去。紫血灵鹫依然挑衅不断。白渊军试图与灵鹫配合,攻破墨玉江,但都未能成功。只不过,因为这些妖兽的加入,这场仗对荒越族而言变得有多困难,仍是显而易见的。

白渊族人起初对于几位将军请紫血灵鹫助阵还颇有微词,但是,眼见作战一次比一次顺利,他们信心大增,微词也渐渐收了。军中传言,在这一个月之内,白渊族人认为破江已经是十拿九稳的事情了。

也就是说,这一个月,会是两族开战以来,最重要的一个月。

由于琥珀被紫血灵鹫杀死,天凝的身边缺了个可以帮她料理起居的婢女,初云回来,正好填了这空缺。初云便被安排和天凝一起住在主帅营,以屏风做隔,两个女子,彼此有个照应。但对外,众人也都知道初云的身份不是婢女,而是大将军府的门客,所以便尊称她一声云姑娘。

只是,大家私底下也议论,说这云姑娘有些奇怪,终日戴着面纱,不给人看她的庐山真面目。

天凝也曾对初云说过,那面纱戴着终究累赘,在人前为了掩饰,不得不戴也就罢了,在人后,在自己和姜游的面前,就没有戴面纱的必要了。可初云还是面纱不离身,只有她自己才知道她如此在意这张面纱的原因,她不希望姜游面对的是虚晚庭的脸,她希望他看到的仍是那个叫初云的小妖。姜游的心里已经没有她了,如果就连眼中也没有,她觉得自己太可怜了。

听说历来被魔魂附身的人都逃不过灵魂消失于天地人三界之间的厄运,只留下一副躯体供魔魂占据使用。

魔魂也有弱点,但魔魂的弱点到底是什么,很少有人知道。

如果能找到魔魂的弱点,初云兴许还有救,可是,这个希望太渺茫了。

作为一名受害者,初云的态度坦然得令姜游感到有些意外。以前生死攸关的时候,他总爱说,假如横竖是个死,笑着死总好过哭着死,现在,这句话被初云当成了口头禅。来军队没两天,初云便和那哨塔上站岗的士兵打得火热了——"我这人有个坏毛病,见了英俊潇洒的可心人儿就想管他叫小哥哥,这位小哥哥,这哨塔上视野真好,我心中苦闷,能在此看看风景吗?"结果,一场风景还没看完,那小哥哥便已经开始惦记下一场了。初云一时和张三拼酒,一时跟李四比幻术,一时还与陈五王六偷偷钻进附近的山林里烤野味。紫血灵鹫前来挑衅半个月没闲着,她也是一刻没闲着,她人在哪儿都好,军队里都有人议论她,姜游是亲耳听到的。

那天,姜游听说,初云带了几个小兵到江边采野果,返回时被紫血灵鹫攻击,初云赤手空拳,以一敌三,硬是把其中一只紫血灵鹫的翅膀折断了,把另一只的眼珠抠了出来,还有一只,被拧断脖子,明明已经死了,她却还扑过去,拿刀在那尸体上砍,直砍得满地都是羽毛,也久久不肯罢手。

当时在场的人暗地里都说,看云姑娘拿刀乱砍,血溅了一身,戾气尽显的样子,还觉得她有点儿可怕。

姜游得知此事,那晚他便去看初云。主帅营内,只有初云在,天凝趁夜色到江边巡视去了。初云趴在她睡觉的软榻上,瞪着一团跳动的烛火发愣。她本来没有戴面纱,显露出来的便是虚晚庭的模样,知道姜游来了,她便抓了床头的面纱戴上,但还是保持趴着的姿势,依然盯着烛火,两眼无神。

姜游走过去道:"我给你把个脉。"

初云乖乖地把右手伸给他。他一把,说:"脉象平稳,但是戾气太重。"

初云满不在乎道:"那是魔的戾气,不是我的戾气。"

姜游道:"现在这个时候,魔的戾气还不足以支配你做出挖眼断脖的举动。"

初云噘嘴睨他一眼,说:"你不会同情我们的敌人吧?"姜游道:"我是担心,戾气太重,会对你的身体有所伤害。"初云道:"那不正好?反正这身体以后也不是我的了,我就要伤害她,让她以为这天底下有那么好捡的便宜呢!"

兴许是被叫"大叔"叫得多了,跟初云说话,姜游常忍不住端长辈的架子。他正色看着她说:"胡闹,这将来万一要是有解决的方法了呢?"

初云还是趴着,除了嘴巴在动,身体一动也不动:"你也会说,只是万一,这世间哪有那么多奇迹?"

姜游道:"你不是说大将军是你最崇拜的人吗?你最崇拜的人可不是一个轻易就放弃的人。"

初云淡淡道:"我最崇拜的人到江边巡船去了,你来得不巧。"

姜游松开了把脉的手,道:"我不是来找她,是来找你的。"初云问:"就因为听说我挖眼断脖了?"姜游道:"这里毕竟是军营,不比在荒越城随意,你要约束你自己的言行,把小哥哥的那一套都收起来。"初云道:"是你说的,与其哭着死,不如笑着死,我现在就是想笑着死嘛。"

姜游觉得初云跟自己说话的态度怪怪的,知道她是因为魔魂的事情心中不平,便安慰她道:"不要老提死字了,你的命是大将军救的,她不会不管你,哪怕机会只有万分之一,但有时候,这万分之一也会被她变成可能。"初云眉头一皱,道:"那你能不能也不要老提大将军了?"

姜游一愣,问:"她骂你了?"

初云道:"没有。"

姜游问:"那你为什么闹脾气?"

初云道:"我没闹脾气,我好着呢!"想了想,又主动说,"我就是烦,烦!很烦!这几天,我最痛快的时候,就是打那些紫血灵鹫的时候,就好像我每打一下,心里就舒坦一点儿似的……"

姜游看初云说完气鼓鼓的,于心不忍,温柔地摸了摸她的头,道:"你要记着,不到最后一刻,或者即便到了最后一刻,你也不要放弃希望,因为我们也都不会放弃你。"

她心中忽然感慨万千,深深地看着他。

他又道:"过两天我就要回荒越城了,我不在的时候你……"她心下一惊:"为什么?没听大将军说呢?"

姜游道:"刚做的决定,我还没告诉她。她现在的伤势已经好得差不多了,我只是个大夫,留在这里能为她做的事情也有限。我知道她一直担心城主那边无人照应,我回去的话还能为她减少一点儿后顾之忧。"

初云嗫嚅道:"你真会为她着想。"

姜游笑道:"所以有些事我一定要好好地交代你,这是你第一次随军,切忌任性胡来。"

初云道:"谁说我要随军了?我随你不行吗?我要跟你一起回荒越城!"

姜游摇头道:"初云,我知道你不是荒越族的人,强要你加入这场战争对你来说也不公平,可是,你现在是这里少数几个可以跟紫血灵鹫正面对抗的人了,就当是我这个大叔的一个不情之请吧,我希望你能留在军队里,保护大将军。这里也需要你,我真的希望你可以帮到她!"

初云的眼睛里渐渐泛起了迷蒙的雾气,视线在姜游的眉宇间温柔地游走着:"你什么都想到她,万事以她为先,你到现在还是那么喜欢她,为什么不告诉她呢?"

姜游愕然:"你说什么?"

初云仿似自言自语,叹息道:"而我那么喜欢你,为什么又不告诉你呢?"

这一刻,烛影轻晃,满室暗光流转,姜游错愕地看着初云,初云的视线也缓缓地与之对上。她告诉他,自己曾经变回白蚁真身,悄悄地跟踪过他很多次,有许多事情,他以为是秘密的,其实,对她而言已经不是秘密了。她还告诉他,这几天,辗转反侧的深夜里,最令她痛苦的还不是魔魂即将夺走她生命这件事情,而是她深藏在心底的那个人,只能和她共度短暂的时光了。

可现在,那个人却告诉她,他要离她而去。就连短暂的时光,都保不住了。

初云终于忍不住把藏在心里的话全都说了出来。说完,她长舒了一口气，又道："我以前总是想，如果我告诉你我喜欢你，你不但会拒绝我，可能还会赶我走，可能再也不想理我了，所以我不敢说。

"可是现在不一样了，现在我想的是，反正我连命都快没有了，何必还顾虑那么多？你赶我走，我不走就是了。你不理我，我可以理你呀！就算会过得很辛苦，那也只是几个月而已了。"

初云说完，静室无声。

姜游负手而立，微微低着头，故意避开初云的目光。他不是真正的情场浪子，处理情爱之事，他远不如自己假装出来的那么得心应手。他一时间不知道如何接她的话。

这时，初云却又主动说道："我会留下来，保护好她的。"

姜游不禁吃惊，原以为她刚才说那番话的意思是想不顾他的反对追随他，却没想到竟然有了反转。

初云道："因为这是我喜欢的人要求我做的第一件事情，可能也是我能为他做的最后一件事情了。"

烽火乱世，刀光剑影，她是他的马前卒，而他自有他的掌上花。

姜游百感交集："初云……"初云故作轻松，背起手，身子一倾，弯腰歪头盯着姜游的脸，接道："大叔，看你这表情，是不是有那么一点点被我感动呢？觉得我还是挺温柔大方善解人意的对不对？"她又腰板一直，昂首挺胸，"那在我还没有完全被魔魂占据之前，你要是发现我其实还是不错的，愿意跟我看个夕阳、泛个小舟啥的，你就赶紧告诉我，千万别藏着！"

姜游有点儿笑不出："我有什么好？"

初云感叹道："你能说出她有千般好，所以对她死心塌地，这是爱。我说不出你究竟有哪些好，可也对你死心塌地，这也是爱。

你为了她而离开,去保护她在意的人,而我为了你留下来,保护你在意的人。大叔,你说咱们俩这算哪门子的人生啊?"

姜游苦笑,正想说话,却见初云眉头一皱,面露警觉。与她同时,他也察觉到了——营外有人偷听!

初云嗅觉灵敏,善于捕捉和记忆每个人的气息,只是一眨眼的工夫,她便知道外面是何人了。她脑子里猛地闪过一念,拔腿冲向营门,却见眼前人影一晃,挡在她面前,她一时停不住,撞进对方怀里。

姜游单臂且拦且抱地把她环住了,在她耳边低声说了一句:"别说穿了。"

她心中微微一拧。

其实,她就是想说穿,就是想冲出去逮住外面那个人,告诉她,你知道这个男人有多爱你吗?

他们都知道了,外面站着的人,正是刚刚巡视回来的天凝。

天凝并非有意偷听,只是恰好听到了,而恰好那话题又和她有关,她无法阻止自己的好奇心。初云身势一起,她便知道他们已经发现外面有人了,她立刻转身快步离开,躲进了茫茫的黑夜里。

营帐内,姜游还抱着初云,初云的额头贴在他的胸口,她可以听到他的心跳声,感受到他胸膛散发的温热。

纵然是为了别的理由,为了别的人,但他抱她了,她也知足了。

她轻轻一笑,身体再向前,贴得他更紧,道:"大叔,以后你想阻止我做什么事情,都这样抱我吧?只是嘴里说的我不听,你抱了我,我才听你的。"

姜游不禁想到她刚才感叹他们不知过的哪门子的人生,他想,还真是,真不知是哪门子的人生,造就了他和她一样,所有的贪欢都只有一响,还都只是假象。他轻轻地推开她,不置可否,只道了一声:"我走了。"

第八章
相见欢

江风吹冷夜，天地苍茫，天凝忽然有一种不知何去何从的感觉。她沿着军营里的一条小路缓缓地往前走，偶尔听到一两声青蛙叫。这个时节，青蛙倒是不多见了。她想起以前在慈航谷，每到夏天，姜游就喜欢到附近的水田里去捉青蛙，待到黄昏，正餐不吃，只提着一竹笼的青蛙，再抱一坛酒，到树林里砌个炉灶烤青蛙。一开始还有些慈航谷的小弟子跟着他蹭吃蹭喝，后来她发现了，也加入进去，渐渐地，那些蹭吃蹭喝的小弟子们就不见了，只剩下她和他。

知道她无肉不欢，每次青蛙烤好，他就很自然地把蛙腿用小刀一切，给她，自己只吃那多骨少肉的上半身。他吃得津津有味，说她不识货，越是贴着骨头的肉才越香，青蛙的上身才是最好吃的。但有一次，她去得迟了，他还以为她不来了，心想自己终于有机会独揽美食了，便也将蛙腿切下来吃，细嚼慢咽，偶尔就两口小酒。

她去的时候见他正对着一条蛙腿说话，动作还是一贯的优雅慵懒，神态间又不乏些许痞气："那个人不来，你们终于完完整整属于我了。"

她忍俊不禁，急忙止了步，转身离开了。

他对她，有撑伞栽花的温柔，也有同劫共难的豪情，还有很多细枝末节的好，细到一针一线，一颦一笑，似乎都在这个黑夜里如暗流涌动着。她其实一直觉得，说姜游是这世上对自己最好的人也不为过。只是，她一直希望，他对她的好，是如亲人般的温慈，如朋友般的赤诚。她也曾经以为，拒绝过他一次，他是真的能重新界定彼此的关系，对她不再有情爱的念想。

然而，情心爱意，怎能说不念想就不念想？不知自己是低估了人心的复杂，还是低估了姜游的情深一片……

天凝思绪纷乱，越走越远，渐渐地已经走出了营地的西北门，又来到了江边。

这一夜没有紫血灵鹫的徘徊挑衅，四周很安静。

她负手站在江边，其实夜光昏暗，她几乎连脚边的水草也看不清楚，但她却还是望着远方，好像远方依然有景可赏。

就那么站着站着，也不知过了多久，天凝忽然发现江上竟漂来了一盏莲灯。

漆黑的江面上，鲜红的一盏，明明灭灭，妩媚而诡异。

天凝依稀觉得这盏莲灯来得不寻常，立刻警觉起来。但见那莲灯漂着漂着，离自己越来越近，突然，莲心之中的火光一灭，灯也寻不到了。她只听水中似乎有搅动之声，紧接着便感觉身后气流也像被翻搅了，她猛地回头一看，黑暗中，一道颀长暗影就立在不远处，一个容貌不辨的人冷冷地看着她。说是冷冷地，是从对方的气场来判定的，而不是表情。她根本看不见他的表情。

但是，直觉告诉她，她知道这个人是谁。

果然，对方一开口喊她的名字，那声音就和她心里想的那个人完全一致——"唐烈峰？"

唐烈峰并不想阐述自己是如何避过双方的江岸布防，神不知鬼不觉来到这里的，而这在天凝看来也已经不重要了。他们之间还有更重要的事情。如他所说："华天凝，我来与你做一笔交易。"

天凝感觉到对方身上杀气全无，似乎真是带着商谈的诚意来的，她问他："我们之间有何交易可谈？"

唐烈峰的回答直截了当："我帮你解除体内的花朝映雪之毒，你替我将紫血灵鹫赶回焚鼓山。"

这大概是天凝遇到过的最猝不及防的一件事了。她心中快速做了些盘算，便问："是替你？还是替你们？"

他心知她这一问正中要害，想避而不答，道："你们不也是想打退紫血灵鹫吗？"

天凝道："我们是想击退紫血灵鹫，但是白渊族和荒越族使用的手段和方式却大不相同。我想我不会相信你。你要给我一个合理的解释。"

唐烈峰道："如果我说，是因为我想借你的力量为我自己在军中开路呢？"

天凝似笑非笑："愿闻其详。"

唐烈峰道："紫血灵鹫是成弗将军的人到焚鼓山去请来的，但是，授意他这样做的却是都凛。原本成弗和都凛同休共戚，是一条船上的人，但是最近却因为另外一个人，他们的关系有了微妙的变化。"

天凝猜测道:"呼延汀?"

唐烈峰道:"墨玉江久攻不下,有人向女皇进言,说是都凛领军不力,朝中有传言,说都凛如果再不能带着白渊军往前走一步,他的位置,就会由成弗来接替。"但实则成弗有勇无谋,哥舒意就算再不满意都凛的作战进度,也不会把大权交到成弗手上。她甚至不会动都凛,因为目前在白渊族里,她还找不到另一个能力比都凛强的武将。但是,都凛是个心胸狭隘的人,即便他也认为成弗不可能取代他,但终日面对谣言,他心中也颇为反感,连带着对成弗也有了芥蒂。

而散布谣言的人,不是别人,正是呼延汀。

成弗不可能取都凛而代之,呼延汀却一直想取成弗而代之。

相较于成弗的莽夫性格,都凛显然更喜欢呼延汀这样心思缜密、能武会谋,还总能适时讨好自己的人。呼延汀自认为他比成弗立的战功多,出的谋略多,与都凛的关系也更亲密,他只是输在资历比成弗浅。他一直想取代成弗,官至二品,眼下便是他认为的好时机。

这边厢,都凛因为谣言而迁怒成弗,那边厢,呼延汀又出了一计。

此时军中有一个囚犯名叫赵端,是成弗的小姨夫。他因为跟士兵发生口角,一时冲动杀了对方,被关了起来。原本成弗答应一定会救他,但人还没救出来,紫血灵鹫倒来了。呼延汀暗中使计,最后让紫血灵鹫杀了赵端。

成弗恼羞成怒,怪罪武官办事不力,而那名武官也还有一个特殊的身份——他恰好是都凛的一位远房表亲。虽则都凛平时连正眼都不会看他这位表亲,但是,成弗迁怒他的表亲,还扬言要给小姨夫报仇,都凛便觉得,成弗这是在扫他的面子,他对成弗的不满因而又加深了。

而成弗这边，谣言喧嚣，都凛会作何感想，他是知道的。都凛对他的态度忽冷忽热，他自然也察觉得出来。再加上呼延汀时不时地对他明示暗示，说都凛对他诸多不满，他和都凛之间的关系就变得更微妙了。

总而言之，这一切都是呼延汀苦心安排的，呼延汀就是要让都凛和成弗都从对方的身上找到危机感，然后鹬蚌相争，他再渔人得利。

唐烈峰道："紫血灵鹫的确易请难送，所以现在成弗即便想毁约结束合作，紫血灵鹫也不肯离开。我想你应该会有兴趣知道如何能彻底地战胜紫血灵鹫吧？其实，战胜它们只需要一个人就可以了。"

唐烈峰静了静，才缓缓道："那个人就是你！"

天凝不禁吃惊："我？"

唐烈峰道："因为你的紫原剑气可以穿云破雨，行雷引电，这就足以对付紫血灵鹫了。"

世人都知道，当紫原剑被用到极致，内力结合剑灵之气，就可以在阴雨天将雷电引至剑身，以雷电为剑气，可劈山断石，威力无穷。而要用到这一招，天凝自然不可以受花朝映雪的拖累。

但天凝一想，道："纵然我能用紫原剑引来雷电，凭我一人之力，如何能对付数百只紫血灵鹫？"

唐烈峰又道："你不需要对付数百只紫血灵鹫，只需要对付一只就够了。你可知灵鹫大尊者也在这群紫血灵鹫之中？"所谓灵鹫大尊者，便是一群紫血灵鹫当中修行时间最长，灵力最强的一个。

它是这群紫血灵鹫的精神凝聚之所在，有人的思维，并且能与人沟通。唐烈峰道："只要找到大尊者，杀了它，其他的紫血灵鹫自然就会畏惧你，主动撤退，再不敢来进犯。"

他又道："灵鹫大尊者的外貌看来与别的紫血灵鹫无异，我知道如何辨认它，但我现在还不会告诉你。"天凝淡笑问："是要等我解除了体内的花朝映雪，你确定自己能安然脱身？"

唐烈峰默认。

天凝问道："是成弗让你来的？"

唐烈峰很有自信道："是我说服他让我来的。"

唐烈峰一直受到都凛、成弗和呼延汀的排挤打压，天凝是有耳闻的，没想到他这次会和成弗站到同一阵线。但其实，个中曲直也并不难梳理。看似牢固的铁三角在此时发生了动摇，对唐烈峰而言，是个趁虚而入的绝佳机会。铁三角之中，数成弗和他之间的关系稍微缓和，而成弗又是头脑简单、个性冲动之人，呼延汀会对都凛谄媚献计，唐烈峰也一样可以想办法讨好成弗。

一旦他拉拢了成弗，他便可以利用成弗打击都凛和呼延汀。只要把都凛拉下马，把成弗扶上大将军之位，得到成弗的信任，那么，成弗之下，二品从骑将军的位置，就会成为他的囊中之物。而到那个时候，他再取成弗而代之，比直接对付都凛容易多了。

天凝思索着问："成弗是怎么想的？"

唐烈峰道："由着都凛拖延时间，最后的结果终究是紫血灵鹫败阵退出，这江依旧破不了，大家都被问责，都凛也不能全身而退就行了。"

天凝道："成弗已经落尽下风，若是两败俱伤，对他而言，反而是一种胜利。"

唐烈峰道："正是。"

天凝道:"为保小我,牺牲大我,这样的人如何能主持大局?你可知,若你现在所言全部属实,就是把一个最大的弱点暴露在了敌人面前,你觉得我会相信你吗?"

唐烈峰眉毛一挑,缓缓道:"你会。"

天凝问:"为什么?"

唐烈峰道:"我来找你,是因为我知道我们彼此都可以从对方身上各取所需,就像当日我们在树林里遇到百年兽一样。这一次,我们再合作一次,尔后战场相见,依然刀剑无眼。"

他又道:"况且,我并不认为放弃紫血灵鹫有何可惜,就算没有了它们,我们也一样可以破墨玉江!"

天凝虽然觉得唐烈峰此言有些狂妄,但她不得不承认,他说对了,她的确倾向于跟他合作。眼下她没有别的办法可以驱逐紫血灵鹫,若是再耗下去,守住墨玉江的概率很小。假如唐烈峰所言属实,对方由于内斗而想换走紫血灵鹫这颗棋子,对她而言,也是一个难得的机会。

也是在这时,唐烈峰的狂妄,还有他言辞间暗藏的迫切,天凝很清晰地感受到了。她觉得他的欲望恍如这黑夜里扑面而来的江风,化于无形,却又无处不在。这个人跟以前不一样了。

他的血肉之心回来了。

他的灵魂也仿佛苏醒了。他的七情六欲重新加之于身,他不再是麻木的死士,而成了一个完整的人。

一个复杂的人。

可是,原本的他,到底是一个怎样的人呢?天凝对此不禁好奇。

她又想,行军作战多年,自己还从来没有遇到过有人把弱点和真实的意图都暴露在敌人面前,以此换取同敌人的合作。他这样剑

走偏锋,若不是愚蠢,那就是他还暗藏了更好的筹码。

直觉告诉自己,唐烈峰属于后者。

那么,他的筹码是什么呢?

黑暗里,天凝沉默了。唐烈峰见她不说话,他便不急不催,安静地站着,等她答复。

过了一会儿,天凝沉声道:"好,我可以答应跟你合作,但在这之前,我要先确定一件事情。"

唐烈峰不解地看着她:"何事?"

她道:"我要先确定你今晚所言是否属实。"

少顷,天凝带唐烈峰避过了巡逻的士兵,回到主帅营。此刻姜游已经离开了,初云也正呼呼大睡。天凝唤初云起身,让她再去通知姜游悄悄来见她。初云揉着惺忪睡眼,冷不防看见唐烈峰就站在屏风外,险些惊呼出声。

很快初云便找来了姜游,帘子一起,姜游微微猫着腰迈步进来,头一抬,跟天凝目光一撞,刹那之间,各自都觉得心中微妙,但也都装作你不知,我也不知,儿女情长之事,现在着实不是讨论的时候。

天凝从衣箱里拿出了一个锦囊。

锦囊之中,有一枚紫色的鱼骨耳环和一枚鱼丹。

鱼是生长在第二海的苏尾鱼。

鱼骨和鱼丹都来自同一条苏尾鱼。

这是几年前,有人在厉朝欢继任城主时,送给他作为贺礼,他又转赠给天凝的。

鱼骨和鱼丹可以互为感应,一旦有人服下鱼丹,说话时如果口是心非，那别人只要轻轻地揉动鱼骨，他就会腹痛如绞。所以，苏尾鱼丹和鱼骨常常被作为验谎之用，准确度是很高的。

天凝要求唐烈峰服下鱼丹，再回答一遍她的提问。

唐烈峰眼中一道暗光微微流转，紧紧地看了片刻那枚鱼丹，随后嘴角勾起一丝凛然，将鱼丹吃了。

整个问话的过程，他没有半点儿腹痛的迹象。

也就是说，天凝至少有九成的把握，唐烈峰所言属实，那么，剩下不确定的那一成，她想，就当一搏吧。于是，她又做了一番交代，黎明之前，便点了二十名暗卫，随她和唐烈峰一起，秘而不宣地离开了军营。

战事便暂且交由石、布两位将军共同决策。

而初云也得到了任务。由于天凝此行保密，为免风声走漏，引来敌军异动，她便要初云用障眼法假扮她，时而在军中走动。姜游则从旁协助照应。

姜游便没有再提回城的打算了。实则他即便不用协助初云，此刻他也离不开这军营了。他要在这里等消息。和天凝在一起的那个人，几次三番想置她于死地，她看那人一眼，和那人说一句话，自己都为她提心吊胆，就更别说她还要和那个人朝夕相对数日了。自己原本极力反对这所谓的合作，但是，她却说服了他。他什么都做不了，那就只有等了。她承诺会在十天之内回来，那他就等她十天。他已经离开荒越城这么久了，他想，也不在乎多这十天了吧？

——是在十天以后，姜游才知道，原来，沧海桑田也可以转瞬之间，十天足够改变一个人的命运了。

而这个人的命运改变了，其他的人命运也会随之改变。

是有后悔的，但可惜，为时已晚。

黎明时分，天凝等一行人沿着西北向的一条大道快马加鞭。

他们的目的地是玲珑苦海。

在玲珑苦海之畔，有一处地方，生长着很多映雪花。花丛之中有一口清泉，映雪花的花根穿透泥土，附满了泉壁，花中汁液通过花根渗入泉水，那泉水就是解药。以泉水浸泡三日，花朝映雪可以尽除，这是芒鞋翁告诉唐烈峰的。

芒鞋翁曾误入映雪花丛，中了邪毒，尔后才发现，所谓置之死地而后生，邪毒的滋生之处，原来还暗藏着解毒之法。

为了不引人注意，天凝等人并没有集中同行。她和唐烈峰一起，而其余的二十人则分了四组，分别扮作普通的商人或江湖客，大家在彼此都可以观望照应的范围内，分散但目标一致地前进着。

一路上，天凝和唐烈峰的相处尚算融洽。他礼貌，她和善，彼此之间即便也暗藏戒备和疏远，但是，在不知情的途人眼里，这两人看起来丝毫也不会令人觉得他们是敌非友。

偶尔天凝也会暗暗地观察唐烈峰。

在公，彼此是敌对的关系，所谓知己知彼，百战百胜，观察敌人算是她征战多年的一种习惯。

而在私，她也很好奇，恢复了血肉之心以后的他到底是怎样的一个人。

从前，他是死士，他的眼睛里空若无物，仿如深渊，她曾在他的脸上寻到过蔑视众生的冷漠，还有对万物都没有一丝悲悯的绝情，她甚至觉得，和他对视一眼，便像跌入了某个深渊，在黑暗中无尽地坠落。所以，有意无意，她总是回避和他对视。

而现在，他恢复了血肉之心，那双眼睛便再不是什么黑洞深渊，开始流露出他的各种情绪：镇定，疑惑，戒备，得意，喜悦，什么都有，他和寻常人无异了。

她发现他倒是个细心而且有风度的人。比如他会在涉溪而过的时候走在前面，提醒她哪块石头有松动，踩上去的时候要小心；会在烤好一只野兔之后，把野兔先拿到她面前，让她先选吃哪个部分；还会在下雨的时候把仅有的一件蓑衣让给她，这些，都无关彼此的对立身份。

只关乎她是女儿身，而他是个男子汉。

有一个让天凝觉得有趣的细节，是在行程的第一天，黄昏，他们到客栈打尖，打算用饭以后再趁夜赶路。客栈的小二肩上搭着白巾过来理凳擦桌，又给两位客官斟了茶水，转身离开的时候，天凝听唐烈峰轻轻地对小二道了一声："谢谢。"她眼波一转，嘴角勾起些微笑意看了他一眼。

唐烈峰察觉到天凝的笑意了，也回看了她一眼。他没问她为什么笑，虽然他也想知道。

基本上，这一路若非必要，他不会主动和她说话，尤其说任何与赶路，或者与花朝映雪无关的话题。

天凝主动开口道："你可知道，大凡是白渊族的人来我们第九荒，都很容易被大家看出来？"

唐烈峰喝了一口茶，淡淡问："为什么？"

她道："因为你们白渊族的人很难心平气和地对待第九荒的人，即便那个人不是荒越族人，他们也会因为对荒越族的不满而迁怒到那人。"

唐烈峰道："因为我们每一个白渊族人打从懂事起便知道，是你们荒越族抢夺了原本属于我们的家园，对仇者痛之恨之，并无不

天凝道:"所以他们也不会在第九荒的客栈里对一个店小二说谢谢。"

他睨她一眼:"我们有自己的立场,却不是不懂礼节。"

她摇头道:"可我见过的白渊族人都不会对第九荒的人讲礼节。"

其实,虽然立场相对,但天凝对唐烈峰却并无强烈的厌憎感。一开始她对他、对所有的死士都有哀其不幸、怒其愚忠的同情,而现在,唐烈峰恢复正常的人性,她从他身上也看不到令自己厌憎的缺点,反而是见他此行礼数周全,觉得客观来说他也是个冷静理性、心思并不狭隘的人。

天凝正想着,却见唐烈峰有点儿走神地盯着她面前的那只茶杯。

一只白瓷茶杯,因为她刚喝过一口,边沿留下了一个淡粉色的唇印。她忽然意识到他走神的原因了,脑海里不禁浮现出那日在逆空结界里,她嘴对嘴喂他喝下百灵圣泉的情形。她感到脸上一热,故作淡然地又端起茶杯喝了一口,喝完再放下杯子时,便故意把染有唇印的那一面向着自己。

虽然做得不动声色,但唐烈峰还是意会到了,便将目光收回,似笑非笑低头顾自斟茶喝了。

和逆空结界有关的种种,他们始终没有再提。

从军营到目的地,计划的行程大约是三日。前两日都风平浪静。他们时而入花林,花染袖衣,时而过幽涧,水萦雾绕,沿途还有赤焰银叶的风雨树婀娜多姿,也有百变多姿的浮空云斑斓锦绣,美景相伴，一派静好。到第二天的傍晚，行程过半，他们来到了一座名为马鞍的小村。

村里没有客栈，暗卫们都借宿在村民家中。天凝和唐烈峰到得最迟，问了几户人家，有的家里并没有多余的空房，也有的已经收容了借宿者，还都纳闷，何以一日之内村子里来了不少的外地人。

最后，他们找到了一户门口种着葛藤的人家，穿花衣的少女和母亲相依为命，听唐烈峰说明来意之后，少女很热情地将两位客人迎进了屋。进屋之后，天凝刚坐下，便听外面传来一阵疾风掀动篱笆与葛藤架的声音，紧接着便是几声鸣叫，凶煞低沉，宛如咆哮的山洪！天凝和唐烈峰同时意识到不对劲，冲出屋子一看，天空之中，逆光而来的巨大身影，不是紫血灵鹫是什么！

三只紫血灵鹫，来势汹汹，遥遥地即便看不清那双透露着嗜血欲望的眼睛，也能令人感觉到可怕的杀意。

霎时间，村子里鸡飞狗跳。有暗卫冲到大路上，朝村民大喊："都找地方躲起来！千万别出来！"

唐烈峰拳头一紧，天凝的手也缓缓地按上了紫原剑。所有人都如临大敌。这一刻，黄昏残阳如血。

当初，以花朝映雪对付华天凝，这是都凛想出来的计策。而那时，唐烈峰还是死士，对都凛绝对服从，都凛要他做什么他就做什么。但是，恢复血肉之心以后，他便不想再受花朝映雪的掣肘，向都凛提出要解药。可都凛却虚情假意，说自己当初思虑不周，有毒而无解药就让他做出了牺牲，除了感到抱歉，自己对解毒一事束手无策。

唐烈峰对都凛的反应并不感到意外。向他要解药，其实只是试

探,他早料到都凛不会给他解药,而且他也早已从芒鞋翁那里得知了怎样可以解毒。但一直以来,都凛遵从哥舒意的吩咐,对死士们的监控非常严密,没有得到许可,死士是不可以擅自行动的,唐烈峰也不例外。

其实,都凛肯不肯给解药,并不重要,因为唐烈峰早已计划好,要利用天凝来对付紫血灵鹫,玲珑苦海他是无论如何都要去的,既然去了,天凝的毒可以解,他的毒自然也可以解了。

在离营之前,唐烈峰和成弗演了一场戏,他假装违抗军令,得罪了成弗,成弗便因此罚他到附近的兵器冶炼场做监督。

冶炼场地处偏僻,与军队的联系也比较少,正适合唐烈峰用来做掩护。因为他担心都凛一旦知道他和华天凝一起去了玲珑苦海,必然会加以阻止,他倒不奢望成弗可以一直隐瞒他的行踪,但他至少希望成弗可以尽量隐瞒得久一点儿。可惜,成弗这个人粗心大意,都凛在他身边安排了眼线他却不自知,那眼线在唐烈峰离营后不久便意识到成弗有问题,一探,计划便暴露了。

都凛得知唐烈峰擅自离营,气急败坏地向灵鹫大尊者要了几只紫血灵鹫,命它们前来追杀唐烈峰与华天凝。这三只紫血灵鹫只是先头部队,从马鞍村开始,往后的路便因此而变得艰难起来。

黄昏时分来袭的紫血灵鹫与众人恶战到深夜,最后飞到了马鞍村附近的山坳里休息。

马鞍村屋倒棚塌,血流成河。

唐烈峰一直记得葛藤农家的少女阿卓迎自己进屋时,她的母亲佘氏坐在油灯下为女儿补衣裳。布满了老茧和皱纹的手,穿针引线,不小心被针尖扎到了指腹,手微微一抽,阿卓便心疼了。

"娘,光线这么不好,别缝了。您看,有客人来了呢!"佘氏便放下衣服,站起身迎客,一边对女儿道:"这衣服也是缝缝补补好多回,太旧了,赶明儿我到隔壁镇上再给你买一件新的去。"阿卓挽着母亲的手,笑得温顺乖巧。"我的娘亲对我最好了。那我要绿色的新衣,我最喜欢绿色了!""好好好!……"母女俩的说话声尚在耳畔飘荡不散,紫血灵鹫便来了。

夕阳一沉,天色一黑,便再也没有人给阿卓买新衣了。

阿卓家的整个屋顶都被凶残的紫血灵鹫啄烂掀起,墙也倾了,佘氏被倒塌的砖瓦活活压死了。

不只是佘氏,村民里面,还有好几个人都因为紫血灵鹫而丧了命,还有人直接沦为了那妖兽的腹中餐,村里不少房屋也都损毁严重。而天凝这边,二十名暗卫,死了七人,还剩下十三人。加上天凝和唐烈峰,一共十五个人,在天色终于亮起来的黎明时分,都站在跪坐着的阿卓身后,低头不语。

阿卓的双手因为挖刨佘氏的尸体而血肉模糊,指尖手背全都皮开肉绽。

佘氏满脸血污、满身尘泥地躺在阿卓面前,头被阿卓放在自己的大腿上,阿卓低头静静地看着她,不时用手去擦她脸上的血污,但是,越擦,她发觉母亲的脸就越脏,她怎么都擦不干净。

天凝心痛难受,小声地唤道:"阿卓姑娘——"

阿卓突然肩膀一抖,厉声道:"都怪你们!那些大鸟是冲着你们来的!你们到底是什么人?"她声音发抖,边说边哭了起来,"……是你们把灾难带来的,你们滚!你们滚出马鞍村!"

阿卓吼着吼着,附近的村民听到了,纷纷围过来,冲着天凝等人破口大骂。

还有人抓起地上的石头、杂草扔向他们。

有一个像阿卓一样痛失至亲的人从地上捡了一把剑,咿呀大喊着朝他们砍了过来。天凝站着没动,看着阿卓和佘氏。唐烈峰也没

动。身边的暗卫替他们挡开了村民们的攻击,一名暗卫小声对天凝道:"主人,我们还是先离开这里吧?否则紫血灵鹫若再度来袭,村民还会受连累。"

天凝点点头,便快步走向了村口。

暗卫牵来了马,她朝周围看了看,没见唐烈峰,问:"他人呢?"其他人也都摇头说不知道。

又过了一会儿,唐烈峰才从转角走过来,随手拉起一匹马的缰绳,道:"走吧。"

天凝想问他为何来迟了,但欲言又止,翻身上了马,策马快速离去。

众人紧随其后。

接下来,他们没有再走大路,而是选了荒僻崎岖的山路来走。一来是因为山路更便于藏身,紫血灵鹫没那么容易袭击到他们;二来,他们也害怕再发生马鞍村那样的惨案,不想再连累到无辜的人。

阿卓的眼泪和她声嘶力竭的责问一直在众人耳畔徘徊不散,进入山林以后,大家的情绪都很低落。很长的一段路,几乎没有人说话。

午间,众人在树林里休息,借着树冠的遮蔽,紫血灵鹫暂时未有发现他们。他们不敢生火,怕暴露,便摘了些野果,挖了几个地瓜来吃。唐烈峰和天凝坐得近,有人递了两个洗干净的地瓜给他,他分了一个给天凝,天凝接过,吃了一口,忽然冷声道:"你事先不知道紫血灵鹫会跟来吗?"

唐烈峰淡淡说:"我不知道。"

天凝又问:"紫血灵鹫是真想杀了我们,还是故意想逼我们远离村镇,走这些崎岖的山路,耽误我们的时间?"如果紫血灵鹫不出现,今日天黑之前他们就能到达玲珑苦海了,但现在,由于山路难行,而且绕了远,恐怕还得再走两三天他们才可以到目的地。

唐烈峰知道天凝在怀疑他另有阴谋,缓缓道:"我的确没有把握能瞒过都凛,不过,既然他发现了,对我追截剿杀,不是在情理之中吗?"他说的这些,天凝不是没有想过,只是她觉得凡事谨慎也不为过,对自己的敌人是应该多问多考量。再加上因为马鞍村的事情,她心烦意乱,也忍不住想审一审唐烈峰。听他一番辩解,她取下鱼骨耳环捏在掌心里,手指回弯,轻轻地压住,指尖捻揉。

见唐烈峰并无任何反应,仍是气定神闲,对一个地瓜细嚼慢咽,吃相优雅,她又问:"早上我们离开马鞍村之前,你去哪儿了,为何姗姗来迟?"唐烈峰的眼底闪过一丝不被觉察的深长,他想了一下,道:"你是先走了,我却被几个村民围住责骂,费了点儿劲才脱身,所以迟了。"

天凝压着耳环的手指尖又动了动。唐烈峰还是不受影响,似乎他所言的确属实。

唐烈峰不想再回答天凝的质疑了,丢掉吃剩的地瓜皮,走向溪边洗手。这时,天凝注意到他的腰间空空的,本来别在后腰处的一把匕首不见了。那匕首颇有点儿来历,是第二荒商齿国宫中之物,数量稀少,通常为皇族所佩带。唐烈峰是如何得到匕首的,天凝不知道,只知道这种匕首不但极其锋利,可以轻而易举就分金断铁,而且价格昂贵,一把匕首就可以换良田华宅,够普通的百姓吃喝半世了。天凝也不知道唐烈峰是把匕首换了个地方存放,还是昨夜跟紫血灵鹫交手的时候弄丢了,但她并没有把这件事放在心上。她没再看他,低头看着手里只吃了几口的地瓜。她食欲不佳,把地瓜扔

了,站起来催促大家道:"准备一下,我们继续赶路吧。"

接连赶了五个时辰的路,他们翻过了一个叫封平的山坳,再沿着慈航谷外侧的羊肠小道前行,渐渐地又至夜深。

这五个时辰里,紫血灵鹫袭击过他们两次,大家都巧妙地避过了,没有人员伤亡。

由于他们行经的地方都十分荒僻,紫血灵鹫找不到猎物,开始有点儿焦躁。它们的焦躁从鸣叫声里就可以听出一二。

同行暗卫听着那叫声,开始有一搭没一搭地议论:"那些狗畜生如果捉不到猎物会不会活活饿死?"

有人道:"我就不信它们生活在焚鼓山天天都有肉吃,听说那焚鼓山附近是有村民住的,如果紫血灵鹫吃了村民的家畜,他们是不会放过它的。"

一名见多识广的暗卫解释道:"除了吃肉,树皮草根它们也吃的。只不过,吃肉令紫血灵鹫强大,吃草根树皮对它们的修行一点儿帮助都没有。要不是冲着有肉吃,我看它们也不会来蹚这潭浑水了。还有你说焚鼓山附近是住着村民,但那可是侉西族的人,侉西族你们知道吧?"

有人问:"是那个传说中人人都会遁地术的侉西族?"

暗卫继续解释:"其实啊,也并非什么遁地术,是侉西族人很会挖地道,他们能在很短的时间内就挖出一条地道,渐渐就被外间误传了。"他又道,"侉西村虽然建在地面上,但在村子下面却还有一个很大的地底城。紫血灵鹫一出现,侉西族人不管人在哪儿,都能很轻易就找到附近地道的入口,躲进去自然就没事了。

……

此刻，已经快到子夜了。众人言谈之间，时不时夹杂的哈欠声还有拍脸醒神的声音，天凝是能听见的。她想了想，停马道："你们也都累了，暂且在此地休息一晚吧。等明日天亮再出发。"

众人闻言，也纷纷停下马来。

就在这时，大家都听见地面隐约传来了某种摩擦的声音。声音来得很急，由轻转重，极其迅速！

突然，一匹马儿扬起前蹄，大声嘶叫，马背上的暗卫被摔出老远。众人尚未看清楚究竟是什么东西令马儿突然发了狂，便又见那匹马侧翻在地，四蹄乱蹬，像是被某种力量禁锢住了，挣扎不得。

紧接着所有人的马都出现了同样的情况。反应敏捷的人吸取了刚才暗卫的教训，施展轻功跃起，没有被甩下马。但是，脚尖刚一着地，双脚却瞬间就被某种东西牢牢地缠住了，所有人都迈不开步子！

大家低头一看，那才发现，原本只有泥土和野草的地面上竟密密麻麻爬满了某种藤蔓植物，而且那些植物还在继续如潮水般从四面八方涌过来！黑茎黑叶的植物和漆黑的夜色融为一体，不仔细看，很难发现。就是这些藤蔓绊倒了马儿，并且在一重接一重地往马儿的身上缠压。

天凝见状，拔出紫原剑，不运劲直接挥剑砍下去。

"咣当"一声——

紫原剑碰到藤蔓，竟被弹回，还发出了金属撞击的声音！

其他人也纷纷拨出了兵器，挥舞乱砍，但其结果也都一样。这些藤蔓灵巧如蛇，柔软如丝，却坚硬如铁，根本砍不断。越是和它们较劲儿，它们就越把人缠得死死的。

天凝的脑海里一念闪过，大喊道："唐烈峰，用你的匕首！"

唐烈峰像是并没有听到天凝说的话，动了真气，赤手空拳和藤

蔓纠缠,但也收效甚微。

就在这时,一阵大风刮过,树上竟又掉下很多藤蔓。

但是,这些藤蔓却和地上那些不同,不是黑茎黑叶,而是白茎白叶!

白茎白叶的这些,从人的头顶开始缠下来。缠住头部,脖子,肩膀,前胸后背,与地上黑色的那些,就像隔着鹊桥的牛郎织女,都极力地奔向对方,期望跟对方会合交缠。

而这些藤蔓,便正叫作鹊桥仙。

当猎物被鹊桥仙完完整整地包裹住以后,达到与外界隔绝的状态,在很短的时间内,就会窒息而死。

死后尸体腐化,就会成为鹊桥仙生长所需的肥料。

相传,鹊桥仙十年一开花,一花开十年。它们的花朵饱满,鲜红如火,美艳得令人目眩神迷。

那正是因为每一朵花的盛开都是建立在累累白骨和成河的鲜血之上。

天凝失去了挣扎的力气,渐渐感觉到世界混沌黑如炼狱,她也渐渐想起,她曾经听师父说过,慈航谷的附近,有一种吃人的植物叫鹊桥仙。她似乎隐隐约约还能听到周围有风声,但是,她只能听到声音。她已经什么都看不见了,风刮得再猛,也穿不透鹊桥仙织起来的厚茧。她感觉到呼吸越来越困难了。

意识消失前的那个瞬间,她似乎还听到了半空中传来紫血灵鹫的鸣叫声。她虚弱地闭上了眼睛。

不知昏迷了多久,天凝醒了。她的眼皮动了动,眼睛缓缓睁开,一睁开便看见唐烈峰坐在她旁边,手里拿了一根木柴,正在拨弄面前的火堆。

她揉着因为短暂窒息而痛意残存的太阳穴,坐起身打量着周围,发现他们已经不在那个受鹊桥仙纠缠的树林里了。唐烈峰不等她开口问,便先解释道:"我们已经离昨晚出事的地方有一段距离了。"

劫后余生,如释重负。天凝长舒了一口气。

她盯着火堆,猛地意识到身边除了唐烈峰以外,并没有其他人。她心头一紧,忙问:"其他人呢?"

唐烈峰生火是为了烤一只打来的山鸡,鸡肉已经被烤得外酥里嫩,有香气逸出。他轻轻地闻了闻那香气,道:"死了。"

天凝瞪着他:"什么?"

他掰下一只鸡腿递给她,仿佛他此刻更关注的是这只山鸡,而不是那些死去的暗卫。他又重复了一遍,淡淡地:"死了。"

此时,天光大亮。天凝和唐烈峰是在一条溪水边坐着,草木齐腰深,背后有一棵参天大树。树冠繁茂,间有绿花,花蕊之中,不断有絮状物逸出,宛如白色的流萤,在半空飘飘浮浮,温柔地将两人笼罩。

他已经开始填肚子了,她却只是拿着他递过来的鸡腿,一口也吃不下。她问:"我们是怎么逃出来的?"

他道:"我引来了紫血灵鹫。"

她想起自己失去意识前的确听到了紫血灵鹫的叫声,又问:"然后呢?"

他说:"虽然刀剑砍不断鹊桥仙,但鹊桥仙却有点儿忌惮紫血灵鹫身上散发的邪气。紫血灵鹫越攻击,那些藤蔓就越疏松,我便趁机脱了身。"他脱身以后,只顾救她,并没有管其他人,其他人有因鹊桥仙窒息而死的,也有即便挣脱了鹊桥仙,却还是被紫血灵鹫强大的邪气给杀死。

唐烈峰说完,天凝忽然心念一动,问道:"普通的刀剑或许奈何不了鹊桥仙,但你的匕首呢?叫你用匕首的时候你为何不用?"

唐烈峰没想到天凝会提出有关匕首的质疑,他一想,故意打岔反问道:"你这算是在怨我引来了紫血灵鹫吗?"

天凝不理会唐烈峰的反问,冷声喝令:"你回答我!"说话时,鱼骨耳环已经摘下,捏在掌心。

唐烈峰道:"那匕首也不见得能对付鹊桥仙吧?我若是不借助紫血灵鹫,你我也早已是鹊桥仙的花底泥肥了。"刚说完,腹中猛一阵绞痛,天凝已经开始捻揉起那鱼骨耳环来了。

天凝见唐烈峰吃痛,道:"看来你果然有事瞒着我!"虽然唐烈峰刚才那两句话都没有正面回答天凝的提问,不算说谎,但是,当一个人在被另一个人提问时,即便他没有说谎,而是以沉默拒答的方式来应对,又或者顾左右而言他,可他的心里也往往会想着那个问题的真正答案,一般人是很难控制住自己不去想的。所以,这个时候他依然会受到鱼骨耳环的折磨,还是会腹痛。

唐烈峰痛得咬牙切齿,嘴角不时抽搐,眼中恨意毕现。他道:"我在你心目中几时变得如此神通广大了?鹊桥仙之事与我无关!"还没说完,腹痛加重,他手一卸力,烤得最酥的一块山鸡肉掉在地上。

天凝没说话,低头盯着掌心里的鱼骨耳环,轻揉慢捻,神情冷漠又专注。

唐烈峰冷汗涔涔，咬牙不语。他想控制住自己不要去想任何跟她的提问有关的事情，但他控制不了。

腹内倒海翻江，他渐渐有点儿承受不住了。"华天凝！"

天凝淡淡道："是享受腹痛，还是享受你烤的美味山鸡，都在你的一念之间。若心中无鬼，但说无妨吧？"

唐烈峰又忍了忍，但他实在忍不住了，狠狠一挥袖，袖风扇出，灭了身前的火堆，算是泄愤。他道："我把匕首给了阿卓！"

此言一出，腹痛大为减轻。天凝也停下了手中的动作。马鞍村的阿卓姑娘？

离开马鞍村之前，唐烈峰迟到了些许，他的确是被村民们缠住责骂，这一点他并没有说谎。他那时也一心只想着那些村民们苦难的表情，心念还算清净，所以，天凝动用耳环，他算是蒙混过关了。

但其实，除了应付村民们的纠缠，他还把他的匕首给了阿卓。他告诉阿卓，她如果卖掉那把匕首，她就可以好好地安葬母亲，可以重建被紫血灵鹫摧毁的家园，还可以帮到村子里的其他人。

阿卓连说了三声不稀罕，甚至拔出了匕首，狠狠刺向他。他侧身一闪，扼住阿卓的手腕，稍一用力，阿卓连人带匕首被他推得一个趔趄，跌坐在地。他捡起那匕首，又扔到阿卓面前，接着便扬长而去了。

此事他刻意不想告诉天凝，是因为他不想被她知道，自己竟然对一个荒越族人心生了愧疚与慈悲。

——白渊族人应该仇视一切和荒越族有关的人与事，甚至仇视整个第九荒，这是很多白渊族人自懂事起便接受的思想。

——宿仇不共戴天。

然而，唐烈峰竟然和很多白渊族人不一样。

当他看着塌毁的房屋，看着满地的鲜血和泥沙交混，看着佘氏僵硬的尸体，看着阿卓哭红的眼睛，他心软了。他一边心软，一边痛恨自己的心软。他意识到这种心软从某种意义来说，是一个危险的信号。

——人怎么能对自己的敌人心软呢？

所以，他觉得他不可以被华天凝知道他的心软。

而作为唐烈峰的敌人，天凝在听唐烈峰交代完匕首的去向以后，按在鱼骨耳环上的那根手指略作犹疑，缓缓地离开了耳环。她忽然不想再试他了。直觉告诉她，他这次说的都是实话。

她有察言观色洞悉人心的能力，她也信自己的能力，实则她并不愿意总是依赖一枚冷冰冰的鱼骨。

这一次，她信他。

他对于她收起耳环的行为感到有点儿吃惊，但也不是太吃惊，他冷笑一声："不问了？"

她道："你对我隐瞒匕首之事，就是因为你不想把自己心软的一面暴露出来吧？"

他强调说："我对你们荒越族普通的百姓心软，但是，在战场上，我对任何一个荒越族的士兵，绝不心慈手软！"

她淡淡一笑，又道："我听说你们白渊族就连三岁的小孩儿都知道，当年，是荒越族的祖先抢夺了原本属于你们的家园，所以，荒越白渊，势不两立。这七海十荒里，哪一族遭了难，你们都可以对其表露同情，伸出援手，但是，唯独荒越族遭难，你们非但不帮,还一定要拍手称快,是这样吗?"

他道:"没错。"

她问:"那你为何不跟你的族人一样?"

他冷着脸道:"连三岁的小孩儿都知道,是因为那些三岁的小孩儿有爹娘教,而我,没有。"

她问:"你是孤儿?"

他默认。

她没有再追问下去,转而轻叹道:"要真是你说的这样,我竟有点儿庆幸你是个孤儿了。"

他闻言,皱眉看了她一眼。

她又道:"我这几天总在想,若是你取代了都凛,成为白渊族的大将军,这场仗由你来领军,我们会怎么打呢?直觉告诉我,这场仗会变得更困难,但那种困难,不是面临紫血灵鹭这样的邪门歪道的困难,而是一种真正的实力较量。你也许会比都凛难对付,但是,对付你,也比对付都凛、成弗这些人痛快。"

他抄起手,漫不经心问道:"这何以见得呢?"

她道:"我们到马鞍村之前,在山坡上休息的时候,曾经遇到过一只野狗。你把那只野狗杀了。"

他道:"野狗想攻击我们,我自然要杀它。"

她道:"你手边就有兵器,背后还有火把,你可以有很多种杀死野狗的方式,但是,你用了隔空点穴。"

他一听,眉头又微微皱了起来。他似乎很爱皱眉。并不是因为总犯愁,而更像是一种习惯,思考的时候便会皱眉。

她道:"你缚住了野狗的前蹄,攻击它的下腹、尾后还有前喉这三个地方,令它迅速失去知觉,这是最没有痛苦的死法了。"她眼中微露笑意,道,"所以你说你把匕首给了阿卓姑娘,我觉得你说的是实话。"

他轻轻避过她的目光，问道："那你记得我们后来把那头野狗怎么样了吗？"

她道："不是找了个山洞，烤来吃了吗？"

他道："就是因为我看到野狗的时候便打算烤它来吃，所以，我要它带着最少的痛苦死去，是为了保证肉质的鲜美，而不是你想的，心存仁慈……你忘了我教过你怎么吃姑草鱼吗？我素来对吃很在行。"他淡然道，"……所以也别认为你了解我什么，你在了解我的同时，我也在了解你。你喜欢观察别人，揣摩别人的心中之事，也太过相信自己的直觉，这是你的弱点。我想，以我们俩之间的关系，最好谁都不要了解谁，以后战场相见，才能有点儿惊喜。"

她仍然觉得他是在掩饰，不太相信他所言，但嘴里还是顺着他，道："那就当我是对你过分解读了吧。"

他又道："不过，无论我是否可以取代都凛，我自问都会是你最难对付的敌人。"

她看着他："这么有自信？"

他昂首道："因为如果我现在还不是你最难对付的敌人，我也会努力成为你最难对付的敌人。"

她道："莫非你是在赞我？以和我旗鼓相当为荣？"

他道："你不也是在赞我吗？置我于都凛等人之上。"他说罢，认真地看着她。

虽然因为心疼同伴的死，她的眉头一直没有舒展，但那盈盈一汪秋水，薄愁浅恨，反倒像有雾絮云丝遮住了一弯朗月，像一番胜景更添几许迷离婉约，他不禁看得有些痴醉。这时候，有风吹乱了飘浮的白絮，有几点贴在她的鬓角，宛如为她簪了几朵袖珍的茉莉花,她看上去便显得更温柔了。

他忽然觉得心情大好,冲她微微一笑。

她难得见他有这种舒心的笑容,仿佛被感染了似的,也跟着笑了笑。可她一笑,他反倒立刻就不笑了,起身理衣道:"昨晚那三只紫血灵鹫最后都被鹊桥仙捕食了,都凛一定还会派紫血灵鹫来,趁现在我们还有喘息的机会,抓紧时间赶路吧。"说完,便大步朝前走去。

天凝也起身跟上,边走边继续说道:"一个想成为我最难对付的敌人的人,却因为怕痛而经不住盘问,向我招供了?"姜游说得没错,有的时候,她卸掉戎装,总归还是有点儿女儿家尖酸逗趣的心性。这会儿就觉得逮着机会,不小小地挖苦一下唐烈峰还不甘心了。

唐烈峰闻言,脚步一停,望着她,还是一贯的肃然:"你真觉得苏尾鱼测谎有用?"

她隐隐觉得他就像话中有话似的,一时愕然,他不等她回答,又道:"那你下次再问别的试试,看我还会不会说。"话毕,他两眼忽然盯着她脚边的一处草丛,目不转睛。

她发现他神情有异,问:"怎么了?"

他用很快速但又很平淡的语气道了一声:"有老鼠!"

"啊!"天凝轻轻地一声惊呼,脚一缩,小幅度地往旁边跳了一步。她已经尽量保持住她身为大将军的从容优雅了,但惊慌委屈还是只遮了一半,露了一半:"老鼠?"再低头一看,哪里有半点儿老鼠的影子!

唐烈峰倒是一脸平静,一个字一个字缓缓道:"我应该没有过分解读你吧?"天凝眼睛一瞪,唐烈峰已经背着手,又迈开大步往前走了。这几天,他也是暗中观察她发现的,她不怕蛇虫也不怕妖

魔，但就怕老鼠。

她瞪着他的背影，既想生气又想笑，气也不是，笑也不是，只能自嘲无奈地摇了摇头，又跟了上去。

经过三两天的紧赶慢赶，他们终于到了目的地。那里是玲珑苦海这片内陆之海的源头所在。

那里有一条狭长幽深的地缝。地缝的底端便是可以解毒的泉水的所在。

那条地缝深不见底，据芒鞋翁说，用万丈也不足以形容。而周围也没有一条可以通向地缝底部的步行道路，唯一一个下到底部的方法，就是抓住地缝壁上那些垂直生长的藤蔓，慢慢地滑下去。

天凝走到地缝边，低头向下探望，只见地缝的两壁果然都生长着很多藤蔓，一条一条直垂入下方缈缈的浮云深处。

两人各自挑了几根看起来尤为粗壮的藤蔓，将它们拧在一起，然后便抓住藤蔓，开始缓缓下行。

不多时，只见天边似火的团团红云之中，依稀渗出了几个黑点。

黑点移近，变大，渐渐地，能闻其声，声音也可见狰狞，全是凶悍煞气！是紫血灵鹫追来了！

这一批紫血灵鹫一共有八只。它们逆着光，急速飞来，仿佛每一次扇翅都能搅得天撼云动，烈火焚焚，杀气似掉下来的天盖，刹那便把唐烈峰和天凝沉沉地压住了。两个人同时转念一想，默契道："先上去再说！"

他们刚刚下行了一段较短的距离，离底部还有很远，如果坚持继续下行，在半空之中和紫血灵鹫搏斗无疑是很吃亏的。于是，他们急忙又往顶端攀回。

眼看着离顶部只剩丈余了,这时,紫血灵鹫已经到了近前。天凝和唐烈峰猛然只觉天昏色暗,大风横刮,他们就像两片羽毛似的,和那些藤蔓一起,在大风里飘摇。几只紫血灵鹫同时飞扑来袭,硬逼得两人又离顶部远了丈余。

这时,八只紫血灵鹫当中,体态最娇小的一只向着天凝和唐烈峰猛冲而来,飞到两人中间,羽翼乱扇,翅间黑气化成剑光,"咔嚓咔嚓"割断了很多的藤蔓。他们无论如何攻击它都没有丝毫躲避的意思,仿佛大有不惜受伤也要拉两人同归于尽之势!突然地,天凝感觉到自己的身体猛然往下一沉,她抬头一看,她抓着的那几根藤蔓正一根接着一根地断裂,断裂到只剩最后一根——

"啪"!

最后一声裂响——

紧接着便是呼啸的风声充盈于耳,她目光所及之处,所有事物都在飞速上升!她往地缝底部坠落!

电光石火之间,天凝拔出紫原剑,用力向着岩壁一扎!剑尖深深地插入一道石头的缝隙里,她紧抓着剑柄,身体悬荡在半空。突然,她感觉掌心一阵刺痛,酥麻感瞬间布满整条右手臂。

由于花朝映雪的存在,紫原剑又在反噬她了!

她的右手掌心里就像被插了一把刀,那刀正在将她连皮带骨地切割,她无法承受,手一松,人又往下掉去!

就在这时,腰上一股暖热力道环来,有人把她抱住了。她的身体再次停止下坠,她倒抽一口凉气,低头一看,一条手臂环在她腰间,她清楚地看到那手臂上有几道疤痕。她还记得这几道疤痕是怎

么来的,是他们被困在树林里,彼此追逐厮杀的时候,唐烈峰为了提神,自己一刀一刀割出来的。

唐烈峰从来都不乏孤注一掷的勇气。

在树林的时候是。

现在也是。

天凝掉下地缝的那一刻,他几乎是不假思索地追着她飞扑而下。因为他知道自己必须拉住她。

在目的还没有达到之前,她不可以就这样摔死了。他的人生曾经在麻木混沌中度过,他才刚刚找回自我,才刚刚有了对未来的追求、对人生的冀望,他不可以在此时败下阵来。所以他想,华天凝是绝对值得自己这奋不顾身纵身一跳的。

天凝自然也明白唐烈峰救她的原因何在,不过,不管为了什么,他总算救了她,她不无庆幸,抬头看着他的脸,笑道:"看来,你虽然怕痛,却不怕死。"

唐烈峰一只手挽着藤蔓,一只手抱住天凝,两个人的身体紧紧贴在一起,悬在半空,他道:"你与其继续研究我,倒不如研究一下,我们如何才能安然下到底部去。"刚才由于急速的下落,他们离地缝顶端已经有很远一段距离了,虽然脚下还是深不见底,但是,抬头也同样高不见顶。如果同时要对抗紫血灵鹫,向下滑落会比向上攀缘更容易。这一点他们都想到了。

两个人都朝下方张望了一会儿,异口同声道:"我有一个提议!"

他礼让道:"你先说。"

她言简意赅道:"我们直接往下跳吧?"

他倒不吃惊,其实想法与她不谋而合:"只要藤蔓不离手,可以下滑一段距离之后,稍作停歇,以分段式的下跌,最后到达底部。"

她接道:"这样一来,我们务必要使用轻功提气,控制坠落的速度,才不会摔得粉身碎骨。"

他道:"但我们体内都有花朝映雪,用轻功必然动真气,所以这个过程会很艰难,人也会很痛苦。"

她道:"所以,你带着我,你负责下行,紫血灵鹫的袭击就交由我来抵挡。我们分工合作,互保对方的安全。"

他道:"我们要争取在最短的时间内到达底部,因为我若是连续不断使用内力轻功,难说自己到底能撑多久。"

她道:"到了底部,至少在地势上不再处于劣势,再对付紫血灵鹫,便——"

"——便更容易了。"他接道。

两人你一言我一语,流畅得不假思索。旁人若是不知道他二人的身份,只听他们这对话,只怕会以为他们是朋友,而想不到他们还是敌人。

这时候,头顶阴影飘移,紫血灵鹫追来了。

唐烈峰低头深深地看了天凝一眼,道:"那从这一刻起,保护我的职责就交给你了!"

天凝闻言,脑海中浮现出上一次他们在树上依偎而坐的画面,觉得此刻似乎和彼时有异曲同工之感。她不禁感叹,命运竟如顽童,分明给了他们宿敌的身份,却偏偏还要一再安排他们如朋友般守望相助。她心中忽然有一种任它火海刀山、我自一醉疏狂的洒脱之气翻腾奔涌,便道:"好!那从这一刻起,我的生死也交给你了!"

唐烈峰虽则没有太大的把握,却也还是十分从容地勾唇一笑,抓着藤蔓的那只手轻轻一转,只用藤蔓把手腕很松地缠了一圈,然

后手指一放,便抱着天凝,两个人一起快速地往下坠去。

  身边云缠雾绕。

  唐烈峰这时方才意识到,有一种他曾经短暂亲近过的幽香一直都萦绕着他。是淡淡的清甜,带着瓦上清霜的寡冷。而这一次,他还觉得这幽香之中多了一分醉人的迷离,恍如一种淡酒。

  他忍不住出言相问:"你身上的是什么香味?"

  她吃了一惊,她身上何曾有什么香味?她虽然总是悄悄地贪美,但香囊一类的东西倒是一直不习惯用。

  他道:"像霜,像糖,还像酒。"

  她一想:"莫非是风邪草?"

  他呢喃:"风邪草?"

  她道:"我爱用风邪草酿酒,或许是因为这样,身上沾了些风邪草的气味吧。"她见他似乎是第一次听说风邪草,便把风邪草的生长环境和酿酒原理做了个简单讲解。说完,她又道:"第八荒的人都说植物是有寓意的,风邪草也有它的寓意,你想知道是什么吗?"他还没说他想知道,她其实也并不是征询他的意见,便顾自说开了,"是黄粱一梦。寓意着黄粱一梦。"

  唐烈峰听她这样说,下意识地多用了两分力道,将她抱得更紧了。不知为何,就恍惚觉得自己真抱了一个转瞬即会消逝的虚无梦境。

飞花战烽

第三卷

第九章
胭脂泪

紫血灵鹫穷追猛打,唐烈峰和华天凝九死一生,这日天黑时分,他们终于到了地缝的底部。

两个人都负伤累累,虚弱至极,脚一触地,便分开向一旁的草丛里滚去。

天凝勉力想站起来,刚抬起一条腿,却突然被一只紫血灵鹫用翅膀一扇,连人带周围的野草都被掀飞,撞向一面坚硬的石壁,刹那体内浊气翻搅,脏器似要裂开。唐烈峰也是瞬间就被几只紫血灵鹫包围了,它们疯狂地攻击他,一开始他还能招架,但很快就落了下风,越发力不从心。

地缝深处原本就光线不足,现在又是夜晚,几乎伸手不见五指。天凝和唐烈峰既辨不清周围的环境,也无法准确地判断紫血灵鹫的来向,再加上花朝映雪缠身,情况对他们十分不利。

突然,有一只紫血灵鹫引颈长鸣,声音听起来竟然有几分哀怨。

其余的紫血灵鹫也纷纷跟着它,发出了"呜呀呜呀"的鸣叫声,并且停止了对天凝和唐烈峰的攻击。

声音越来越远,越来越小,最后,听不见了。

八只紫血灵鹫竟然全都飞走了,暗夜忽然变得悄静无声。杀气也消失了。

天凝靠着一面石壁,缓缓地滑坐在地。"唐烈峰?"

黑暗中,唐烈峰见强敌退走,庆幸之余,眼中还暗暗地露出了些许狡猾的笑意。他心中有一番盘算,天凝喊他第一声,他仿佛没听见,第二声他才应:"我在这里。"他们相互都看不见对方,只能凭声音辨别彼此的方位,她问:"刚才是怎么回事呢?紫血灵鹫为何撤退了?"

唐烈峰阴笑道:"我也不知道。不过,紫血灵鹫现在是走了,可是难保它们一会儿不会再回来,我们在周围找找看,有没有可以藏身的地方吧?"天凝深吸了一口气,扶着石壁站起来道:"好!"

他们在黑暗里摸索寻找,发现这地缝的底部比顶端窄了很多,只有十尺来宽,狭长蜿蜒,似乎前不见头,后也不见尾。地上都是荒草,两侧都是光秃秃的石壁,没有一处便于藏身的地方。

但值得庆幸的是,那些紫血灵鹫离开以后就没有再回来了。唐烈峰为此感到十分舒心坦然,说也许是因为地缝里有对紫血灵鹫造成威胁的事物存在,所以它们畏惧了。但是,天凝却不知为何一直感到心慌不安,反而有一种不祥的预感,但究竟是什么预感,她又说不上来。

黎明时分，天色亮了，渐渐有光落入这黑暗缝隙里，他们总算能看见周围的环境了。

原来，此刻他们已经走到了狭长地缝的最末端，前方不远是一片还算开阔的谷地。谷口生长着很多及膝高的植物，是他们都没有见过的，枝干笔直，似竹节，叶圆而肥厚，呈银灰色。

唐烈峰顿觉如释重负，因为按照芒鞋翁的描述，这些植物就是映雪花了。

他快步上前，放眼一看，谷地内还有很多映雪花，茫茫一片灰叶银光，显得清冷异常。

天凝也跟过来，打量道："这些就是映雪花吗？"

唐烈峰走入花丛，道："嗯，据芒鞋翁说，映雪花只有在花朝节盛开的时候叶子才会变成绿色，其余时间它的叶子都是银灰色的。"

天凝也走进花丛，边走边朝四周张望，寻找水潭的所在。不一会儿，他们便找到了。

那是一个看起来极为普通的水潭，不深，依稀可以见底。天凝走到水潭边，蹲下身，把手伸进水里试了试，寒天水冷，微微有些刺骨。

芒鞋翁曾经说过，整条地缝里有且仅有一处裸露的水源，所以他们眼前这个，就必然是能解毒的泉水无疑了。事不宜迟，他们只要在这水里浸泡三日，辅以运功调息，体内花朝映雪便可尽除。

于是，天凝张望了一下，走到一处映雪花生长得十分密集的地方坐下，借着花枝的遮挡除掉了鞋袜，缓缓走进水潭里。

唐烈峰见她下了水，便慢条斯理地开始解自己的腰带。

解了腰带,又开始脱外衣。

天凝见状,大吃一惊:"唐烈峰,你在干什么?"

他把脱掉的外衣理了理,整齐地放在岸边的映雪花丛里,道:"我素来不习惯穿着衣服下水。"

说罢,就连里衣也脱掉了,现出赤裸的上身。

天凝吓得赶紧背转身去,脸都红了。"男女授受不亲,唐烈峰,你就不能改改你的习惯吗?"

他一字一字道:"不能!"

天凝气急了,拼命地想控制自己不脸红,怕被对方发现看了笑话。但她越不想脸红,脸就越红,都红到耳朵根了。

唐烈峰见她耳根发红,试探问:"你是……害羞了吗?"

天凝也一字一字道:"没有!"

唐烈峰气定神闲:"不过是为了解毒而已,心自无邪,何须介怀?"

可恶!她想,他莫不是在讽刺自己心有邪念?她气得抓着岸边一棵映雪花枝,恨不得连根拔了。

他已经衣衫尽褪,也走入水中。她听见他下水的声音,脑中一念闪过,还真的把那棵映雪花拔了,向后一抛,花枝落在水面上,恰恰是这水潭正中间的位置。她道:"我们以此为界,你若越界,我对你不客气!"

唐烈峰懒洋洋地扫了一眼那花枝,道:"没穿衣服的人是我,要是有什么,也是我吃亏吧?你别回头才好。"

天凝被他一激,声调都变尖了:"谁稀罕看你!"

唐烈峰忽然有点儿想笑,但忍住了。他没再说什么,闭上眼睛,开始运功调息。

由于水能解毒,在水中运功,即便也是用的内力,但体内的反噬之气却大为减轻，人也不觉得痛苦了，只有轻微的不适感。那种不适感慢慢地减轻，到第三日的黄昏，他们都能感觉到自己的体内已然浊气全消，气随心走，大可无拘无束，潇洒自如，花朝映雪的毒果然被清了个干净。

毒彻底解除的那一刻，天空飘起绵绵细雨。雨水如雾似纱，飞舞得极尽温柔。

天凝一直是背对着唐烈峰的，三天来，一次头也不敢回。这时候，她听见身后传来了划水的声音，而且声音在缓缓向她靠拢。她小声喊他道："唐烈峰？"他的声音与那水声一并传来："我的毒已经解了，你呢？"

她道："我也是。"

她又故意朝岸边靠了靠，想离背后的水声远一点儿，问："你在做什么？"

他道："我好像看见水蛇了。"

她问："在哪儿？"

他说："就在我刚才疗毒的地方。"

她听出他的声音是离自己越来越近了，她道："那你先上岸吧！"

他淡淡道："不过，一时情急，我好像越界了。"他说着，天凝已经见那棵漂浮的映雪花枝被水波推到自己身旁来了，同时身后覆来一道人影，从她肩上移过，将她半个身体都盖住了。

她知道这意味着他和她靠得有多近，情急之下，转身一看，他果然已经在她身后，一步之遥。

由于他身材高大，水即便已经没到了她的肩部，却也只到了他的胸口。她一转身便见他阔胸沉肩，无遮无掩，古铜色的肌肤上还贴着细密的水珠。水珠缓缓下滑，在他的胸膛上勾出一道道的印

痕,仿佛在牵引着她的目光。

她猛地意识到自己走神了,急忙扭头,不与他对视。"唐烈峰,我说过你若靠近我,我对你不客气!"

他轻声道:"我只是为了躲那条水蛇,并不想冒犯你。"但嘴上是这样说,脚下却又往前跨了一步,几乎要贴到她身上来。

她赶紧退了一步,继续和他保持距离。

他见状,又前进了一步。

她又退。

两进两退,离岸边越来越近,水也越来越浅了。她越发生气了:"唐烈峰你到底想干什么?"

他的视线微微一低,落在她胸口。虽然是轻佻的举动,说的也是轻佻的话,但眼神里却没有轻佻,还是冷淡又严肃,道:"你再退,我可能就会看到一些我不应该看到的东西。"

她顿时意识到自己穿的是白色的上衣,被水打湿以后几乎就成了半透明的,她如果再往后退,水一旦低过胸口,胸前风光就要被他一览无余了。她急忙单手掩胸,另一只手向他出了一掌:"卑鄙!"

他接住她那一掌,抓着她的手腕,将她往自己身前一拉——她一个趔趄,额头正撞上他光洁的胸膛。

这一撞,她脸又红了。

他见她肤若白雪,面如飞霞,上衣轻斜,露了小半个香肩,玲珑的锁骨也若隐若现,他不禁有点儿心摇意动,眼神也迷离了起来。

但是,正事要紧,他急忙收了收心,道:"我说了我并不是想冒犯你,我只是——"说话间他突然伸手在她耳边轻轻一拂,然后便松开她,后退几步,扬起手中的东西,"想要这耳环!"

天凝一摸，耳垂空空的，鱼骨耳环果真被他摘走了。

她气不打一处来："这就是你的目的？哼，我还当你是信守承诺之人！"

唐烈峰拿到耳环，便微微地侧转了身体，不再正面对着她，也不再看她了。他道："从鹊桥仙脱险以后，我便想过要不要趁你昏迷拿走耳环，只是我那时也觉得我应该信守承诺，犹豫之后没有下手。但现在我改变主意了。"

他又道："我依然会信守承诺，助你击退紫血灵鹭。但是你的毒已经解了，我便少了一个筹码，我自然也要拿走一个你的筹码。华天凝，我知道随你回营之后等待我的局面会是什么，我得为我自己打算。我不想做砧板上的鱼肉，任人宰割。"

话虽然不中听，但说话的人态度却十分诚恳。天凝是气他，但又觉得，唐烈峰这人，言行举止，一旦诚恳起来，就像有魔力似的，能化掉她一半的愤怒。但她还是不服气，揶揄他道："别以为自己聪明，没有了耳环，我若对你起疑，可以不问情由直接杀了你！你还不是我的对手！"

这时，唐烈峰准备上岸了。天凝见他往岸边走，赶紧闭上眼睛。

唐烈峰一边走一边说："我知道你会杀我，但是不会不问情由就杀我。"他伸手以掌力一吸，放在岸边的衣服便飞进了手里，他迅速穿上，又道，"就像现在，我知道你不会看我一样。"

他回过头，见她还紧紧地闭着眼睛，一张樱桃小嘴也抿得紧紧的，那张脸上，紧张的表情里还带着几分委屈，他不免觉得这一刻的她有几分可爱，他又暗暗地笑了起来。

他走向花丛深处，背对水潭，盘腿坐下，道："一会儿你上岸之后把衣服弄干我们再走吧？我虽是小人，但现在我答应你，一定

不会再冒犯你,你大可放心。"最后他还补充,"既然毒已经解了,就别在水里泡着了,当心适得其反。"

她本来还憋了一肚子的气话,可是,到这里,却反倒被他这一连串的话打散了。她慢慢地睁开眼睛,望见他好整以暇端坐花丛的背影。不知为何,刚才他没穿衣服站在她面前她脸红也就罢了,现在他的衣服穿得好好的,她竟然又脸红了。

休息了一晚之后,天凝取回了还插在石壁里的紫原剑,然后便和唐烈峰一起踏上了返程之路。

返程时,他们没有遇到任何阻挠,紫血灵鹫已然销声匿迹。

因为紫血灵鹫的销声匿迹,天凝心头那种不好的预感一直都在。返程之路越平顺,她就越觉得忐忑。

越是忐忑,她就越着急赶路,想尽快回到军营。

这一次他们没有再走荒僻的山路,为了抓紧时间,他们走的都是最近的大路。又是几天几夜的紧赶慢赶,最后,比预期的十天多花费了四日,他们终于回到了军营。人还没有进营门,还在马背上,便远远看见那枯黄了一地的冬草之间,逆着风,有一个紫袍长发的男子负手而立。

男子听见马蹄声,缓缓回过头来。

即便他不回头,单是那背影,单是那隔着烟沙隔着红尘遥遥的一眼,天凝也知道,那是厉朝欢。

她满心的忐忑不安突然就在望见厉朝欢的这一刻达到了顶峰。

她两腿一夹马腹,马儿跑得更快了。

厉朝欢原地站着不动,看着远处的一人一马快速来到近前。白衣翩飞,他面带微笑注视着她:"你回来了。"她翻身下马,问道:"你怎么到这里来了?"似乎有点儿责之深,忧之切。

厉朝欢嚓了嚓嘴,开玩笑道:"我记得我以前就说过你吧,有的时候,你在我面前就是有点儿不分尊卑。"

天凝无奈道:"你是一城之主,这前线战场,不是你说来就来的。"

厉朝欢道:"我是一城之主,这第九荒里,有什么地方不是我说去就能去的?"

天凝有点儿哭笑不得:"一段时间不见,城主强人所难的功力又回来了。"厉朝欢淡淡一笑,问:"路上还顺利吗?"天凝点头道:"嗯,毒已经解了。"

这时,唐烈峰也跟上来了。由于不想被这里的士兵发现他的真实身份,所以他戴了一顶幂蓠,垂着黑纱,用以遮面。

厉朝欢看着他,挑眉问:"想必这位就是当初行刺我未遂,又兴风作浪不少的那位唐将军吧?"说罢,他又挤了个笑脸,道,"不过来者是客,更遑论现在我们还是合作的关系了,请入营吧!"

唐烈峰的脸隔着黑纱显得幽暗不明,天凝看不清楚他脸上的表情,只见他一言不发,牵马径自而去。

厉朝欢又对天凝道:"我们也进去吧。有什么话,进去再说。"

天凝隐隐觉得厉朝欢此时的举止有点儿刻意,好像是急于把他们带回军营内。她刚理了理马儿的缰绳,厉朝欢已经伸手过来,主动接过缰绳,拉着马儿跟上了唐烈峰。天凝也赶紧跟了过去。

这十几天来,由于天凝不在的时候,初云依照她的吩咐,扮成

她的样子在军中走动,所以士兵们都不知道此刻的大将军是远行归来。大家见她牵着马,还以为她只是去江船那边巡视了。

大家的反应也都和平时一样,看见她,便很有礼貌地向她简单地行个礼就走开了。

有几名士兵过来接马,又见和天凝一起的那个戴幂篱的男人衣着和气质都不俗,以为是她的朋友,自然也把他手里牵的马一并接过去了。

行至主帅营前,姜游正好从里面出来。冷不防看见天凝,他顿时喜出望外:"天凝!"

姜游小跑迎来:"你终于回来了!"

天凝正欲说话,厉朝欢却抢了先,道:"有什么话进去再说吧。"说着又回头对唐烈峰发出邀请,"你请——"

天凝给姜游递了个迷惑不解的眼色,姜游领会到了,但也顺着厉朝欢的意思,道:"你们先进去吧,我还要去给布将军送点儿伤药,送完药我再来。"说完,姜游深深地看了厉朝欢一眼。厉朝欢接到那眼神,心中有所盘算,但未动声色。

天凝问姜游道:"是布将军受伤了,还是他身边的人受伤了?"

姜游道:"是布将军,不过是皮外伤,伤得不重,你放心吧。"

天凝道:"好,那你去吧。我稍后再去看他。"

姜游快步离开了。厉朝欢打起门口布帘,让天凝和唐烈峰先进,自己才跟着进去。

此时,初云不在营帐里。

天凝料想厉朝欢着急拉她回营是有原因的,所以她便没有出声,把话语权交给他。厉朝欢问她这一路是否辛苦,可有遇到什么麻烦,说的都是些无关痛痒的话,对于此刻两军的战况倒只字未提。

唐烈峰坐在一旁,还是一味沉默。黑纱下的脸在阳光减弱的室内显得更模糊了。

过了一会儿,姜游回来了。一进来,先看向厉朝欢,四目一对,室内气氛忽然变得微妙起来。

姜游道:"天凝,我有件事要告诉你。"

厉朝欢也道:"我也有件事要告诉你。"

天凝看了看他二人,姜游的表情十分严肃,而厉朝欢却是微微笑着的。她觉得他们俩都有点儿奇怪,问道:"那我应该先听谁说呢?"

姜游打算让厉朝欢先说,便不作声了。厉朝欢道:"紫血灵鹫退了。"

天凝不无吃惊:"何谓退了?"

姜游道:"退战,回到焚鼓山了。"

天凝偷偷看了一眼仍端坐不动的唐烈峰。她似乎明白刚才厉朝欢着急领他们回营的原因了。

假如紫血灵鹫退了,唐烈峰就不再有利用价值,他自己也会很清楚这一点,他必定会立刻逃走。

以营地为瓮,人进来了,他们才好瓮中捉鳖。

实则刚才姜游也不是去给布将军送伤药,布将军根本没有受伤。他是去布置人手了。此刻,主帅营外有步兵三百,弓箭手三百,还有石、卿两位将军坐镇其中,大家都在屏息等待着营内的信号,准备对付唐烈峰。活捉不了,便杀之。敌方的这一员大将,

他们是无论如何不能放过的。

厉朝欢听姜游谎称给布将军送药，他便猜到他另有谋算，所以他刚才也故意顾左右而言他，拖到姜游回来。

姜游一回来，说话间，人也暗暗地在向唐烈峰靠拢。他单手藏在身后，掌心里，真气凝聚。

宛如箭已上弦，爆发只在瞬息之间。

这一刻，幂蓠之下的唐烈峰表情晦暗难辨，但从肢体来看，他仍是气定神闲，仿佛并没有意识到杀气逼近。身前的矮几上还有茶具，他正好口渴了，便翻过一只杯子，提壶缓缓地倒了些已经凉透的茶水出来。正举杯欲饮，忽然，布帘轻轻一动，一个身影拔地而起，伴随着女子顽皮的说笑声，众人都听到了："嘻嘻，什么破鸟，当我傻啊，我打不过你，我还不会跑吗？"

初云回来了。

小白蚁一落地，就变回了窈窕的女子。初云一看，被营内的四人吓了一跳。"啊？大将军！……你回来了？城主也在啊？呃，见过……哎！算了，不见了，刚刚那破鸟啄得我膝盖疼，我也不好跪。"她揉着膝盖，又用手指了指，"原来是大将军回来了，我说外面怎么那么多……"

"初云！"姜游打断她，"我们在议事，你先出去。"

初云委屈道："可是我出去的话，那只破鸟又会欺负我！我就在这里面不打扰……"她说着，扫视周围，目光正好落在唐烈峰身上，瞬间便收起了嬉笑的表情，瞳孔一缩，指着他问："这个人是谁？"

初云这一问，天凝转念一想，突然意识到不对劲。她一个旋身，快移到唐烈峰身边，将幂蓠一掀，黑纱过脸的那一瞬间，坐着的男人骤然露出了完全陌生的五官。这个人根本不是唐烈峰！

回营之后，天凝一直觉得唐烈峰的镇定之中还有几分懒散，在这种时候，她不奇怪他的镇定，但是，她觉得他不应该懒散。初云那么一问，犹如醍醐灌顶。因为初云是最善于凭气息辨人的，她为唐烈峰渡过气，熟悉他的气息，但她刚才却是一副见了陌生人的反应，天凝便意识到有问题了。

陌生的男人是白渊族的一名死士。

那顶幂蓠被施了障眼法，他戴着幂蓠的时候，在别人眼里，便是唐烈峰的五官轮廓。

幂蓠一摘，原形毕露，须臾，死士就咬舌自尽了。

姜游遣散了帐外的人，又命人进来把死士的尸体抬走以后，他问天凝道："他是几时开始戴幂蓠的？"

天凝道："是今晨我们离开客栈的时候。"

初云嘀咕："这障眼法比我施得还好，我都活了几百年了，比我还会用障眼法的人不简单哪。"

天凝眉头轻皱，若有所思："他难道早就已经知道紫血灵鹫退战了？"虽然回来的这一路风平浪静，墨玉江附近也暂时不见紫血灵鹫的踪影，但是，天凝并没有想到紫血灵鹫退战这个可能性，毕竟这是白渊族付出代价换来的合作，请来紫血灵鹫，白渊族就已经做好了破釜沉舟的准备，退战几乎是不可能的事情。她只是以为最近双方并没有开战，所以紫血灵鹫也暂时偃旗息鼓了。

姜游叹气道："其实，他若早知道紫血灵鹫会退战，也不奇怪了。"

天凝隐约觉得姜游应该是有一件很重要的事情要告诉她，比刚才厉朝欢说紫血灵鹫退战还重要。她问："为什么这么说？小师

叔,刚刚你们还没有告诉我,紫血灵鹫何以会突然退出了?"

初云立刻低头不吭声了。姜游看了看厉朝欢,略有犹豫,厉朝欢道:"我来说吧。紫血灵鹫退战,是因为我。"

天凝吃了一惊,道:"何出此言?"

厉朝欢走到门口,打起帘子,不多时,半空之中有一只通体雪白的乌鸦飞了下来,停在他的肩膀上。

初云见状,急忙往姜游的身后躲了躲,抓着姜游的胳膊瑟瑟缩缩对厉朝欢道:"你可看好这只破鸟,我不想跟它玩儿了!哪天它要是真把我吃了,黄泉路上我看见你,就算你是城主,我也要把你给咬一身的窟窿!"天凝闻言,心头一紧,问初云:"什么叫黄泉路上看见他?"初云贴在姜游背后,小声说:"大叔,大将军她好像不认识这只破鸟,你快告诉她吧。"

姜游还是没说话,还是厉朝欢继续解释道:"它叫白鸦姽婳,和紫血灵鹫一样,也生于焚鼓山中。"

"白鸦姽婳"四个字一出口,天凝忽然变了脸色。"白鸦姽婳?"她看着姜游,"是师父在群医宴上……提到过的……白鸦姽婳?"一句话,断了三次,用了好些力气,才推着自己把完整的意思表达出来。

姜游的眼睑微微一沉,以示默认。

天凝不禁觉得脚步虚浮,像是站不稳,往后跌了一步。她慢慢地抬起头,眼神有些冷厉地直视着厉朝欢:"召唤白鸦姽婳的人,难道是你?"厉朝欢淡淡地点了点头,道:"是我。"

帐外似有风起,风声如泣。天凝终于明白初云为何会提黄泉路了。

早些时日,厉朝欢还在荒越城里,每天都有人向他汇报边关战事。白渊族请来紫血灵鹫助阵，他是知道的。因为紫血灵鹫的参与而导致我军处境越发不利，他也一清二楚。

理智告诉他，身为一城之主，他理应对战事牵挂忧心，甚至为此出谋划策。但是，对现在的他而言，他是在扮演从前的厉朝欢，扮演一个勤政爱民的好城主。实则每当汇报军情的人一离开，他的心就散了，他无精打采，也懒得思考战事。有一日，他便出了府，漫无目的在大街上游走，不知去向何处，恍惚连自己来自何处也分不清楚了。就在这时，他遇到了一个人。

那个人请他喝了一坛酒。接着那个人还告诉他，自己知道如何击退紫血灵鹫。

起初厉朝欢并不太相信那人所言，因为他觉得那人看起来有点儿疯疯癫癫。但是，当他亲眼看到那人利用一只蚂蚁便杀死了闯入狩猎场的一只百年兽的时候，他开始觉得那人的能力不可小觑。

后来，城里有金头蛇四处咬人作恶，大家都不敢抓蛇，因为都知道金头蛇浑身是毒，谁碰一碰都活不过七步。结果又是那人，赤手抓蛇不说，还以蛇鳞割腕放血，他告诉众人，这便是解金头蛇毒的办法。

那人似乎知道很多别人不知道的奇闻怪事，那人也有独秘丹方。他渐渐取得了厉朝欢的信任，也渐渐说服了他，身为一城之主，挑一族之重责，甚至担负整个第九荒的命运，他不可以对战事漫不经心。他鼓励他到墨玉江去，为前线战事出一分力——以黑木为心的厉朝欢可以很难被说服，但也可以很容易被说服。现在的他，一直活在两种极端里。

当厉朝欢向天凝描述那个人的时候，天凝的反应就和当初他向姜游描述那个人的时候一样。他们都不难猜到，那个人虽然一直对厉朝欢隐瞒自己的身份姓名，但是，就是他没错。

他就是芒鞋翁。

芒鞋翁告诉厉朝欢,阴阳相辅,生死相承,紫血灵鹫生于焚鼓山,在焚鼓山之中,就必然暗藏其天敌。

而紫血灵鹫的天敌就是白鸦姽嫿。

一只白鸦姽嫿的叫声就足以扰乱一群紫血灵鹫的心智,令它们相互残杀,敌我不分。

所以,荒越族要击退紫血灵鹫,只需要借助于一只白鸦姽嫿。

厉朝欢便听了芒鞋翁的,离开荒越城,赶来墨玉江,打算把白鸦姽嫿能对付紫血灵鹫这件事告诉天凝和姜游。但就在他抵达墨玉江的前一天,白渊族突然发动所有的紫血灵鹫对荒越族展开猛攻,情势十分危急,厉朝欢便在芒鞋翁的鼓动下,不等见到天凝和姜游便召唤了白鸦姽嫿。

紫血灵鹫见来的是自己的天敌,哪里还顾得上和白渊族有约在先,不出半日,尚且清醒着的那些就由灵鹫大尊者引头,撤离了墨玉江,飞回了焚鼓山。天凝和唐烈峰在地缝里的时候,追击他们的紫血灵鹫之所以忽然离开,也是因为感受到了大尊者的召唤,飞回焚鼓山去了。

当大战告捷,强敌尽退,所有的士兵都振奋鼓舞的时候,姜游看见厉朝欢带着一队人马穿云踏雾而来,他先是一惊,后是一喜,最后,却是心头 痛。

厉朝欢知道召唤白鸦姽嫿的后果。这后果姜游知道,天凝也知道。姜游和天凝都是从几年前的群医宴上得知白鸦姽嫿的。对他们而言,白鸦姽嫿的存在就是一个传说。他们都不曾亲眼见过。

而厉朝欢得知白鸦姽嫿,其实比他们更早。

厉朝欢幼年时便随父亲去过第五荒,有一次听当地人说起,在焚鼓山中,有一种十分罕见的白色乌鸦,这种乌鸦能通人性,而且上天入地无所不能,灵力十分强大,人若是和它建立主仆关系,它就会不惜一切为这个主人实现其任何心愿。但是,这种关系最多只能维持一百天。

因为,和白鸦姽婳建立主仆关系是要付出代价的。

这个代价就是以命相抵。

召唤了白鸦姽婳的人,最多只能再活一百天。这个人的余生里除了这一百天以外的所有寿命,都会被白鸦姽婳吞食。

白鸦姽婳的修炼正是以人的寿命为助力。

虽然这个传说听起来颇为模糊,谁都不知道一只乌鸦究竟如何以寿命这种无形的东西为食,但是,第五荒里,召唤过白鸦姽婳的人并不算少,这些人的故事,便由他们身边的人流传开来,无一例外,他们在和白鸦姽婳建立了主仆关系以后,生命都在第一百天,甚至更早就结束了。

有人是为了名,有人是为了利,有人为仇恨情爱,为刹那的花开,有人后悔,也有人至死不悔。

幼年厉朝欢在听到白鸦姽婳的传说时,便笑那些人痴傻,这世间有什么是值得以命相抵的呢?

他怎么都不会想到,多年以后自己却成了被自己嘲笑过的痴傻的人。

不过,以前大家所知的白鸦姽婳的传说,并未提及它还是紫血灵鹫的天敌。知道天敌一说的,只有博闻强识的芒鞋翁。

芒鞋翁曾经以为,唐烈峰向成弗靠拢,欲解除跟紫血灵鹫的合

作关系,他只需要在军中随便找一名死士,召唤白鸦姽婳便可以了。但唐烈峰却不打算这么做。一来,他若安排死士召唤白鸦姽婳,此事若稍有不慎,被人知道,他必然会落个欺君叛国的罪名。二来,他想解花朝映雪,都凛却有意不给他机会,他知道自己如果一意孤行前去玲珑苦海,都凛应该会趁机治他的罪。

所以,他需要一个保障。

这份保障必须有足够的分量,在都凛想对他兴师问罪的时候,可以令他用以自保。

这份保障最好还能惊动女皇,也让女皇看到他的能力。

这份保障就是厉朝欢。

唐烈峰在离营之前就已经暗中派人给女皇送了一封密函,他没有在密函里详述他的计划,只是言简意赅地表示,无论自己的行为如何令女皇不理解,都是暂时的,他希望女皇有足够的耐心静候佳音。

同时,唐烈峰也料到,一旦都凛发现他去了玲珑苦海,很有可能会从中作梗,甚至借此机会拔掉他这颗眼中钉,所以,如果有华天凝与自己同行,对自己的安全也多一份保障。更何况,将天凝调离军队,隔开她和厉朝欢,她也就没那么容易阻止他召唤白鸦姽婳,这也是好处之一。

当初唐烈峰告诉天凝,他与成弗结盟,还有成弗和都凛之间的嫌隙算计,还包括他向上爬的野心,这些都是真的,并无虚言。而他提出以紫原剑气引雷电,也的确是逼退紫血灵鹫的两种方法之一。

但是,所有的真话他都只说了一半。

鱼骨耳环对唐烈峰的作用并不如预期,或者说,并不如对其他人那么有效,这一点,在后来很长的一段时间里,天凝一旦想起,都觉得心有余悸。她是低估唐烈峰了。这个人有着超于常人的意志，他的意志强大到足可以达成心神统一，说服他自己，谎言也是真相，一半的真相也等同于全部真相。

这个人，看似真诚，却诡计多端。但看似诡计多端，却也不乏真诚。

她总是在观察他，揣摩他，想知己知彼，可到头来却发现，她大概从未看清楚过他。

有且仅有的一点，她相信自己没有判断错误的是，这个人，将会是自己最难对付的敌人。

主帅营中，天凝望着站在厉朝欢肩上的白鸦姽婳，那白色的羽毛纤尘不染，白得有些刺眼。她缓缓说道："我原本也好奇，唐烈峰的行踪既然被都凛发现了，都凛派紫血灵鹫来追杀他，即便杀不了他，他回到军营，也一样可以被判个违反军规、与敌为谋的罪名，他要如何脱罪？我想他既然步步为营，必然也有自己的应对方法……只是我没有想到他用来自保的手段，是你！"

她看着厉朝欢，眼底心底已然痛意翻涌。

厉朝欢召唤了白鸦姽婳，就意味着他的寿命最多只有一百天了。

而令厉朝欢召唤白鸦姽婳，令他的寿命变得只剩一百天，唐烈峰可以以此将功抵过，使自己免于受责，同时还能博取哥舒意的赞赏欢心，这是一举两得。他很早便已经开始策划此事了。

是唐烈峰让芒鞋翁去荒越城接近并且引导如今心智不明的厉朝欢，也是唐烈峰，与成弗约定，在厉朝欢快要到达墨玉江时，安排所有的紫血灵鹫发动一次殊死的猛攻，制造兵临城下的危急感。

在前往玲珑苦海的途中,紫血灵鹫穷追不舍,唐烈峰便知道,芒鞋翁还没有引厉朝欢中圈套。假如芒鞋翁这边一直不成功,那最后他还是得借助华天凝的力量来对付紫血灵鹫,所以,他仍是不遗余力保护她。直到在地缝中,紫血灵鹫忽然撤离,他便确定,他的计划成功了。他料想厉朝欢已经召唤了白鸦妧婳,逼退了紫血灵鹫,既然如此,他也不能再跟天凝回军营了。因为荒越族已经不需要他提供信息来对付灵鹫大尊者,他便失去了利用的价值,他如果跟随天凝回军营,对方不是会生擒他作为战俘,就是会群起攻之杀了他。

也正是因为他从那时起便动了金蝉脱壳的念头,所以他才会决意抢走耳环,免除自身威胁。他还暗中向芒鞋翁传递了信号,要芒鞋翁在他们回程必经的客栈里等他,并用障眼法为他制造了一个替身。

然而,唐烈峰每一步虽然都计算得精妙无误,却有一点是他没有料到的。

他以为芒鞋翁既然知道如何解花朝映雪,也知道如何战胜紫血灵鹫,他应该也知道怎样化去他体内苏尾鱼丹的效力,令他不再受那鱼骨耳环的威胁。但是,偏偏这一点,芒鞋翁做不到。

同一天,当天凝摘掉死士幂篱的时候,唐烈峰已安然回到了白渊族的江边驻地。当天凝和姜游、厉朝欢等人在营帐里梳理事情的来龙去脉时,唐烈峰从芒鞋翁那里得知,他虽然能解这世间很多的疑难,但是,唯独对苏尾鱼束手无策。

当天凝望着站在厉朝欢肩上的白鸦妧婳,觉得那白色的羽毛纤尘不染,白得有些刺眼的时候——

唐烈峰只得无奈地将那枚鱼骨耳环收在了一个锦盒里。

紫色的耳环,被锦盒里明黄的绒布衬着,更显得色泽饱满,有一种高贵之气。

这一刻，他想到了耳环的主人。

他想到了夜龙台前和她的初见；想到了城主府外，和她再次交手；想到了迷宫树林里的夜色清风，此时，一低头还能看见那晚自己曾经揽过她的一双手和被她倚靠过的肩头。

他想到了他曾在洛神塔上望她飒爽身姿，凛然而来；也曾在古阴山的结界里，看她眉眼亲近，薄唇相送。想到了他吻着她的那一刻，七情六欲回来的那一刻，如花开瞬间的心摇意动。

那也是他的整个小半生里，最初的一次心摇意动。

他想到了和她一起掉下地缝时，彼此不谋而合的默契，还有抛开立场，敢于交托生死的豪情与硬朗；也想到了水池中她湿发贴肩、面飞红霞的娇羞与温柔。

他想到了她身上来自风邪草的独特幽香，想到了她问他："你知道风邪草的寓意是什么吗？"

黄，粱，一，梦。

他心头猛然一惊，神情肃然，用力合上了锦盒的盖子。

良久，他又施施然地笑了。

黄粱一梦，何须介怀？

很快，女皇的圣旨便送到了军营。这道圣旨是下给都凛的。哥舒意得知唐烈峰用计令厉朝欢召唤了白鸦姽婳，对此她十分满意，表示都凛无须追究唐烈峰被迫脱离死士身份，以及离营和华天凝前去玲珑苦海解毒一事。圣旨中还提到，升唐烈峰为三品忠威将军，和呼延汀齐平。此后大大小小的军事决策，都凛都不可以只和成弗、呼延汀等人商议，唐烈峰也要参与其中。

唐烈峰很快提出,以四面包抄以及暗度陈仓之策双管齐下,他再亲自率领一批死士潜入荒越军营,在白渊族发动全面进攻时,里应外合,重挫荒越军。

一个月之后,白渊族破江成功,数十万白渊军浩浩荡荡渡过了墨玉江,荒越军队只能被迫放弃了墨玉江防线,撤退到慧极前山的应天谷。这里是荒越族的第二道防线。

与此同时,风言风语一直在荒越军队里流传不息,有人开始传城主只剩百日不到的寿命了。也有人说城主是为了救大家,召唤了邪灵,才逼退了紫血灵鹫。还有人说,现在城主的心已经跟白渊族死士的心一样,是木头雕的了,还说他是死而复生,是大将军隐瞒了他的死讯,再以非常的手段将他复活。甚至有人说,由于大将军没能守住墨玉江,城主对她颇为不满,两人在主帅营里吵得不可开交,以木为心的城主丝毫也不体谅大将军的付出和艰辛了。

这些言论,从墨玉江畔一直跟到了应天谷里。大家都难辨其中的真假,但是又都为此惴惴不安。尤其是在看见那只白鸦的时候,一般人都会特别谨慎,尽量躲开,像是生怕被它害了。

军队在应天谷里安顿下来的第二天,慈航谷便来了人。二长老孙谈带来了天凝和姜游一直苦苦等待的东西——

一瓶新制好的百灵圣泉。

孙谈跟着姜游,直接把百灵圣泉送到了厉朝欢的营帐里。那时,天凝正在和几位将军商议新的作战计划。

已经是深夜了,风过松竹,万籁俱寂。整片黑压压的谷地里,只有两处光亮。一处照着天凝,一处照着厉朝欢。

夜再深一些的时候,其中一处光也灭了。

厉朝欢已经喝下了百灵圣泉。由于他本身正好有伤寒在身,药水起效后导致他有些气闷头疼,他便倒在床上睡着了。

天凝和众将军的会议到拂晓才结束,一结束她便问初云,是不是慈航谷的孙长老来了。

初云说是。天凝心中也不知道是忐忑还是紧张又或是喜悦、还有难过惋惜,种种复杂的情绪都随着那初升的旭日一起涌了上来,漫天漫地。

她跑出了主帅营,跑到厉朝欢的营帐前,正好看姜游从里面出来,她问他:"他是不是……"

姜游点了点头:"嗯,恢复了。不过现在还睡着。"

她有点儿僵硬地抽了抽嘴角,笑得很勉强,道:"我去叫醒他!"手刚碰到门帘,却缓缓放了下来。

她改变主意了。她没有进去,而是朝着营地外无人僻静的一片荒地里走去。

半人多高的野草,在这个季节是枯萎的焦黄色,风一吹,翻起层层黯淡的波浪。

她站在其中,感觉自己仿佛也要被风吹得东倒西歪,飞上九重云霄。

姜游跟了过来。一开始什么也没说,就站在天凝旁边,和她一起静静地看着这满眼的萧索。

过了一会儿,天凝轻声问道:"他是什么反应?"姜游道:"好像没什么反应,告诉他喝了百灵圣泉就能做回从前的厉朝欢,他就一饮而尽了。"他又问道,"你不去看看他?"

天凝摇了摇头。

她又道:"我信世事无绝对,我们曾经以为花朝映雪无药可解,但最后还是解了;我们那么担心对付不了紫血灵鹫,但其实对

付紫血灵鹫还不止一种方法。所以，这一次我们也能救他的。"

姜游道："我们的人会尽量找到芒鞋翁的，找到芒鞋翁或许就有希望了。我也跟二师兄说了，他回去会带话给大师兄，让他利用几大家族在第四荒的力量，一起想办法救城主。"

天凝勉强笑了笑："我知道，有你在，你会把这些都安排妥当的。"

姜游指着远方的一座山峰，问道："看见了吗？那是飞花岭。"

天凝眺望道："你我之间唯一的一次交手，就是在飞花岭。"

姜游摸了摸鼻梁，笑道："那叫交手吗？不就是打架吗？"天凝道："打架说起来不好听。"

他道："我都说绿头蜘蛛的唾液可以治吸血虫的咬伤了。"

她道："我却偏说，要红头蜘蛛的唾液才可以。"

他道："你初来慈航谷，却偏爱逞强，脾气犟得像头牛。"

她噘了噘嘴，道："其实我也不是想逞强，就是觉得你瞧不起我，把我当成只会舞刀弄枪的粗人，在背后说我学不到师父半成医术，我不服气，所以偏就爱在你面前犟，想让你对我刮目相看。"

他道："结果那次还不是我对了，是绿头蜘蛛，不是吗？"

她道："嗯！后来我们就打起来了，打架你可打不过我。"

他道："还好意思说？我额头被你一拳打了个包，半个月才好，其他人见了我都笑我，说我额头肿起来像寿星公。"

她忍不住笑了："我还记得你当时的样子，看见你生气，我倒什么气都消了。"

他也笑道："是啊，我还记得那次在飞花岭上，我说你这姑娘脾气硬，心性又高冷，一点儿也不温柔，将来没人愿意娶你，你嫁不出去。"

她接道:"我就说你这人做什么都慢条斯理,还总爱替别人拿主意,表面谦虚实则专断自负,也没姑娘喜欢你这样的人。"

他道:"我骂你不懂欣赏,说我姜游以后娶到的,一定是这世间举世无双的好姑娘。"

她道:"我也说,我华天凝以后要嫁的,也一定是这世间最勇猛无匹的好儿郎!"

说到这里,两个人忽然都觉得胸口一滞,喉咙一堵,都沉默了。

他有他的心事。她也有她的心事。

一阵风过,他隐隐察觉身旁的人缓缓把头低了下去,迟迟没有抬起来。他扭头一看,她竟然在哭。

他不是没有见过她哭。

他大概是这世上唯一的一个见过铁血女将军华天凝流泪的男子。

他上一次见她哭,是在他告诉她,厉朝欢已经没有生命迹象的时候。再上一次,是在厉朝欢重伤昏迷的时候,她抓着他的衣袖,泣声哀求他,无论如何,一定要保住他。

记忆中,她每一次哭,都是为了厉朝欢;每一次哭,他都在场。

每一次哭,都能把他的心哭碎了。

每一次哭,他都恨不得可以把她抱进怀里,温柔安慰。以前,每一次他都没有。但这一次,他改变主意了。

他缓缓伸出手,试着去抱她的肩膀,将她的头轻轻地按向自己的胸口。

他的动作真的很轻很缓,像是生怕速度一快,力气一大,她就会被自己弄碎了,化成云烟,飞走不见。

她没有抗拒，顺着他，也将额头轻轻地抵在他胸前。

她在想自己为何就兵败至此，想那些被火烧掉的船只与粮仓，想那些惨死在战场的无名战士。想百灵圣泉为什么不能早一点儿制成，在厉朝欢决定召唤白鸦姽婳之前制成，局面就会不一样吧？想若是自己没有听信唐烈峰，随他去玲珑苦海，局面也会不一样吧？……一直以来发生的种种，积压在她心底，这一刻，如山洪，似海啸，铺天盖地而来。她心底更有一种压制不住的恐惧，她担心花朝映雪能解，紫血灵鹫能退，但偏就是白鸦姽婳不能对付，她怕厉朝欢会死。

她怕自己会失去他。

她也是憧憬过要嫁这世间最勇猛无匹的好儿郎的。她曾经希望那个好儿郎就是他。

她怕这希望终将落空。

姜游抱着她，他的怀抱令她感到温暖又踏实。她忽然觉得委屈好像加了倍，鼻头更酸，眼泪更汹涌了。

此时，天色渐亮，厉朝欢被从帐顶射下来的阳光晃到眼睛，幽幽醒转，第一反应便是探了探自己的胸口。胸腔里不再是冷冰冰的，一股暖热从那里开始向着身体的各个角落蔓延。他愣了愣，坐在床边，双手撑着床沿，两眼放空地盯着地面。

除了暖意，心中还有痛意。

恍如大梦一场，终于梦醒了。

他还记得他告诉天凝自己召唤了白鸦姽婳的那天，天凝问他："召唤白鸦姽婳的人，难道是你？"他只是淡淡地点了点头，道："是我。"他知道他就快要死了，寿命剩下一百天不到，但是，那时，他对于自己将死这件事情，并没有任何感觉。他看到了天凝眼中的痛苦，可他自己却不觉得痛苦。

然而，现在，他痛苦了。

是一个正常的人对于自己生命将逝、时日无多的痛苦与恐惧。

他又想起军中的风言风语，想起士兵们看到他和白鸦妩媚的时候，眼神中流露出的困惑和恐慌，想到自己将死这件事情带给大家的冲击和惶然，他这时才明白自己做了怎样一个错误的决定。

他恍恍惚惚打量着帐内陈设，目光所过之处，所有的事物却都不入眼，不过心。他又恍恍惚惚站了起来。

这一刻，他只想见一个人。那就是天凝。他有很多的话想对她说。

他出了营帐，看见初云，问她大将军在哪儿，初云说，她好像和姜游往南边去了。他便也往南边走去。

初云想了想，也跟了过去。

南边的荒草地，半人多高的野草，在这个季节是枯萎的焦黄色，风一吹，翻起层层黯淡的波浪。

厉朝欢和初云都看到了两道面对面站着的人影，女子轻轻低着头，身体前倾，额头抵在男子的胸口。男子一只手抱着她的肩，一只手轻轻地拍着她的头，动作极尽温柔。

那画面，仿佛是这苍茫天地间最绚烂唯美的一个存在。

厉朝欢不忍心打扰这存在。

初云不敢打扰这存在。

他们都没有再往前走了，便静静地站着，看着。

一时之间，各怀心事的人，百感交集的人，从两个人，变成了四个人。

又过了一会儿，远处飘来了号角声。

有一批白渊族的军队正在以极快的速度朝应天谷的方向挺进，领头的人正是唐烈峰。

策马疾驰的唐烈峰再次穿上了他的白色战袍，一如昔日的夜龙台上，云涌风起，白衣如故。

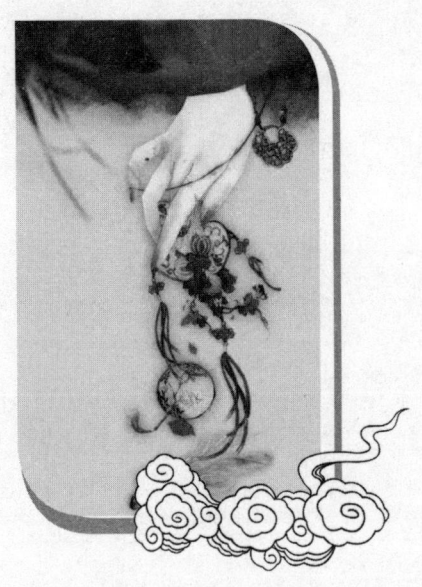

番外篇
君有意

唐烈峰跨入大殿的时候，大殿外，远空有落霞余晖，近处细雨蒙蒙，是个晴雨相间的黄昏。意气风发的少年郎跟在一个红衣女人的身后。而大殿正中的镏金椅上，一族之皇已经等候他们多时。

那不是哥舒意第一次见唐烈峰，身为君臣，交集常有，但她以前几乎不曾正眼看过官职低微的他。

炼术师班嬛说终于有人自愿做她的实验者，主动提出接受死士的改造。此刻，班嬛便带着这个人来见女皇。

哥舒意一见唐烈峰，嘴角轻轻勾起一抹笑意。

原来，我族之中竟有如此英武的男子，她甚是喜欢。

两天之后，哥舒意闲来无事，在御书房里把玩着官员刚送来的琉璃盏，班嬛又来了，说唐烈峰想再求见女皇。

唐烈峰走进御书房，哥舒意遣退了班嬛等人，只留下他和她单独在御书房里。

他单膝跪地,不卑不亢道:"微臣尚有一事想求女皇答应。"

哥舒意饶有兴致:"你说。"

唐烈峰道:"虽然朝廷有言在先,死士只需要服役十年,十年后便可以得到大笔的财富回报,解甲投戈,安度余生。但微臣想,十年后,即便我的死士身份得以解除,但那时我所得到的地位,我也不会拱手让给任何人。"

哥舒意媚眼如丝,姿容妩媚,她笑问道:"你觉得十年后你会在什么位置?"

唐烈峰胸有成竹道:"大将军。"

哥舒意想了想,道:"你若不想离开,我自然不会强迫你。你若真能做到大将军,朝廷又怎舍得损失这一员猛将?"

但她心知肚明,唐烈峰是做不到大将军的。

因为换上黑木之心的死士会变得冷漠麻木,只不过是个傀儡,哥舒意和班嬛打算暂时隐瞒这个后果。一个傀儡是不可能掌大权的。青年把雄心壮志都写在了他的眉宇之间,她觉得他单纯得有点儿可爱。

唐烈峰见协议达成,起身欲告退,哥舒意却喊住他,媚眼轻轻地扫过他结实的胸膛:"你怕不怕班嬛又失败,你的下场会落得跟那个死囚一样?"唐烈峰恭敬道:"大丈夫何惧一死。"

哥舒意笑了笑:"你想出人头地,其实并不是只有做死士这一个方法。"

有些话不需要哥舒意挑明,唐烈峰从她的神态动作、再就着外间对女皇的种种议论便可以明白个大概了。

但他拒绝了她。

从来没有人拒绝过女皇,唐烈峰是第一个。

后宫三千,她的枕边夜夜有人相伴。

她总是害怕一个人。

黑夜里有人相伴,她才能睡得踏实。否则她宁可醒着,点亮室内所有的灯盏,直到黎明。

她始终无法忘记,在三十多年以前,身为族长的父亲带着族人夜袭荒越城,却被敌人反将一军,落荒而逃。走投无路之下,父亲以一面月神之镜缔结了一个封印,将她和她的未婚夫墨湮寻藏在封印里。

整整三十年,他们不老不死,宛如被溺进了深海,被活埋在地底,躺在漆黑无光的世界做着两个活死人。

三十年后,封印自动解除,她还记得父亲的遗言,是要她重新带领族人向荒越族讨回所有的血债。她照做了。她机关算尽,手段残暴,用计杀掉了当时的荒越城城主厉殷枭,就连那时荒越族的天命神女虚晚庭也因为中了她的计而入了魔道,被封印在雾凇顶的千年冰川之中。

哥舒意得到了很多她想得到的东西,权势、地位、胜利,但唯独输在一个情字。

被唐烈峰拒绝了以后,哥舒意便回想起,大概曾经也有这样一个晚风微凉的早夜,在荒芜的野地里,她和墨湮寻坐在火堆边,一个低头拨弄柴火,一个轻轻地整理被江水打湿的裙裾。

那是他们刚脱离封印不久,墨湮寻虽然反对哥舒意再向荒越族报复,不想看到无辜的平民百姓受害,但那时,他们即便意见不一致,也还能平心静气地相处。当一阵凉风吹过,她觉得冷,打了个喷嚏,墨湮寻看了她一眼,脱掉自己的外衣递给她。她却丢开那件外衣,扑到他身后,紧紧抱着他的腰。

"我冷。"

火光映着男子冷峻的面容,墨湮寻的目光之寡淡,大抵就如刚才的唐烈峰一般吧?

他轻轻地推开了她,道:"冷就把衣服披上吧。"

哥舒意从来就是好强胆大的女子,墨湮寻的态度令她心头一堵,她道:"你我若不是被封印,父亲早就让我们成婚了,这些年来,我也早已经视你为我的夫君,你却好像连碰我一下都觉得难受!"

墨湮寻叹了一口气道:"小意,我也当你是我的亲人。我尊重你。"

婚约是由父辈人订下的,订婚约的时候,他们还都只是刚学会走路的孩子。墨湮寻并不爱自己,她知道。

被封印的三十年,他就躺在她身边,牵着她的手,从未松开过。

但离开封印,他却再也没有牵过她的手。

手指间的空洞令她总是想在黑夜里抓住些什么,所以,当她意识到自己无论如何都无法再挽回心爱之人的时候,她放弃了。分明这世间有那么多愿意向自己投怀送抱的男人,她何必眷恋最无情的那一个!

他不爱自己,他爱上了别的女人,那她就要毁了那个女人。她若不幸福,他们怎么可以幸福!

她的确毁了虚晚庭。

几年前的那一仗,哥舒意可以算是大获全胜,她令所有人都掉进了她设计的圈套里,令虚晚庭成了杀人不眨眼的狂魔。墨湮寻和厉朝欢等人虽然暂时制住了虚晚庭,令她陷入昏迷,可是,她一旦苏醒,魔性复燃,便很难有人再对付得了她,她会杀尽目之所及的一切活物。

那时的哥舒意几乎为自己的成功而陷入疯狂，既大喜又大悲。她还记得她不断地催促墨湮寻在虚晚庭苏醒之前杀了她，她极度渴望看到那一幕，她嘶声地吼问他："湮寻，你不是素来反对杀戮，以慈悲为怀吗？为什么还不杀她？为什么不？……墨湮寻，你知道她醒来以后会有什么后果，何必还姑息她呢？你怎么可以给她那么多的宽容，却连半点儿也不肯给我啊？"

但墨湮寻始终沉默不语。最后，他温柔地抱起昏迷不醒的虚晚庭，决绝而去。只留给哥舒意一个漠然的背影。

他连再看她一眼都吝啬。

后来，他们离开荒越城，动身前往雾凇顶的那天，城门外，哥舒意乔装站在人群里。

她看见厉朝欢和她一样，也站在城门口，强压着心中的万点汹涌，静静地目送着两人骑马远去。

那一刻，他们都是伤情者。

这情伤，一伤就伤了一生。

这夜，看着唐烈峰走出御书房，哥舒意吩咐门前的宫人："传都凛来见我。"

大将军都凛并非后宫中人，却是最得女皇宠爱的一个。因为他是一个愿意用尽浑身的解数来讨好女皇的人。

都凛来了之后，哥舒意将自己被唐烈峰拒绝时的怒火全都发泄在他的身上，却见他还是奴颜婢膝，曲意逢迎，她忽然觉得有点儿厌倦他了。

哥舒意的眼前又浮现出唐烈峰的脸，不知为何，萦绕不散。

十天过后,当哥舒意再次见到唐烈峰,昔日那个面目发光的少年忽然变得暗淡无光了。

他已经是黑木做心的死士了。

她要他走他就走,要他跪他就跪,但是,她却忽然觉得,面对一个仿佛是雕刻出来的木偶,没有半点儿风情,这样的男人她不稀罕了。此后她只将他视为一个活招牌,给他建功立业的机会,对他加官晋爵,借他来告诉族人,死士计划是积极可行的。

唐烈峰受封做四品忠怀将军的那天,后宫里还出了一场闹剧。哥舒意颇为宠爱的一位皇夫被人揭发和宫女有染,哥舒意一怒之下,下令将两人处死。皇夫哭啼求饶,宫女却失去了理智,对女皇破口大骂。他们都跪在御花园中,水榭一角,宫女已经被打得满手是血,还死死抓着哥舒意的衣角,哭喊道:"这后宫之中,哪一个不是被你当成用之即弃的玩物,你对他们可有半点儿真心?女皇陛下,其实你跟你制造出来的那些死士又有何区别?你们都没有心!都没有!"

哥舒意被宫女这样一骂,气得身体发抖,嘴角抽搐。不必等到行刑那天了,她狠狠一咬牙,手掌按在宫女的头顶,向下一压,内劲逼出,宫女双眼一瞪,嘴角流出鲜血,便缓缓倒在了地上。

宫人七手八脚将尸体抬开的时候,哥舒意才发现唐烈峰就在与水榭相连的廊桥里。

那曲曲折折的廊桥,他从桥头走到桥尾,足以将她杀人的全过程看得完完整整。他过来向她行礼道歉,他并不是有意窥看,而是恰好经过。

哥舒意并不追究，只摆了摆手让唐烈峰赶紧离开。他离开时，却说了这样一句话："你跟我们不一样。"

哥舒意一愣："你说什么？"于唐烈峰而言，是忠君意念的驱使，令他想出言安慰和警醒女皇，但于哥舒意而言，那句话却像是有人往心湖里投了一块石头，激起层层浪花。"你说我什么不一样？"

唐烈峰道："死士别无选择，但是你有。"

那天夜里，哥舒意没有召人侍寝，她点着灯，自己和自己下棋，听窗外雨打落花，直到天亮。

她那时心中想着，唐烈峰这个人，倘若不做死士，一定会是个有趣的人，是个她想要接近和了解的人。她那时哪里会想到，成为死士不到两年，唐烈峰竟然就恢复了血肉之心。

而且，他体内的精元依然存在，并不受影响。

在班嬛的死士计划里，她曾经宣称，十年后会将死士还原成普通人，首先剔除其体内的精元，然后再利用蛊虫来恢复血肉之心，但其实，这些都是空有理论，尚无实践。班嬛还不知道她的理论可行与否，不过，她和哥舒意都觉得，眼下可行与否并不重要，重要的是别人相信那是可行的。

而现在，得知姜游炼制的百灵圣泉可以化黑木为血肉，对哥舒意而言，算是解除了她的一个后顾之忧。她想得到百灵圣泉的配方，同时，她也想招揽芒鞋翁为白渊族所用。她给唐烈峰下了一道密诏，密诏中表示，唐烈峰须得暂时对其他人隐瞒自己已经恢复血肉之心这件事情，还要他拉拢芒鞋翁，确保他不会站到敌人那边，成为我军的威胁。一言蔽之，是友则留，是敌则杀。

因为那封密诏，唐烈峰还欠了芒鞋翁一壶七海十荒中最有名的

飒踏洒。

未几,哥舒意得知唐烈峰擅自离营,竟然跟华天凝合作前往玲珑苦海,她不知道其中曲折,只觉气愤不已。但唐烈峰却把时间算得刚刚好,消息刚传到她耳朵里,紧接着一封密函也送到了她手里。

密函中,唐烈峰只写了八个字:生当陨首,死当结草。

唐烈峰是想告诉哥舒意,自己仍忠心于白渊族,死也要结草衔环报效女皇。

哥舒意看着这封密函,若有所思。最后,她决定暂时不追究唐烈峰的擅自妄为,静观其变。

还好唐烈峰真的没有令她失望。

白渊族终于攻破墨玉江,逼荒越军队退守应天谷的捷报传来时,哥舒意大喜。但没有人知道,相较于取胜的喜悦,更令她感到兴奋鼓舞的是,唐烈峰真的做到了他想做的事情。

哥舒意才又想起唐烈峰毛遂自荐时,曾经胸有成竹地说过,十年后他会成为大将军,现在她终于意识到,那不是一个少年空怀理想的狂妄,大概在那个时候,他就已经能看见自己的未来了。而自己却直到今时今日才醒悟,白渊族有多需要这个人。但还好她醒悟了,她甚至有点儿庆幸,自己当初没有"色令智昏",强行把他召入后宫。他是属于战场的。

放下捷报,御书房外已是斜月半弯,星明夜朗。小小的白渊城笼在这一方晴色里,别有一番温柔妩媚。

哥舒意轻轻地站起身，走到窗边，抬头望着远处角楼朦胧的轮廓。她想，是时候去战场走一趟了。

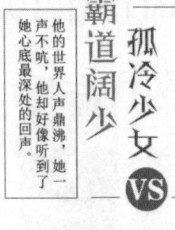

你是久爱亦是心欢

米炎凉 作品

孤冷少女 VS 霸道阔少

他的世界人声鼎沸，她一声不吭，他却好像听到了她心底最深处的回声。

NI SHI JIU AI YI SHI XIN HUAN

随书附赠 精美"告白签"一套

有趣点有爆点，有槽点有笑点，有撕逼有诡计，有喜悦有煎熬。

可能让你感同身受／可能令你心碎／可能让你乐不思蜀。

从平凡少女到知名女沙画家
一路泥泞，一腔孤勇
编辑部试读，好评如潮

他爱着她，
成为她坚硬的盔甲
她爱上他，
只为利用他查明父亲死亡之谜
当一切尘埃落定，
他们会有怎样的结局？

定价：32.8元

青春、古风双料大神 **苏缠绵**
心灵治愈成长小说

定价：32.8元

随书附赠
"真心话大冒险"飞行棋
精美卡牌 趣味互动

双重人格的人物设定
一副身躯，两种人格

宣愉的内心，究竟隐藏着什么秘密？
凌觉、季远枫、许晨一精心准备的计划究竟能否成功？

意林精品图书推荐

《我不成仙 一 断尘绝念》
简介：不想成仙却毅然修仙，她见愁只想有朝一日对那人说："纵你成仙，亦不可逃！"
定价：28.80元

《我不成仙 二 杀红小界》
简介：血衣作战袍，刻骨为利刃。她的通天坦途，便是他的穷途末路！
定价：28.80元

《我不成仙 三 流星赶月》
简介：敏锐与直觉，无一欠缺；缜密与果决，兼而有之。力敌群雄者，舍她其谁！
定价：28.80元

《倾世萌狐1》
简介：避难跑到了王爷家，竟然有去无回？冷酷王爷"情斗"憨萌灵狐，甜宠升级，深情不改！
定价：29.80元

《符神传说①斩焰少年行》
简介：接通元灵符界，交易、对战、派单……现实与虚拟之间，体味什么叫酣畅淋漓！
定价：28.80元

《符神传说②东川起风云》
简介：逆转鬼煞岭、人蛮荒探迷城，跨越空间界限，开启异度奇幻热血征程！
定价：28.80元

《符神传说③刀芒惊天下》
简介：巧进黑狱筑识海，烈焱龙雀惊天下。勇探天符浩土，领略异闻传奇！
定价：28.80元

《我的画风不太对①》
简介：当外星玩家遇到地球萌妹，爆笑爱情无疑大戏惊喜上演！
定价：29.80元

《禁域①墓地神婴》
简介：皇者重现世间，只为触底反击，再创传奇！踏破乾坤纵横时空，禁域绝密即将揭开！
定价：28.80元

《禁域②宗门斗者》
简介：扶桑谷内迷雾重重，时间长河、神秘女子……时空彼端，究竟有着怎样的秘密？
定价：28.80元

《风之守望者①》
简介：如何成为一个良好的被负责人？会做饭还会洗衣服就能把最强黑服负责人拿下！
定价：24.80元

《风之守望者②》
简介：拯救学长大作战，开始！学长，我们要毁灭世界吗？
定价：24.80元

《我的人生无须证明给你看》
简介：ONE·一个《读者》《意林》《花火》人气作者马叛2017年全新作品。
定价：32.80元

《那个神秘的宜愉小姐》
简介：青春、古风双料大神苏缠绵首部青春心理治愈小说，一场治愈并守护爱情的计划……
定价：32.80元

《这一杯，我敬的是年少无知》
简介：悬疑推理小说作家何慕，出道六年，首部都市情感类短篇小说集。
定价：32.80元

《光年未至，盛夏已满》
简介：意林彩绘英文系列精选《绘英语》杂志中最受读者欢迎的内容，轻而易举让英语变强！
定价：29.80元

《我不愿让你一个人走过青春的荒芜》
简介：95后模特级作者谢宁远写给你最深情的告白书。十五篇故事，是告白，亦是陪伴。
定价：29.80元

《对方正在输入中》
简介：那些爱与被爱的故事。年少时的懵懂酸涩，成熟后的感人至深：是心头的一枚朱砂痣。
定价：29.80元

《你是年少的欢喜，喜欢的少年是你》
简介：古风天后吾玉，初涉现代爱情，打造都市轻风之作。
定价：29.80元

《从此晚安我自己》
简介：95后男神作者何家豪首部青春成人礼童话，16个故事，说给长成大人的你！
定价：29.80元

意林精品图书推荐

"多味之恋"系列

《别来无恙，我的小初恋》
简介：销量超百万作家沈嘉柯暖心力作，陪你一起挥别青春，再出发。
定价：29.80元

《喜欢你这句话，我憋住了整个青春》
简介：数十篇青春伤感故事，带你领略成长、青春、爱恋的阴晴圆缺。
定价：29.80元

《遇见你，就是最对的时候》
简介：青罗扇子、周德东等作家用文字演绎纸上电影。时光远去，我们永远青春。
定价：29.80元

《我记得你说过的每句美好》
简介：独木舟、夏夕、七微等名家用真挚的笔触探究青春的色彩。
定价：29.80元

"深夜暖心"系列

《这世间所有的纸短情长》
简介：织梦人张芸欣在深夜为你点一炉青莲之香，寻找渐渐远去的青春与年少。
定价：29.80元

《世界那么大，命中注定遇见你》
简介：每个人都会接触形形色色的人，又会和一些人聚聚散散，马叛说：这些枯遇都是命中注定。
定价：29.80元

《我不怀念你，我只怀念有你的往昔》
简介：继《左耳》之后深入骨髓的疼痛青春，每个人都可以在她的故事中找到最原始的自己。
定价：29.80元

《花与巡夜人》
简介：国内一本填色减压故事书，抚触你的心灵，治愈现代人的都市病症。
定价：36.90元

"十八而志"系列

《少年从不等风来》
简介：关于年轻人的追梦故事，他们用自己的特立独行，创造属于自己的天地。
定价：29.80元

《你的人生不需要别人点赞》
简介：大人物从这里起步，成就了丰盈的人生。数百篇故事告诉你成功者的秘密。
定价：29.80元

《逆光飞翔，微芒盛放》
简介：名人的磨难被眼晒成坚强，带给你十八而志的青春励志的正能量。
定价：29.80元

《像明星一样去战斗》
简介：数十位明星的奋斗史。逆袭背后，都是平凡生活中的伟大梦想。
定价：29.80元

"大阅读"系列

《脑洞君，请收下我的膝盖》
简介：理科的严谨与文科的情怀，二者你都能拥有。
定价：28.90元

《我心有猛虎，而你只要一枝蔷薇》
简介：量身为中学生打造的心灵读本！
定价：28.90元

《一生心事只得一人来解》
简介：与名家碰触思想上的火花，快乐成为阅读的领跑学霸。
定价：28.90元

《好男孩上天堂 坏男孩走四方》
简介：毕业于剑桥大学的才女陈叠邀您围观现世界名校男神！
定价：29.80元

"初心讲义"系列

《把你所有的不安都交给我来暖》
简介：讲给你听，117个如同心灵抱抱的故事。
定价：29.80元

《所有人的坚强，都是柔软生的茧》
简介：玻璃心的朋友们，看这里！讲给你听，125个含泪奔跑的人生故事。
定价：29.80元

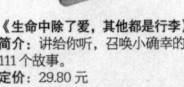
《生命中除了爱，其他都是行李》
简介：讲给你听，召唤小确幸的111个故事。
定价：29.80元

《都道初心不可负，而初心是何物》
简介：133个初心故事，既有明星大家，又有平凡人物，从故事里闪耀初心的光芒。
定价：29.80元